浙江文化艺术发展基金资助项目
PROJECTS SUPPORTED BY ZHEJIANG CULTURE AND ARTS DEVELOPMENT FUND

U0689170

良与渚

子与2

著

浙江文艺出版社
Zhejiang Literature & Art Publishing House

图书在版编目（CIP）数据

良与渚 / 子与2著. -- 杭州 ：浙江文艺出版社，
2025．6. -- ISBN 978-7-5339-7950-8

Ⅰ．I247.5

中国国家版本馆CIP数据核字第2025Z1Q967号

特约策划	夏　烈　李　俊
策划统筹	许龙桃　　王晶琳
责任编辑	张　可　柳聪颖
责任校对	牟杨茜
责任印制	吴春娟
封面设计	仙墦 WONDERLAND Book design
营销编辑	宋佳音
数字编辑	姜梦冉　诸婧琦

良与渚

子与2 著

出版发行	浙江文艺出版社
地　　址	杭州市环城北路177号
邮　　编	310003
电　　话	0571-85176953（总编办）
	0571-85152727（市场部）
制　　版	杭州天一图文制作有限公司
印　　刷	浙江新华印刷技术有限公司
开　　本	880毫米×1230毫米　1/32
字　　数	219千字
印　　张	9.5
插　　页	1
版　　次	2025年6月第1版
印　　次	2025年6月第1次印刷
书　　号	ISBN 978-7-5339-7950-8
定　　价	48.00元

目录

第一章

狩猎

一只豹子阴郁地趴在树干上，目送犀牛离开，这样体形的大家伙还不是它能对付得了的。

1

太阳从水雾中升起，被红色的霞光包围着，显得湿漉漉的……高大的水杉静静地矗立在浅水中，直到被霞光染红了长条叶脉，这才有几只懒惰的长尾巴鸟儿从水杉树杈上飞起。

七八头大象在湖边悠闲地饮水，长鼻子偶尔会喷出一些水雾，落在年幼的小象背上。犀牛慢吞吞地从浅水中离开，跌跌撞撞地上了湖岸，它对岸边长长的茅草毫不在意，粗暴地踩踏着自己美味的食物进入了林莽。

一只豹子阴郁地趴在树干上，目送犀牛离开，这样体形的大家伙还不是它能对付得了的。豹子明显有些困倦。就在昨夜，它忙碌了一整晚。然而，并没有结果，它的肚子依旧是瘪的。现在，它只希望能捉到第一拨来湖边饮水的花鹿。

"呜呜——呜呜——"嘹亮的号角声响了起来，牛皮鼓震耳欲聋，声音远远地传到湖边。豹子迅速站起来，瞅一眼停在湖边四处瞭望的花鹿，毫不犹豫地离开了自己的捕食地。

猎人良背上锋利的木箭，拿起长矛向屋外走去。"良！"阿妈拿着鲜艳的野鸡翎羽站在门口喊住良。

阿妈把鲜艳的野鸡翎羽插在良的头上，目光炽热而又悲悯，阿妈盯着良，嘴里念念有词，仿佛神谕正沿着阿妈的目光降落在良的身上，良抬头看了看天。天空晴朗蔚蓝，晨曦闪着金子的光芒，那是神的恩赐，良觉得浑身都充满了力量。

阿妈捧起胸前的玉牌，玉牌上羽人族的战神挥着巨大的翅膀腾空飞跃。玉牌戴在了良的脖子上，淡青色的玉牌闪着微光，就像是阿妈的眼睛。

"你是最好的！"阿妈大声地说。

"我本来就是最好的！"良笑了，露出了一嘴的白牙，拍拍自己强壮的胸口。

"快去吧！"阿妈有些恼怒。这孩子总是这样，哪怕在祈祷的时候也没有一点儿正形。

良懒懒地来到了空场。部落里的年轻人已经集合了，一些女人正在跳舞，随着良的到来，人群很自然地让出了一条路，良不愿意走到最前面。

族长的那张大嘴喷出来的口气又腥又臭，每次狩猎之前，他都会说很多废话，听他的废话良不在乎，良害怕的是族长嘴里喷出的气味——那气味良只在黑熊的嘴巴里闻到过。

族长的眼神落在良的身上，无可奈何地摇摇头，这孩子有多么不愿意接受祝福啊。

"呜呜——"号角声再次响起，人群安静，舞蹈停止。部落族长手举巨大的玉琮，目视天空念念有词，一会儿又双手捧着玉琮，躬身长拜大地，嘴里也如歌唱一般念念有词。族长在行狩猎礼，以求在狩猎时得到天地的庇佑，让猎人们多得猎物，以保族人有足够的食物安然过冬。

良的目光一直落在那个巨大的玉琮上，他努力忽视族长野猪般的身形，有时候，良觉得族长根本就不配举起这块精美的玉琮。良瞅瞅自己修长的四肢，强壮的胸膛，他觉得如果是自己来举着玉琮，想必天上的神灵会更加欢喜。

族长从火堆里取出一只烧得焦裂的龟壳，瞅了一眼，就把手指向南边的山峦。良哀叹一声，今天的狩猎过程注定不可能顺利了。南边的山上有一群豹子。良见过这些豹子，一点儿都不好对付。

良很不明白，明明左边就是大湖，那里的猛兽很少，喝水的花鹿很多，如果运气好，还能在湖边捉到鳄鱼……

猎人们快速潜入密林，观察着地上野兽的踪迹和树枝上野兽行走时被挂掉的毛。

"良，有什么发现？附近可有大兽？"走在良边上的石头低声问良。

"有花鹿被赶进了林子。"良凝着眉头说。

"花鹿很少进林子啊，它们在密林中可跑不快。"石头说，"是谁把它们赶进了林子?"

"花豹，最聪明的花豹，是几只花豹围赶了花鹿。花豹正在贴膘，下雪了食物不好获取。"良分析道。

"我们今天可是赶上了好机会。"石头压抑着兴奋说道。

"小心，我们是来狩猎的，别成为花豹的猎物。"良有些担忧。

良的预测很快被悄悄地传到其他猎人的耳中。他们相信良的预测不会错，猎人们面带笑容，满怀期望，手握长矛警觉地向前走去。

在密林的一处水泡子边上，一大群花鹿正在低头食草，它们沿着水泡子四散而开，连日被几只花豹追逐驱赶进了密林，一路奔跑到水泡子边，花豹们捕食几只就不见了踪影。花鹿以为安全了，就在水泡子边食草休息。

花鹿们并不知道危险近在眼前。它们心地单纯，总是很快会忘记同类的流血和死亡。它们无忧无虑地食草、饮水，只有死亡迫近时，才会奋蹄奔跑，而它们的亡命奔跑也是优雅美丽的，仿佛死亡带着闪电般的忧郁和魅力，它们轰然而倒时不会做太多的挣扎，花鹿的灵魂就是在花鹿奔跑时离开的……良想起了阿妈对花鹿的描述。

良心里说："可惜了，今天的花鹿没有机会奔跑。"

花鹿群的警惕性很高，遇到任何动静，这些胆小的精灵都会迅速逃开，良带着一群人顶着风慢慢向花鹿群靠近。

花鹿群就在眼前，良却背对着花鹿群，相比眼前的花鹿群，他总觉得有一双眼睛在盯着他的后背。他缓缓抽出背上的长矛，一道淡黄色的身影从草丛中一闪而过，良绷紧的身体松弛下来，转身就把手中的长矛投掷了出去。

随着良的发动，其余猎人也纷纷投掷出了长矛。尖锐的长矛刺穿了花鹿的身体，而良投掷出去的长矛，将那个头上长着一对巨大鹿角的雄花鹿牢牢地钉在地上。

伙伴们的欢呼声在良的耳边响起，他却没有去看战利品，依旧把目光投在身后那片荒草丛上。荒草剧烈地晃动，偌大的草地上瞬间就多了几道笔直的涟漪，花豹的身形隐约闪现，然后复归平静。

良的脸上终于露出笑容，一切果然如他预计的那般。二十几只花鹿倒在水泡子边，猎人们拔下长矛，啜饮花鹿伤口汩汩流出的血浆，这是猎人们的奖品。

被良用长矛钉死在地上的雄花鹿并没有死，良熟练地将一根精锐的木管刺进雄花鹿的脖子，然后就有浓稠的血浆喷涌出来……

第一天的狩猎算是一场大丰收。猎人们将继续追捕花鹿，花鹿肉和花鹿皮都是部落里不可或缺的物品。姑娘们尤其喜欢穿着花鹿皮制作的裙子和上衣，她们欢快地跑起来时就像一只只可爱的花鹿。想到部落里的女人将穿上猎人们猎获的花鹿皮，猎人们更是士气倍增。

猎物很多。良派出一些猎人扛着猎物送回部落。其实不用走太远，在靠近部落的地方，有很多妇人在采集树林里成熟的果子，把花鹿交给她们，她们会非常高兴地把猎物带回部落。

良带领其余的大队人马继续追踪花鹿群。狩猎追捕的时光过得很快，几天很快过去，他们在追逐花鹿时不断地捕杀到山羊、野猪、兔子、狐狸、獐子等猎物，山林给猎人们丰富的猎物，捕杀和收获给良和同伴们带来了力量和勇气。

每一次的捕杀都是一次成长。猎物被族人不断运回部落，族人也给他们带来给养和部落的祝福。部落的力量是猎人们的根基。

良内心有着抑制不住的激动，良凭直觉感到，这次紧紧地跟住这群花鹿，就能遇到闪电一般的花豹。

良自从成为猎人，年年狩猎，打死过野象、野猪，猎过无数的山羊和花鹿，甚至射杀过天上的雄鹰和飞越雪山的天鹅，但是，没有捕杀过花豹。花豹的速度太快了，多少次花豹从良的眼皮下逃走。

花豹的皮毛是最美的装饰物，也是部落用来祭天的神物。传说最美的母神就是骑着花豹到处奔跑，将一个又一个男孩或者女孩送给每一个想要孩子的女人。

一张花豹皮不仅可以祭天，还能从别的部落换回五个年轻女子，有了年轻女子，部落才会壮大。在每年的换亲大会上，花豹皮永远都是最珍贵的存在。

部落今年的收成不好，春天烧过的土地上并没有长出多少粟。如果这次狩猎还不能得到足够多的猎物，族长只能用族里的少女跟别的部落换粮食。良不愿意让族长这样做，所以，他很想得到一张花豹皮。

密林深处，天色很快暗下来。不用良多说话，猎人们在空旷处燃起了火堆，给周围撒上了防蛇虫的还魂草粉末，并在火堆里也撒上大量的还魂草，还魂草的烟味可以驱逐蛇虫。

火堆上烤着花鹿肉，这是难得的食物，每年花鹿群只有在这个时候才会来到大湖边上。这是神赐给部族的礼物。

良拔出一支奇特的箭，箭头闪着幽幽的光芒。那是族长赠予良的宝贝。这支箭锋利异常，良曾用它轻轻划开野牛坚厚的皮。良几乎舍不得用它，良知道这箭是专门留给花豹的，只有闪电一般的花豹才配享用这支泛着幽光的利箭。

箭在夜色里幽暗滞重，偶尔倒映出燃烧的火光，良擦拭着箭，热血沸腾。花豹就在附近，箭啊，就要射向这华丽的闪电！

猎人们簇拥在火堆周围吃着烤肉。燃烧的火堆照亮了四周，森林里的鸟兽远远地隐遁，它们惧怕闪烁的火光。良和猎人们依赖火的庇佑，良能感觉到火光之外闪烁的野兽的目光，甚至听到了野兽轻微的呼吸。若没有这熊熊燃烧的火堆，他们的处境将是非常危险。

在野外，火神总是就近给他们温暖，且为他们驱赶野兽，人族都知道用火保护自己。良小心地摸了摸身边的陶罐，那是他们从部落里带来的火种，良低头祈祷，双手捧着阿妈给他的玉牌，良希望天亮之后，天神帮助他捕获那闪电一般的花豹。

良等待了一夜……

天亮之后，良和猎人们饱食花鹿肉，把吃过的残余食物掩埋，并且小心翼翼地熄灭了火堆。良在四周仔细观察，发现了花鹿的踪迹。花鹿总是群体行动，它们逃跑时留下了凌乱的蹄印。森林里的花草差点掩去花鹿的行踪，可是细心的良还是从那些枝节末端找到了花鹿的信息。良和猎人们继续追捕花鹿，沿途捕杀那些不小心撞到他们跟前的锦鸡和野兔。

他们发现花鹿的时候，花鹿群显然数量变少了。肯定是黑夜里有其他野兽攻击了花鹿群，草食动物是天神赐予肉食动物的食物，这些花鹿不仅是良他们的部落的冬季食物，也是花豹、老虎或者狼的过冬食物。良知道，他们在和各种猛兽抢食。良也知道，有猛兽在隐蔽处看着他们和花鹿群，他们和猛兽都是彼此的食物。

靠近，迅疾地投掷、射杀，为数不多的花鹿几乎尽数倒下，留下的几只仓皇而逃。良看到花豹终于出现了，最后抢夺的时候来了。一大一小的两只花豹冲向了窜逃的花鹿，花豹看到花鹿越来越少，再不抢捕，它们几日的追随将一无所获。良看着花豹矫健的身姿，开心地笑出了声，那些奔跑而去的花鹿，就是良留给花豹的诱饵，良没有停下来收集捕获的花鹿。他吹了两声口哨，石头和几个猎人跟着良奔跑，其余的猎人打理他们的猎物。大家都知道，要猎捕花豹了。

狩猎不仅仅是一场简单的捕获食物的行动，更多的时候是群体力量和智慧的比拼，花鹿群在黑夜里减少了，它们在黑夜里经历了被捕杀和逃亡，有一部分花鹿肯定逃向了别处，那些逃向别处的花鹿吸引了其他两只花豹。他们看到的这些花鹿，明显比较弱小，所以留下来的花豹也是一大一小。

那只小花豹显然还没有经验，它只是追逐着奔跑的花鹿。它扑倒和它并排奔跑的小花鹿，小花鹿跌跌撞撞，好几次从小花豹的爪子下逃出。小花豹无奈地又去扑倒，小花豹做不到一口封喉，他咬着小花鹿的后腿不松口，傻豹子把一口封喉的技术用在了鹿腿上。小花鹿被咬伤了疼得四蹄乱蹬，有几下狠狠地蹬在了小花豹的脸上，小花豹痛苦地拿爪子揉自己的脸，然后狠狠地用爪子扑打小花鹿的肚子。奔跑的良看着那个打斗的场面不由得笑了，良把长矛投向了小花豹，花豹应声而落，良算是一箭双雕。

母花豹依旧在追捕大花鹿，它几乎无暇顾及小花豹。物竞天择，每个生命都在瞬息万变中顺应命运，疼痛分离、难舍难分那些高妙的感觉不过是肚子吃饱之后黑夜里的小插曲。

假如没有他们对花鹿群的捕杀，母花豹将带着孩子尾随花鹿群游弋，只在需要时捕食弱小伤残的鹿。可是人类的捕杀改变了花鹿群和母花豹的命运。

那些惊慌的花鹿已魂飞魄散。母花豹扑向了一只花鹿，它没有任何挣扎。母花豹一个漂亮的一口封喉，抬头时嘴边满是鹿血。

良越过茂密的茅草，强健的双腿把他的身体送上半空，身体用力向后扭曲，全身的力量都投注在长矛上，等他落地的时候，长矛已经被投掷了出去。

花豹放弃了已经到手的猎物，粗大的爪子在地上一按，面向良，露出沾血的牙齿。锋利的长矛带着风的轻吟射向了花豹，矛精准地插入了花豹的后背，花豹却像没受到多大的伤害。

花豹无视长矛，拖着长矛扑了过来，腾空跃起的花豹在阳光下轻盈而美丽，锦缎一般的皮毛像是有着流水的质感，呈现玉一般凝润的光泽，良身边的石头投出了长矛，长矛擦着花豹闪电般的身体落向了虚空里。

还有人在放箭，有人在投掷长矛，花豹轻盈的身体如同闪电一般在旋转腾挪，很快，花豹就要钻进人群里了。

良来不及阻止伙伴，甚至来不及张弓搭箭。如果让花豹闯进人群，它锋利的牙齿，以及如同刀片一般的爪子，可以轻易地撕裂人的身体。

良丢掉了大弓，迎着花豹冲了上去，良的手里握着那支泛着幽光的箭，良一定要把这珍贵的武器送给花豹。

花豹张开前肢，张大了嘴巴，幽蓝的眼睛里满是嘲弄之意，良同样张开了双臂，像是要拥抱花豹。

只是一瞬间，良就抱住了花豹，身体从半空中跌落，他的头顶着花豹的下颌，两只手捉住了花豹的前肢。他身体蜷曲，花豹如同一张色彩斑斓的毯子裹住了良，如同一只肉球，在地上弹跳一下，就顺着斜坡滚落了下去。

猎人们停止射箭，怕飞窜的箭射伤良，石头连滚带爬地顺着斜坡冲向已经远去的良。他呼喊的声音如此之大，以至于栖息在树上的鸟儿也惊慌地飞上了天空。

几个人吹起了洪亮的牛角号，惊散了其余的掠食者。

石头眼中的泪水已经模糊了视线，他只能模模糊糊地看见，花豹的爪子将良的后背撕扯得血淋淋的，他只能看见花豹沉重的身体压在良的身上，看到花豹嚎叫一声，高高地弹跳起来，然后就落在良的身上，他仿佛看到花豹伸出了舌头，在舔舐良的脑袋……

花豹落下时巨大的身体发出巨响，良被花豹压在身下。伙伴们早已停止了号声，惊恐地看着良和花豹闪电一般互扑的场景。

他们跑上前去看花豹和良，满身是血的良被花豹压着一动不动。石头以为良和花豹都死了，带头跪在了地上。猎人们跪下来，头伏在地上，打算趁着良的灵魂还没有走远，送他去遥远的天国。

忽然，良喊道："压死了。"

"良！"石头满脸泪水地看着良，眼睛里满是惊讶。石头完全蒙了，难道是良复活了？

"抬开花豹，石头。"良大声地说。

伙伴们抬开花豹，满身是血的良站了起来。他高大的身姿显得雄壮无比，周围的山石草木都敛起了神气。

伙伴们高呼起来，良杀死了丛林中最可怕的霸主。从此，他们的狩猎将所向披靡，上天和大地会把丰富的猎物送给他们的部落。

骄傲的良被石头驮在肩膀上，猎人们围成一个圆圈庆祝部落中新的王。

花豹——这个曾经让所有猎人胆战心惊的家伙，现在闭着眼睛趴在地上一动不动，曾经屠杀了无数猎人的爪子现在被猎人们切下来，献给了良，曾经咬死了无数猎物的锋利牙齿，被拔了下来，做成了新的挂饰，挂在了良的脖子上。

狩猎的目的已经达到，难免松懈，尽量延长了庆祝的时间，直到良觉得自己再不止血就会死掉的时候，石头这才弄来了很多草木灰，粗暴地敷在良的后背上。

眼看着太阳已经偏西了。大家收拢猎物，两只花豹一大一小，花鹿二十几只，野兔野鸡散乱地堆成了堆。良在水泡子边清洗了胳膊上的血迹，小心清洗了玉牌，擦干，重新戴好。阿妈的祝福真好，她给了良无限的勇气。良收好那支杀死过花豹的箭，和伙伴们抬着猎物往回走。

在回家的途中，他们和部落的运输队相遇。这次，运输队里不仅有男人，还有一帮比成年的花鹿还要健壮的姑娘和妇女。她们穿着各色的兽皮和自己用植物纤维制成的网衣，涂抹了动物油脂的肌肤在网衣下闪着青春的活力。

这些姑娘和妇女是来采集蜂蜜的。猎人们在狩猎的路上发现了一些野蜂的巢。猎人们把消息传给了运输队。部落族长就安排这些姑娘和妇女带着陶罐沿路采集，并让她们给猎人们带来了盐巴和晒干的还魂草。山林里有太多的蛇虫，猎人们被叮咬会传染疾病，捕杀和搏斗虽说凶险，却不如那些微小的虫子凶险，它们咬一口就会把毒液传给人类。所以猎人们需要大量的还魂草粉末和掺杂了油脂的还魂草浆汁涂抹身体，用以驱赶虫子。

姑娘和妇女们用陶罐冲好了蜂蜜水，送给猎人们。一个高大矫健的姑娘走到了良的身边，递给良一罐清亮的蜂蜜水。

姑娘乌黑的头发编成一条粗粗的辫子，辫子上缀着还魂草花。真是个聪明的女人，还魂草不仅为她驱赶虫子，还装扮了她。她的额头上有一簇发辫绕盘，几块光滑的玉坠镶嵌在发辫里，这样她光洁的额头就闪着玉的润泽。姑娘把陶罐递给了良。

"喝吧，这是最甜的蜂蜜水。"说完姑娘就笑吟吟地站在良的身旁等候良喝水。良大口喝着蜂蜜水，他们连日狩猎，已经很少喝到蜂蜜水了。他们总是和动物一样趴在水泡子边喝水。

良喝完水后，姑娘还在目不转睛地盯着良看。

"渚，渚，快来抬鹿。"有人在喊。

"来了。"姑娘答应一声，接过良手里的陶罐，转身就跑了。

矫捷的身姿像极了奔跑中的花鹿，良咧开嘴笑了。

2

秋季狩猎快到尾声了。天气转冷，猎人们为部落捕获了大量的野兽。部落里传来消息，肉食和皮毛已经足够过冬，还说湖边种植的谷物也丰收了，部落正在准备快要到来的冬日祭祀。但是，随着冬天的到来，邪气也会入侵部落，族长说需要捕获一些蛇取胆。

良知道，蛇很难捕捉。稍有风吹草动，蛇就逃得不见踪影。可是，蛇胆无比珍贵，冬日可以治疗咳嗽。族里最老的溪水爷爷已经活了很久了，他的心里装满了各种经验。他曾经告诉过良一些蛇的经验。也是在那一次，良和溪水爷爷吃了蛇肉。

"良啊，蛇肉可是美味。尤其这个小东西，是蛇身上的宝贝。"溪水爷爷摊开手心，手心里一颗黑绿的蛇胆像一块饱满的墨玉。

那条蛇不小心落在了良的脚边，年幼的良用石头砸扁了蛇头，拎起蛇甩一甩就扔了。年幼的良打蛇和扔蛇的过程干净利落，毫不畏惧，这一切都让溪水爷爷看见了。溪水爷爷很喜欢这个无惧无畏的小崽子，就躲在旁边看着，他看到良扔了蛇才跑出来捡起蛇，惋惜地责备良浪费美食。

"良啊，蛇可是个宝。你看，它的这个胆，可以治疗咳嗽。你若吃了它，你就可以长成猎人。"

溪水爷爷在一个陶罐里煮熟了蛇胆。另一个陶罐里蛇肉散发着鲜美诱人的味道。良一口吞了蛇胆。对于食物，良从来都是来者不拒，尤其肉食。家里没有肉吃了，既然蛇肉可以吃，良从小逢蛇便杀，阿妈怕他被蛇攻击，总是给他身上涂满了还魂草浆汁。良从小就知道蛇的功效，它可以让人的眼睛发亮。当然，这些话是他一次次和溪水爷爷一起吃蛇肉时听说的。

现在，族长传话，要他们去捕蛇，补充部落的药库。良和其他猎人商量一下就往密林深处前进。蛇生活在阴暗隐蔽的林中，常年狩猎的猎人们对蛇的习性非常熟悉。他们也知道，捕蛇之后，他们就可以回家了。

良知道山林中有一处生活着一种黑眉锦蛇，是一种大型的无毒蛇，有的身体很长，捕食猎物时会将猎物紧紧地缠住，然后吞噬。

这种蛇肉质鲜美，放进陶锅里煮成肉汤，那美味令人垂涎三尺。每年这个时候，天气逐渐转冷，一条条黑眉锦蛇就挂在树枝上晒太阳，十分慵懒。

黑眉锦蛇白天喜欢挂在树枝上睡觉，夜晚才会出来觅食。良他们到达黑眉锦蛇的地盘时，看到很多黑眉锦蛇软软地挂在阳光下的树枝上。猎人们打开厚实的皮袋，从树上捉下那些昏睡的黑眉锦蛇，就像是摘下一颗颗成熟的果子。

猎人们的动作轻盈迅捷，捕捉在不知不觉中进行着。良告诉大家要捕捉不大不小的黑眉锦蛇，大的背起来费力，小的基本上没有什么肉，需要给来年留一些。

捕捉黑眉锦蛇的过程非常顺利，直到石头不小心踩在了一条黑眉锦蛇王的背上，然后，一条带着黑色斑纹的巨大尾巴，就把石头当作真的石头一尾巴给拍飞了。

黑眉锦蛇王体形巨大，它裹挟着腥气冲了过来，巨大的嘴巴吐着猩红的蛇芯子。有力的尾巴扫过来，扫倒了最边上的一个猎人。良冲了过去，他担心伙伴被吸入蛇口。只要给蛇王时间，它可以轻易地吞噬石头这种体形的胖子，良见识过黑眉锦蛇王的厉害，它曾经吞噬掉了一条巨大的鳄鱼。

黑眉锦蛇王拳头大的眼睛上插着一支箭，只要看上面黑色的尾羽就知道，这是良的羽箭。

眼睛受伤的黑眉锦蛇王扭动着庞大的身躯横冲直撞，眼睛的伤口给它带来了极大的痛楚，从而忽略了此时最明智的选择应该是逃跑。

两尺多长的开叉舌头急速在蛇王的嘴里进出，感知周围那些让它痛苦的人类。

良为蛇王的暴怒感到无奈。蛇王跟部落做了很多年的邻居，每年都会给部落贡献很多小蛇。今天如果不是因为它想吃掉石头，良不会对它下手。蛇王巨大的身体将这片灌木林扫成了平地。

躲在大树后边的石头喊道："大蛇疯了吗？"

良喊："小心它的尾巴。"

又一个猎人被扫飞了。猎人飞起来时发出惊恐的大叫，他被扔进了一边的沼泽地里，泥浆飞溅。

蛇王正如石头说的那样疯了，它有力的身躯和尾巴疯狂地扫着四周，小的树木被扫断。它疯狂追逐着良，它记住了良的气息，是他射中了自己的一只眼睛。蛇王完全是一副非良不杀的架势。良举着长矛和蛇王周旋，一边喊着让石头和其他人躲开。

"咻咻。"良和蛇王对峙着。良看着受伤的蛇王，不忍再下杀手，他已经取够了需要的蛇，可是愤怒的蛇王不想接受良的休战，这对它是一种羞辱。

"石头，点火把。"良大喊。良想用火赶走这条发疯的蛇。

石头点燃了火把，好几个猎人都点燃了火把，大蛇被火震慑住了。它无奈地看着眼前燃烧的火把，缓缓地转身向后。良有些窃喜，这个笨家伙终于要走了，大半天过去了，良被大蛇纠缠得有些饿了。

忽然发生的一幕却让猎人们瞪大了眼睛。大蛇直直地立起身子，狠狠地奋力地向一根朝天竖起的断枝冲去，尖锐的断枝仿佛大地长出的长矛刺进了大蛇的身体，大蛇又疯狂地向前一纵，身体就被树枝划开了。它疲软地倒在了地上，被树枝生生划开的身体里有鲜血汨汨流出。

良沉默地瞅着挂在树上的蛇王，他觉得蛇王有些蠢。良从蛇王的身体里取出了巨大的蛇胆，然后就把巨大的蛇王裁成了十几截。

虽然蛇王的行为让他很佩服，现在，蛇王死了，就该是大家的食物。对于食物，部落里的人永远都是珍惜的，绝对不会浪费一分一毫。

以后捕蛇，只要捕够就点火离开，绝不和其他蛇王纠缠。一条蛇王可是蛇族的领袖，它代表着蛇族的繁衍生息。黑眉锦蛇可是个宝贝。不能让它们绝了种。

3

　　回家的路途轻松而愉快。猎人们背着蛇袋，行走在遮天蔽日的山林中，林中湿地上全是菌类，这些菌类比部落周围的硕大。

　　吃菌子是阿妈独有的习惯。族群里的人见阿妈吃菌子，觉得很美味，他们也去采集，结果，很多人在吃了菌子之后就变得疯疯癫癫的，有的人就这样死去了，等阿妈发现这个状况的时候，该发生的已经发生了。

　　不过，从那之后，族人就不吃菌子了。只有身为巫女的阿妈跟良还在继续吃。

　　休息的时候，良号召大家砍一些藤条编制藤筐，用来采集路边可以吃的菌子。阿妈爱吃新鲜的菌子，在陶罐里煮上鲜嫩的蛇肉和菌子，再撒一些盐巴，将无比美味。良出来有些日子了，他开始想念阿妈。

　　阿妈做的烤肉，阿妈煮的谷汤，阿妈在干栏屋外一侧栽种了还魂草，在另一侧种上了高大的月季，阿妈是个具有奇思妙想的女人……良边走边想念着阿妈。这些年，阿妈都老了。在月亮升起的夜里，阿妈对良说：

"良啊，春天来了的时候，就可以带个女人回来了。我们家就有延续了。"

"嗯，阿妈。"良总是孝顺地回答阿妈。

可是因为良的年龄不到，那些换亲而来的女子总是被分配给那些适龄的猎人。每当这个时候，阿妈就眼睁睁地叹气，好像别人抢走了良的财富。良自己倒没有感觉。他一心要成为最强大的猎人，没有心思想那些外族的女子。阿妈说良的脑袋是木头做的。

"良啊，你是个木头脑袋。"阿妈爱怜地说。

"嗯。"良欢快地回答阿妈。

"哈哈。"阿妈总是被良惹得哈哈大笑。

"渚!"良在思念阿妈的时候，忽然，渚的影子浮现在良的脑海里，良不由得轻轻地在心里喊了一下。月季花一般灿烂的笑容在良的脸上浮现。

"良，你在笑什么?"走在身旁的石头不解地问良。背上的蛇肉已经够沉重了，良还让大家抬着一大筐菌子。在这样的重压下，良居然还有心思笑，石头不得不好奇地问。

"我想阿妈做的食物。"良狡黠地回答。

"哦，你家的烤肉确实美味。"石头回味良阿妈烤的肉不由得赞美道。

"良，今晚我们还要寻找水泡子吗?"有一个猎人问。

"要，出了这片树林，有一块空旷地，那里有一个很大的水泡子，那是上天给路过的猎人准备的天水。"良熟悉山林的每一处水泡子。

在皎洁的月光洒满大地的时候，良和猎人们来到那处开阔的空地上。月光下，空地一片祥和宁静，远处的水泡子泛着深沉的光泽，良要求猎人们悄悄地靠近水泡子，在山林的夜晚，水泡子旁边总有各种动物栖居休息，良担心大家碰到猛兽。

可能是因为天还早，并没有遇到大型猛兽。良和猎人们的到来，只是惊走了湖边饮水的几只不知名的小动物。

良和猎人们在湖边点起篝火，烤食之后大家在四周捉来鼓噪的湖蛙投进蛇袋。蛇袋就安静了。这几天，懒惰的黑眉锦蛇已经适应了被喂养，吃饱之后就在蛇袋里呼呼大睡，根本不担心自己的安危。只是蛇袋每天都在快速变沉，黑眉锦蛇光吃不动长得太快了，带着走会很累。

篝火的周围一片静谧，猎人们安然入睡，只有两个猎人在为大家站岗。说是站岗，其实是背靠背打盹。良从燃烧过的草木灰烬里拨出一些灰，等灰晾凉，就把它们涂抹在那个巨大的蛇胆和蛇肉上。

溪水爷爷告诉过良，草木灰烬有防腐的作用，涂在食物的表面可以防止食物霉烂。良要把蛇胆完好地带回去，族里太需要蛇胆来治咳嗽了。

溪水爷爷还告诉族里年轻爱美的女人，把草木灰烬和动物油脂搅拌在一起涂抹在身体和脸上，可以逃开岁月之神的索取。岁月之神总是在夜里偷偷地拿走年轻女人的美貌，用于自己的梳妆打扮。

夜深的时候，一阵轰隆隆的声音从远处传来，越来越近。大地随之颤抖，夜色如水一般荡漾。良趴在大地上听着，猎人们往篝火里加入更多的柴火，熊熊火光，照亮了他们休息的地方。大象来湖边饮水了。如果他们不燃烧更大的篝火，就会被奔跑的动物踩死。能发出如此惊天动地的轰隆声的，不是大象，就是犀牛，也有可能大象和犀牛一起来了。

大象跟犀牛是丛林的开拓者，这里的每一条路都是大象开辟出来的。如果可能，良根本就不想跟它们打什么交道。

猎人们守着火堆。月光下，奔跑而来的庞然大物越来越近，良看清楚了，大象伟岸的身体就像移动的山头，晃动的耳朵和粗壮的象牙能掀翻大树。

大象们快跑到水泡子边时，发现了燃烧的篝火，骤然放慢了脚步，稍做迟疑就奔向了水泡子的另一边。夜色下，狂奔的大象已经渴坏了，它们为了喝水几乎忘记了人类的凶残。

就在大象喝水的时候，又一阵轰隆声传来，良心里暗暗叫苦。这些巨兽渴急了，可能无视他们的篝火，如果它们疯狂奔过来，会把人踩成肉酱。良号召大家把身上带的腐尸粉投进火堆。腐尸粉是各种动物腐烂的皮毛晒干制成的粉末，其中最臭的是臭鼬的皮毛。这种腐尸粉投进火堆后，会发出强烈的恶臭，有洁癖的动物都会远远地躲开，尤其是大型草食动物。

恶臭顷刻间蔓延，他们用香薄荷草汁浸过的植物纤维捂住鼻子，心里祈祷上天保佑，那些即将到来的大兽会被熏得绕道而行。

随后到来的是犀牛，犀牛和大象体形不相上下，在这水泡子边相遇，会不会因为饮水发生争斗？

良的心里期待着大象和犀牛大战，这可是难得一见的巨兽之战。可是大象和犀牛并没有发生争战，它们挤在水泡子的另一头喝水，良却分明感觉到了这两大巨兽群的敌意，它们只是在分庭抗礼，大战可以一触即发。

良看着水泡子那头，良拔出一支箭，缠上一些纤维，点燃了向饮水的巨兽射去。石头大叫了一声"良"，喊完后，石头和猎人们一起傻傻地张望着水泡子的那头。

月光下，水泡子的那头忽然发出一声惊恐的嘶鸣，巨兽群受惊了。大象和犀牛阵脚大乱，后面没喝水的还在往前涌，前面惊慌失措的往回跑。那些巨兽到底发生了什么？良顾不上管。

"点火！点大火！"良大声喊。

"吹号！吹号！"良先吹起号角。

"呜——呜——"号角的声音毫无节奏地响起，更像是另一群巨兽在疯吼。

一阵轰隆隆的声音之后，水泡子那头只剩下一些断断续续的哀号。大群的巨兽经过一阵疯狂冲击都跑得无影无踪！

等着哀号声越来越小，良吩咐大家把火加大，只留下一人看守火堆，其余的人跟着良跑向水泡子那头。他们放心地跑过去，大型动物的大战早已惊跑了那些小动物。

他们跑过去时，地上躺着幼象和幼犀牛，有的已死去，有的还在挣扎，还有象牙七零八落地掉在地上。象牙是权力和尊贵的象征，部落里仅有一支，良让大家捡拾象牙，并让猎人们找来柴火，在四周生起了几堆大火。熊熊大火把水泡子四周照得如白昼一般。

良发现几头幼象只是受了轻伤，它们挤在一起不敢乱动，可能是因为惊吓过度。

天亮的时候，良看着地上的象和犀牛有些发愁，这么多的食物，可怎么弄回去？几头受伤的幼象和幼犀牛已经安静，它们吃着猎人们拔来的草和摘下的枝叶，有些依赖上了这些奇怪的生物！

三头幼象和四头幼犀牛，在良的眼里就是行走的美味。良打算让它们自己走到部落去。至于那些尸体，良会留下人看守，加上火把和号角以及难闻的腐尸粉，看守的人应该可以等到运输队的到来。

良在青草上洒上水，并撒上少许的盐，喂给幼象和幼犀牛。嘴馋的幼象和幼犀牛就跟着他们踏上了归程。

等到几天下来幼象和幼犀牛与他们相处熟悉后，良就把黑眉锦蛇袋子让它们驮着。这些黑眉锦蛇又重了一些，背着走路死沉死沉的。

运输队的人早已到了水泡子，他们分割了象和犀牛，只拣上好的背走。大部分留在了原地，自有来饮水的大小猛兽分食。上天的馈赠，见者有份。若是他们尽数带走，那些闻腥而来的野兽会拦截他们，把他们撕个粉碎。

漫长、刺激、凶险的秋季狩猎在良和众猎人走出山林时结束。他们在走出山林后，跪在了大地上，面向山林唱起了颂歌，以感谢山林馈赠的食物。

> 在遥远的大山的山顶
> 伟大的诸神面目慈悲
> 嗷嗷　面目慈悲
> 他们行云布雨给万物生命
> 给凡人力量和智慧
> 给凡人力量和智慧
> 嗷嗷　诸神面目慈悲
> 大湖里的鱼儿肥美
> 森林里野牛和山羊正在吃草
> 花豹披着闪电的皮毛
> 嗷嗷　诸神面目慈悲

火塘里永不熄灭的火苗

为我们驱赶黑暗和冰冷

带来鲜美的食物

嗷嗷　诸神面目慈悲

虔诚的凡人跪在神的面前

诸神面目慈悲

良和猎人们快到部落时，远远地就看到迎接他们的族人。由于丰富的猎物不断地被运回，良猎杀花豹、取出大蛇蛇胆的事早已尽人皆知，族人们迎接猎人的归来。年轻美丽的姑娘为猎人们递上清甜的蜂蜜水，族长带领年长的族人为他们洒上清水，洗去猎人们狩猎的疲惫。

祭礼的空场上堆满了猎人带回来的猎物，黑眉锦蛇袋被扔在地上，幼象和幼犀牛在族人的围观下瑟瑟发抖，好像感知到了生命的归途。

族长吩咐留守的族人收拾猎物，嘱咐猎人们回家休息、沐浴。猎人们即将散去之时，热情的姑娘们又端着陶罐为他们奉上了甘美的蜂蜜水。

"渚！"良喝着蜂蜜水，认出了眼前的大眼睛姑娘，并叫出了她的名字。

"良！"渚欢快地叫了良的名字。她那扑闪的大眼睛正流淌着野蜂蜜晶亮的赭黄，莹白的牙齿有着玉的凝润。渚笑着，好像明艳的霞光照在良的心上。

"渚，这是花豹的牙齿，送给你。"良把他从花豹嘴里拔下的牙齿递给渚。

狩猎的日子里，良休息时就把豹牙攥在手里，他的心里总是莫名亢奋。此刻，当他看见渚的时候，他才明白他是为渚留下了这颗豹牙。豹子是来自天上的闪电，它的牙齿拥有无限的力量，他希望这颗豹牙能护佑渚。

　　渚接过良赠送的豹牙，明亮的眼睛里涌起抑制不住的激动，她定定地盯着良。忽然，笑容就在脸上炸开了。渚笑得就像是风吹动的月季，花枝乱颤。渚笑着笑着就跑开了，花鹿一般地跑开了。

第二章

爱慕

渚轻轻地吟诵着，希望神给予自己护佑。渚虔诚的声音满含着忧伤，但忽而想起良高大的身影，浑身就充满了力量。

1

　　部落里的族人忙得不可开交，男人女人都在忙着储备食物。漫长的冬季就要到来了，狩猎和采集都将特别困难，所以族人们并没有因为狩猎的丰收而懈怠。大家在族长的带领下依旧有序地分配食物，有序地集体劳动。

　　部落附近的树林里长着很多浆果，它们也是冬季的食物。有些浆果不仅有着可食的果肉，并且果核里还有饱满的种子。那些种子在冬季和不多的谷物一起熬粥也非常美味。

　　良狩猎回来以后，就跟着部落族人一起采集浆果和各种植物的种子。他总是能在不远处看见渚。阿妈说过，只有在心里惦记一个人时，那个人才会出现在你的眼前。现在，良不清楚，是自己惦记渚渚才出现的，还是渚自己出现在附近？良这样想的时候就无限懊恼，懊恼之后是无限欢喜。良被自己折腾得不行。他决定亲自问问渚。

　　采集浆果的树有些高，渚已经和女伴们采光了低处的浆果。女伴们叽叽喳喳地说笑着去寻找其他的浆果树了。渚看着高处的浆果不忍离开，她放下大藤筐，背好小藤筐就开始爬树。爬树对渚来说不是问题，渚就是有些遗憾，自己怎么就没有长一对羽人祖先的翅膀，那样多高的树自己都可以飞上去了。

渚其实很喜欢待在树顶，吃着浆果，看着远处，想象着自己有一对翅膀飞到更远的地方。就在渚坐在枝头吃着浆果看远山时，良在不远处的一棵树下看着树上的渚。良觉得渚就是应该待在树上，晃荡着腿，浆果把嘴染得红嘟嘟的，她那么自由，就像一只不知何处飞来的红嘴鸟。

渚吃了一会儿浆果，树顶的浆果就是比低处的甜，因为树顶更接近雨水和阳光，树顶上的果子被云朵擦过，还听过鸟儿的歌声。渚想，如果自己生活在树顶上，也会和树顶的浆果一样，有着不一样的甜。渚想着想着就出神了，渚想到了良，按住胸口深呼吸，渚一口气没呼完，就从树上往下掉，渚吓得哇哇大叫。

可是渚没有落在地上，而是落在一个坚实的温暖的怀抱中。渚仔细一看，有些不相信自己的眼睛。

"我是摔晕了？怎么想谁就掉在了谁的怀里？"渚掐了一下自己的脸。

"疼，我不是摔晕了！"渚心里道。

"这温暖的感觉不是幻觉？"渚摸了摸良的胸膛。

渚摸完后，依旧不相信自己掉在了良的怀里。

"一定是幻觉！神啊，请让我清醒。"渚说着就要张口咬自己的胳膊，又放下了自己的胳膊。

"既然是幻觉，我还是咬他吧。"渚就是想在幻觉里咬一下良。她不咬自己，她怕一咬自己良就消失了。于是渚在良的胸肌上咬了一口。

"你！渚！"良不由得叫了一声。

良被渚的一系列动作惹笑了，他想渚一定是摔晕了，才这般傻得可爱！但他没想到渚会咬自己。

渚并没有咬疼他，渚软凉的嘴唇触碰在良的胸口时，良的心跳得像一只兔子，良忍不住喊了一声"渚"。

"啊啊——"渚忽然听到良的声音，就惊叫了起来。自己果然是摔在了良的怀里啊！

"咚！"渚摔在了地上。

"你为什么摔我？"渚从地上起身问良。

"你是从树上摔下来了！"良说。

"那你干吗把我摔地上？"渚有些不讲理，她好像忘了自己是从树上摔下来的。

"树上还有浆果。"良不想和渚解释。

"是的，树顶上的浆果很甜。"渚看着高高的树顶说道。

"我帮你采。"良说着就往大树上攀爬。良爬起大树就像一只灵敏的猴子。

"良。"渚在树下喊了一声。

"嗯？"良回过头看。

"藤筐。"渚举着手里的小筐。

良红着脸笑了，他无奈地返回拿起小筐又攀上了树顶。树顶上浆果还有很多，良麻利地采摘着，回想自己刚才惊慌上树的情景，良不由得偷偷笑了。

"渚，接住了。"良用腰间的绳子吊下了满满的一藤筐浆果。

"树顶上的浆果就是甜。它们是听着鸟儿的歌声长红的。"渚吃了一个浆果，大声对良喊道。

渚把浆果倒进了树下的大藤筐，又把小藤筐给良传了上去。

良的采摘速度很快，渚的大藤筐很快就采满了浆果。良从树上下来时，渚把一些浆果分装在小藤筐里。

"一藤筐浆果，我来背！"良说。

"分着背，轻一点儿。"渚语气坚定地说道。

背着浆果回家的路上，渚总是边走边采摘路边的各种草叶。良知道，蚊虫叮咬后可以涂抹那些草叶，晒干了还可以做成粉末敷在伤口上。良看着走在不远处的渚，心里暖暖的。渚是个勤劳、善良、勇敢、能干的女孩，良喜欢和渚在一起采摘浆果。

有只松鼠从他们眼前的树上蹿过，毛茸茸的大尾巴惹得渚手舞足蹈，她放下藤筐就去追逐松鼠——部落的女孩们喜欢把松鼠皮制成装饰品佩戴在胸口。松鼠的尾巴蓬松地垂在胸前或者腰间，有时左右摇摆，很是调皮可爱。

渚也想要松鼠的尾巴做装饰。良把藤筐放在地上，嘴巴轻轻吹了一下手指，要渚保持安静。他迅疾地向松鼠的方向跑过去，眨眼间就没了人影。渚知道良去捉松鼠了，可是松鼠那么快，良没有弓箭怎么捉得到？

渚轻轻地走过去，看到良正趴在一棵大树上，对不远处的松鼠发出声音。那声音居然和松鼠的吱吱叫声一模一样。他的手里有好吃的浆果，那只松鼠居然主动跑到良的手里来吃浆果。

"乖。"良轻轻地捉住了松鼠，很快滑下树，把松鼠捧到渚的面前。

"给你！现在的松鼠尾巴还不是很大，等到冬天，我再给你捉吧。那时候大大的松鼠尾巴可以护住耳朵和脖子。"良到底是长年狩猎，熟悉各种动物的习性。渚佩服地看着良。

良和渚边走边聊。忽然，渚从腰里摸出一块石头，快速地投掷出去，石头击中了草丛里一只硕大的兔子。兔子被打晕了，渚拎起来时，兔子的腿蹬着。良接过兔子，轻轻地在兔子背上捏了一下，兔子就垂下了头。

就这样，良和渚一路走一路采集，一路搂草打兔子，等到快天黑时回到部落，他们的手里提着三只兔子，两只山鸡，还有一大捆还魂草。

族人们已经开始吃晚饭了，族长边吃边给大家安排明天天一亮的活。

"冬季祭祀就要来临了，我们要感谢诸神对我们的护佑。从明天早上起，我们要分工而作。"族长说。

"良，你过来。"族长看到了良和渚一起回来就喊住了良。

良过去的时候，渚把浆果和兔子等快速交给管理物品的长辈，就跑过去听族长的安排。

"良，从明天起，你负责准备祭祀的器皿，我们需要再增加一些玉琮、玉璧、玉璜、玉钺、柱形玉器，用于大礼。"

良欣然接受，冬季祭祀是部落的大事，各种准备工作品目繁多。族长说，所有用心准备的过程天神都会一件不落地看在眼里，不许有半点的偷懒和不敬。

"玉有五德，仁、义、智、勇、洁，是大地慈悲的结晶，可以护佑我们驱邪避凶。凡雕玉者必须是有神灵护佑的人，良是我们部落的猎人，这件尊贵的事就交给良来做。"族长安排完了雕玉工作。

"渚，你过来！你是我们部落最能歌善舞的孩子。这一次，部落的祭祀舞就由你来带领大家跳。每天采集织网等劳作完后，你将带领年轻的姑娘和猎人们来练习我们的祭祀舞蹈。"族长把祭祀舞蹈交给了渚。渚开心地给族长弯腰行礼。

族长还在安排更多的事情，比如兽皮的处理和分配，蛇胆药的制作，蛇肉的腌制，各种动物肉的腌制，浆果的存放和分配，等等。

　　族长说的时候，猎人和年轻的姑娘们已在悄声讨论劳作、舞蹈、钓鱼的时间怎么分配。每一个人都异常激动，狩猎采集劳作了一年了，大家都想好好地庆祝一番，一为感谢诸神的护佑，二为庆祝部落的丰收。年轻的猎人和姑娘们都希望在庆典祭祀的时候跳起他们热爱的舞蹈。

　　"渚，跳舞的时候我们在一起。"良小声对渚说，渚看到良的眼睛里有火苗在跳跃。

　　"嗯，我要和你学习雕玉。"渚特别希望有一天自己能雕出羽人战神的护身符送给良。

　　"好的，我们一起雕玉，一起舞蹈，一起劳作。"良说的时候声音很小，但每一个字都是那么令渚陶醉。

　　"多么幸福啊！良说我们一起……"渚想着良的话不由得脸红。

　　夜深的时候，渚躺在床上听着山林里传来的夜鸟声，心里全是良的影子。渚想到自己将来的命运，既感到无限幸福又无限惆怅。

　　　　住在圣山上的神啊

　　　　请给我宽恕和护佑

　　　　白天鹅飞过的时候

　　　　就让它带走我的惆怅

　　　　我会献上缀满露水的鲜花

　　　　我会献上羔羊洁白的皮毛

住在圣山上的神啊

大湖水养育生灵

山林给万物归属

我需要会飞的翅膀

只为内心的挚爱

住在圣山上的神啊

面目慈悲

凡人在您的注视下

人丁兴旺

草木在你的注视下

郁郁葱葱

渚轻轻地吟诵着，希望神给予自己护佑。渚虔诚的声音满含着忧伤，但忽而想起良高大的身影，浑身就充满了力量。

当渚在清唱祈愿的时候，良也在辗转难眠。他在想念渚，渚吃浆果的样子，渚在树顶坐着晃腿的样子，渚咬住自己的样子，渚击打兔子的样子，渚和自己说话时的笑容，渚说要和自己学雕玉的样子，渚喜欢松鼠的憨态……良想着想着就咧开嘴笑了，良的笑声惊醒了屋角的阿妈。

"良！良！"阿妈的声音传过来。

"这良，肯定做了美梦，笑出了声音。年轻就是好，做梦也是欢喜的。"阿妈嘟囔着又睡着了。

良想到渚咬了自己一下，就觉得心怦怦地跳快了。

天怎么还不亮啊，良有些等不住了。他觉得夜漫长得令他焦躁，良真想天一下子就亮了，好陪着渚去采集、织网，去路边打兔子。良觉得，和渚在一起，平日里那些常见的事都充满了乐趣。

2

太阳照在大湖畔的时候，部落迎来了新的一天。

族人们早早就起来了，他们要去湖边捕鱼，年轻的劳动力几乎都出动了，早上喝美味的鱼汤，对于生活在大湖畔的他们来说是一件幸福的事。

"渚，等等我！"良拿着木叉和鱼筐大踏步地追着前面的渚。

渚却没有停下脚步。渚昨夜想得太多了，直到满怀忧伤，眼泪打湿了无忧草做的枕头。

"渚，你怎么不等我？"良红着脸问。

"你在追我吗？"渚扑闪着大眼睛问道。

"是啊，我一直在追你。"陷入爱河的良说话根本不用他狩猎时的智商。

"你为什么要追我啊？"渚一副不明白的样子。渚说这话的时候，脖子上还挂着良送给她的豹牙。

"她戴着豹牙真美啊！"良在心里赞叹。

"我要和你一起去捕鱼啊！"良欢快地回答。

"走吧，我们去捕捞大湖里最大的鱼。"渚终于憋不住了，良欢乐的情绪感染了渚。

"良,我们今天可以划着木船去捕鱼,也可以自己炖鱼汤喝。"渚说的时候,对自己可以炖鱼汤喝很是开心。虽说族人们在一起吃饭也不错,但一想到自己可以和良一起炖鱼汤,渚就觉得整个湖畔一下子都变得比往日里明媚了。

"良,你看天是不是很蓝?"渚问良。

"是的,渚。"良回答。

"我们在湖边炖鱼汤。"渚说。

"是的,渚。"良回答。

"我们在鱼汤里放少许的盐巴。"渚说。

"是的,渚。"良回答。

"我们不去捕鱼,好吗?"渚说。

"是的,渚。那我们去做什么?"良紧张地问渚。

"去捕鱼炖鱼汤啊!"渚故意逗良。

两人跟着大队的族人来到了湖边。大家把小木船放进水里,两人或者三人一组,向湖中划去。

湖中有许多芦苇,那芦苇荡里藏着野鸭和各种水鸟,草密处总有鸟蛋散落,大大小小的鱼儿游来游去,好像水鸟从来不曾吃过鱼,它们只是友好地生活在湖里。

渚和良划着小船缓缓地前行,不时用小渔网捞起湖里傻傻撞过来的鱼。不一会儿,小船舱里就装了好多鱼。

"渚,我们往草深处划,在那里可以捡一些鸟蛋。"良征求渚的意见。

"好的,今年湖神保佑,湖里鱼儿肥美丰富。你看我们很容易就捞了这么多。"渚说道。

"我们去捡一些鸟蛋也好。"渚看着水草茂密的湖心说。

"渚，小心有野鸭啄你。"良提醒渚，湖里的野鸭很大，也很凶。

"不怕，我们捉只野鸭吧。"渚笑起来，渚的笑声哗啦啦的，像船桨激起的水花。

"小心，渚！"渚正面对着良大笑，良突然一把拽过了渚。一只巨大的鸭子从渚的头顶掠了过去，鸭子偷袭未成，就远远地飞走了。

渚因为被良一拽趴在了良的身上。良看见渚清澈的眼底有火苗呼呼地燃起来了，……小船就这样泊在了水草茂密的湖心。

"良。"渚轻轻叫了一声。

"渚。"良也轻轻叫了一声。

时间好像过了很久，又仿佛稍纵即逝。

渚说："良，我们去捡鸭蛋吧。"

"好的，渚。"良回答。

"哇，好多的鸭蛋。良，这些柔软的鸭毛也可以带回去。我们可以用它做温暖的羽衣，也可以做羽毛被。"渚总是物尽其用，让每一种东西都变得很有用处，仿佛什么都不能丢弃。

"渚，我说过，你是我们大湖畔最聪慧的姑娘。"良想了想披着羽衣的感觉说道。

小船儿驶出湖心的时候，船舱里已装满了鱼和鸭蛋，柔软的鸭毛被渚整理得顺顺溜溜，扎在一起。而做这一切时，良只是给渚打下手，年轻的渚干起活来太利落了。

两个互相喜欢的人搭伙干活，收获总是最大的，速度也是最快的。良和渚在湖上往返很多次，他俩的捕捞成绩远多于别人，收鱼的长者让他们先去休息了。

两人提着鱼和陶罐去找柴火，这是他俩第一次合作炖鱼汤，两人格外激动。

渚提着陶罐，良提着鱼，一路有说有笑。良在前面冲着渚跳起了牛舞，嘴里还学着牛的声音。

"哞——哞——"良大声叫。

"哞——哞——"渚大声叫。

两人都跳起了牛舞。没有鼓点，没有伴奏，但是两人的步伐却跳得出奇一致。

他们一个提着鱼，一个提着空陶罐，就在从湖边去树林的路上跳起了祭祀的牛舞。他们模仿着牛犁地，吃草，走路，开心，发怒，仰天长哞。两个人跳得忘我，忽然啪的一声，渚手里的陶罐掉在地上碎了。骤然发生的事，令两个人不由得停下了舞蹈。

"没有鱼汤喝了！"渚的脸红扑扑的，眼睛扑闪着，语气却满是欢快，好像没有鱼汤喝是一件很开心的事。

"没有鱼汤喝了！"良用唱颂歌的语调喊道。

两个人的欢快没有什么可以打断。

"我们烧鱼。"异口同声。

　　阳光落在草叶上
　　小虫儿敛起了翅膀
　　圣山上的神啊
　　面目慈悲

渚大声地唱。

　　阳光落在草叶上

　　小花鹿竖起了耳朵

　　圣山上的神啊

　　面目慈悲

良大声地唱。

很快，他们到了一处清幽的地方，捡来了柴火。

"良，我们烧泥巴鱼。"渚说。

"好的，那就烧泥巴鱼。"良说。

他们开心地和泥巴，他们要一起烧泥巴鱼，这是他们第一次一起烧泥巴鱼。

"渚！"良喊了一声！

"嗯！"渚在低头和泥巴。

"良！去湖边摘大叶子！"渚需要大叶子包洗好的鱼。

渚喜欢把鱼包在大草叶里烧。这样做的鱼干净美味。

"渚，给，叶子！"良举着大叶子跑回来。

渚把叶子放鼻子上闻了闻，叶子散发着清香的味道。

良用叶子包好鱼，渚又打开了。渚从身边的小筐里取出随手在路边采摘的浆果，捏碎了放在鱼腹中，又从陶罐里倒一点儿盐掭在鱼肚中。

"现在可以包上了！"渚笑着把包好了的鱼递给良。

"泥巴？裹泥巴！我们一起裹泥巴。"良孩子气十足。

"可以了。烧吗？"渚看着地上包好的鱼问良。

两个人把包好的鱼放在地上，然后生起了火堆。烧鱼时，渚拿过从湖心带来的鸭毛。那些鸭毛有黑的，也有白的。

"良，我们做件羽衣吧。鸭毛柔软温暖，冬天穿应该很暖和。"

"嗯，渚，你说我们的祖先羽人战神是不是就穿着羽衣？"良问道。

"我们的祖先羽人战神肯定穿着羽衣。"渚肯定地说。

"不，羽人战神是天神，他的翅膀应该是上天赐予的。只有真正的翅膀，才能飞上天空。"良无限憧憬。

"良，我们做羽衣吧，这是天神给我们的明示，羽毛可以带给我们温暖。"渚说。

"好的，渚，我们做羽衣。我们做好羽衣，暖和的话，要让大家都做羽衣，湖里那么多的羽毛，是上天给我们羽人族的恩赐。"

良说着哈哈大笑，多好啊！他心爱的姑娘居然想到了羽衣，现在他们就要动手做羽衣了。不久，部落的族人都穿上了羽衣。从此，冬天他们又有了新的防寒衣服。

"良，我们要把羽毛缝在一起。用什么东西缝？"渚忽然问。

"用树！"良说。

"大树有细长的须，树皮可以剥出细腻又有弹性的线。我们用植物的线搓成做衣服的线。"良狩猎时，常用树皮制成的线绳绑各种东西。

"良，听说很远的地方有部落会纺纱织布，听说他们的衣服穿着很舒服。"渚向往地说。

"是的，听溪水爷爷说过这样的部落。我们大湖周围的部落也有会织麻布的部落，他们都是一些更先进的部落。"良说。

"若是能够互相交流学会织麻多好！"渚说。

"不要着急，会学会的，每年我们部落都会和其他部落换亲。这些换亲的女子都会本部落的手艺，有的会编织，有的会养蚕，有的会打猎，有的会织网，有的会织麻布，还有的会制作特殊的用器。除了男人为部落之间的交流和发展做贡献，女人也一样，甚至更多。"良说。

"比如，我们制作出羽衣，也会把羽衣的制作方法传授给其他部落。"良说。

"你好能干啊！"渚想象着羽衣，对良发出由衷的赞美。真不愧是猎豹的良，总是想得很长远。

"渚啊，我们先整理好羽毛，分类捆住。然后再收集绳线，我想不久我们就会做出羽衣。"

良和渚讨论着羽衣的做法，两个人越说越开心，真是天神护佑，他们俩居然有了对羽衣的构思。

"渚，你真是个聪慧的姑娘。"良赞美渚。

"是你开启了我的智慧。"渚觉得，没有良，自己是想不到羽衣的，因为她所爱的良有祖先羽人战神的护佑，所以她才想到做一件羽衣。

火渐渐地小了。

"良，鱼烧好了！"渚拿起树枝拨开火堆。

"渚，你烧的鱼，应该很好吃。"良心急火燎地把火堆拨开。

七八条裹着鱼的土疙瘩整整齐齐地排在火堆下。那块土块早已烧得发硬，只要敲开就可以吃了。良拿着两条泥巴鱼轻轻地一磕，生怕一不小心破坏了里边的美味。

泥壳子碎了，露出叶子包着的鱼。良屏住呼吸一层层打开紧裹的叶子，叶子里是渚为他烧的鱼。这是他第一次吃一个姑娘特意为他烧的鱼。良心里无比幸福。快要剥开的时候，良抬起头冲着渚甜蜜地一笑，又继续剥鱼。

当一条美味的鱼呈现在两人面前时，良发出了轻轻的叹息。

"多么美味的鱼啊，渚！圣山上诸神面目慈悲！"良面向天空祈祷，心里满是对天地的感激。

"良，吃一口，这是放过浆果的鱼，有着浆果的甜和酸！"渚捧着鱼，满怀期待地看着良。在那一刻，良对天祈祷的那一刻，渚却只想着良快点儿吃一口，因为这是她为他烧的鱼。

"嗯嗯，真的有着浆果的味道。"良细细地品味，每一种食物都是上天的恩赐。良认为，吃东西就是对天神的尊敬，所以良吃得很认真，这是溪水爷爷教导他的。溪水爷爷说："食物来之不易，要有感恩之心。"

几乎劳作了一天的良和渚，幸福地吃完了烧鱼，然后埋掉鱼骨和残留的灰烬。他们要匆匆赶回部落。良要教大家雕玉。

3

　　族人们在湖边收拾好捕捞来的鱼，抬着小船扛着鱼叉一起回部落。又是一次丰收，满载而归的族人们一路叽叽喳喳。良、石头和其他几个猎人背着鱼，一些姑娘的藤筐里也是鲜活的鱼。他们闹出了不小的动静，树上的飞鸟惊慌失措地飞走。

　　"良，我们什么时候开始雕玉？"石头喊着问。

　　"回去就开始。"良回答。

　　"溪水爷爷参加吗？"有人喊道。

　　"参加，溪水爷爷是最巧的人。他雕过无数的玉器，他雕的玉器诸神都喜欢。"良说。

　　"良，我们做的玉，诸神会喜欢吗？"石头满怀憧憬地问。

　　"玉是大地慈悲的结晶，是大地的舍利，只要是我们用心做出的玉器，诸神都会喜欢。"良模仿着溪水爷爷和族长说的话。

　　"良，给我们说一下玉吧。"石头说。

　　"说一说吧，溪水爷爷肯定给你讲了很多玉的故事。"同伴们恳求良。

　　"其实我们应该问族长，他知道的更多。"良看着前面不远处的族长。族长正和几位长者说着话走在人群的最前面。

"你就说说吧。族长那么忙。"同伴们坚持。

"我们回去问巫师好吗？巫师是见过诸神的人，他知道天上地下的事，他还知道我们的生死。"良说道。

"溪水爷爷已经老了，他今年能跳神祭奠吗？"有人问。

"他可以，一个巫师老了的时候，上天会给我们新的巫师。"一个同伴说。

"新的巫师会是谁呢？"大家几乎同时在想这个问题。

"新的巫师由诸神指派，新巫师心底干净纯洁，有着洞悉神意的本事。"良说道。

"可是会是谁啊？"石头把身上的鱼筐抬一抬，很想知道结果。

"这个谁也不知道，只有天神知道谁能替他们在人族传授神意。"良说。

"良，那个……"有人还要问，却被良打断了。

"大家快点回去吧，回去之后问溪水爷爷，只有溪水爷爷知道你要问的为什么。"良看着就要回到部落了，打断了同伴们的问话。

良和伙伴们把捕获的鱼和各种猎物交给了族里保管食物的长者，就喊上渚回家。良和渚住在不同的干栏屋里。一个干栏屋很大，可以分成好几个小屋，总是住着好几户人家。良和渚住得很近。

"渚，你背着什么？"良看到渚背着筐，很是奇怪。

"我要把羽毛背回屋里，我要在家里做出羽衣。"渚说。

"也好。族里这些天既要雕玉，又要跳舞，还要捕鱼采集。

羽衣你就慢慢做吧，我会帮你收集羽毛和合适的绳线。"良说。

他们说着话就到了渚的屋门。渚进去后，良也向家里走去。

回到屋里的良，看到阿妈穿着白桦树纤维和麻做成的袍子，还披着花鹿皮做的背心，阿妈的额头发辫上嵌着一块白玉，白玉上有奇怪的图案。盛装的阿妈端坐在家里，看见良回来后，一动也没有动，只是微微笑着。

"哦，阿妈，你的衣服真美！你有什么事要庆祝吗？"阿妈平日里并不如此打扮。

"不知道！阿妈只是想穿这些衣服！"阿妈笑着说。

良看着阿妈，并没有从她的表情里发现什么。阿妈好奇怪啊！

"阿妈，我来取工具。我们要雕玉了。"

"去吧，孩子，做出精美的玉器，是诸神对你的护佑。"阿妈说。

"阿妈，你佩戴的玉佩是哪里来的？"良看着阿妈额头的白玉，那块玉发出莹洁的光泽，令阿妈的额头给人慈悲和祥和的感觉。良觉得阿妈有一种说不出的美。

"就在咱家的皮袋里，一直都在，只是今天想戴上。"阿妈指着屋角的皮袋。

"阿妈，你今天吃什么？"良问。阿妈自从良开始狩猎就很少吃肉，但是阿妈有很好的手艺，良在家的时候，阿妈会给良炖肉或者烤肉。阿妈说，猎人应该吃很多肉，只有这样才会强壮有力。

"良，阿妈吃了果子，还有菌子炖的汤。"阿妈回答时像听话的孩子。

良找到了装工具的袋子，出门时叮嘱阿妈小心火盆，关好门。

在祭祀的空场上，早已燃起了熊熊大火，族长把祭祀用的玉器摆在石案上，有玉璧、玉琮、青玉圭、赤璋、玉琥、玄璜等主要礼器，还有巫师佩戴的玉璜、玉珩、玉管、玉串等等。

石案的边上堆着一些大小不一的玉石，这些石头都是猎人们在野外狩猎时偶尔捡到的。在大湖水源的地方，人们总会发现各种漂亮的石头，然后捡回来做成自己喜欢的样子。

"良，你也是多年跟着溪水爷爷的人了，从小见惯了这些大礼之器。玉器上的图案你细细琢磨，我们要打制一套新的礼器。一会儿溪水爷爷会来，你们要按照他的要求去做。"族长叮嘱良和其他人。

"石头，我们先剖开这些石头吧，看看它们里面的成色，只有真正精美的石头，才有沟通天地的灵性。"

良和大家一起端详每一块石头，揣摩，掂量，拿出自己特有的精钢石刃划开那些石头的小边角，根据其颜色设定用途。

石头要鉴定完的时候，月亮已照亮了整个祭祀空场。那些摆在月光下的玉器发出莹洁的光泽，使空场上笼罩着神秘的气息。溪水爷爷就在这个时候来了。

溪水爷爷来的时候，族长和其他人已经去休息了。他是踏着月光悄悄来的。

溪水爷爷看着大礼的玉器，深深地弯腰行礼。那些玉器是他做巫师时的礼器，每一个的用途他都牢记于心。它们帮他传递上天的旨意，它们帮他感恩大地。它们是沟通天地的途径。溪水爷爷对那些空灵的石头满怀崇敬。

礼毕之后，溪水爷爷看着他们说："雕一套新的礼器，用以安四方，通天地。只是比现在的稍小一些。"溪水爷爷比画着，手上的大小比石案上的小了许多。

"再打制一套小型的巫师配饰,玉要精致,颜色要纯。"溪水爷爷说这句话时抬头看着月亮。

"爷爷……"良想问为何,却没有问出来。

"做吧,这几块石头用来做礼器,这几块用来做玉饰。"溪水爷爷很容易就把石头分了类。

"溪水爷爷,给我们讲一讲礼器的故事吧,比如,玉璧,还有为什么礼器有六类?"有个小伙子问道。

"是的,爷爷,给我们讲一讲嘛!这些精致的礼器到底都有着怎样的故事?"

"爷爷,您就给我们讲一讲,我们改天给你捕捞最鲜美的湖鱼,我们一起炖鱼吃。"石头以美食许之。

"好的,我就给你们说一说。先说一说玉石吧。我们面前的这些美丽的石头,它们都是天地间的精灵,有着通灵天地的能力,凝聚了日月之精华,它们坚硬,而有韧性。"溪水爷爷认真地开始讲述。

"这些石头做成礼器,它们将在祭祀中通灵天地,向天地间诸神上述我们凡人的祈求,表达我们的祈愿,并把神灵的护佑带给我们,是我们和天地自然沟通的途径。

"做成饰品,戴在身上,通灵的玉石会给我们滋养,保佑我们吉祥如意,福顺安康。

"因为玉石坚硬而有韧性,做成工具,使用起来也便利。当然,每一块玉的用途由玉的质地、颜色和品阶来决定。

"比如,我们的玉琮,就是由上好的黄玉制成的。黄琮礼地八方,在我们的祭祀中起着主要的作用。一件玉琮,是部落权力的象征,也是一个部落的神器。玉琮上面的每一条线,每一个图案，都蕴含诸神对这片大地的护佑。"

"爷爷，我们可以雕刻一些小的玉琮放在家里吗?"良问。

"可以，玉琮摆在家里清净吉祥，神灵护佑。但是，家里的玉琮不需要很大，很多节，再刻上神谕，就行。家里放一件小的玉琮，诸神会护佑家族人丁兴旺，子嗣繁衍旺盛，男丁强壮勇敢，女子聪慧美丽勤劳。"溪水爷爷说道。

"爷爷，这些神谕怎么刻上去?"石头问。

"用月亮给你的力量刻上去。"溪水爷爷淡淡地说。

"用月亮给你的力量刻上去!"良口里喃喃自语。他说着抬头看了看月亮，感到月亮似乎也正在看着自己，仿佛那清辉里正有神力徐徐地注入自己的身体。良看了看那些石头，好像从石头的形状里隐约看到了每一块石头该有的样子。

"怪不得，溪水爷爷一眼就知道那些石头的用途，原来是月亮给了他神力。"良看着溪水爷爷不由得笑了。

"你这个良!"溪水爷爷轻轻敲了一下良的头，笑着说。

4

月光照在祭祀的空场上，空场四周还燃烧着巨大的火把，部落里与雕刻礼器无关的人都早早地睡去了。

整个部落里只有良和几个准备雕刻礼器的男子在溪水爷爷的带领下静静地坐在祭祀场，他们在等待月上中天，月神把犀利的神力赋予他们，他们就开始雕刻他们心中神圣的玉琮、玉璧、玉圭、赤璋、玉琥、玄璜等礼器。

溪水爷爷站在摆放礼器的桌子前，手举玉璧，目光落向遥远的天空，嘴里念念有词。

他们看到月亮的清辉仿佛正在源源不断地往溪水爷爷手中的玉璧上集聚。爷爷整个人都身披着月的光芒，而那月光似乎又经过玉璧，放大了玉的光芒。与其说爷爷身披着月亮的光芒，不如说爷爷浑身都是玉凝润的、柔和的光泽。而那光泽落在那些礼器上，又四下漫开，柔和温润，像是能化开冰冷的夜，也能够化开坚硬的石头。

他们就是在月光和六种礼器的玉辉中开始雕刻的。雕刻的时候，每一个人仿佛都被月亮赋予了神力，只见他们安静而又投入地搬弄着那些玉石，每一个人坐在那里拿着一块玉石相面，好像在和玉石交谈，商量着一块玉想要成为什么样子。

雕刻礼器是一件耗时耗力的工程，需要体力，更需要集中精力细细雕琢。

他们用尖锐的岩石凿着礼器的雏形，良雕的是玉琮，良其实不知道自己能否雕成玉琮，只是良在选玉的时候选中了这样一块长形的石头，没想到去掉包浆后，居然是一块黄玉。良看着黄玉，听到了黄玉的声音。

"我是玉琮之灵，良，请仔细雕刻。"黄玉在和良经过长久的相视之后说道，良听了就知道每块玉石都有自己想要成为的样子。

那一晚，良和伙伴们先相玉，和玉交流，在一种轻松愉快而又神秘的气氛里用尖锐的岩石打凿出了自己所雕礼器的雏形。

当良把玉琮的雏形放在眼前再次端详的时候，良似乎看到了很是精致的玉琮已在那雏形里呼之欲出。

月光似乎在夜空里凝固了，他们静静地雕刻着。溪水爷爷打开一个沉重的袋子说道："这是解玉砂，我们要用它配合砣轮琢玉，让礼器变得光滑。"

砣轮也是由坚硬的石材制成的，不同的砣头配合解玉砂进行琢玉。他们拉着弓弦转动砣轮，在解玉砂和玉石的摩擦中，玉琮和各种礼器逐渐变得平顺、光滑。

"爷爷，你看这样可以了吗？"有人在问。

"还差得远呢。你这孩子没一点儿耐心。"溪水爷爷严肃地批评道。

"我们雕刻的是祭祀的礼器。必须精益求精，打磨得光光滑滑。好好转砣轮。"溪水爷爷监督着几个懈怠的男子。

"爷爷,礼器上的那些线条、图案都是什么意思,我们怎么刻上去?"石头问。

"月亮会帮你刻上去。"爷爷说道。

"爷爷,你看看如何,我现在可以雕刻了吗?"良问的时候,举着自己手里的玉琮对着月亮看。

"良,别傻了,你的玉琮还很粗糙,你还要在上面刻上神谕。"溪水爷爷说。

"好的,爷爷,我继续磨玉。"月光下,良一次又一次地拉着弓弦打磨着自己的玉琮。

打磨玉琮是个费时费力的过程。那一晚,天快亮的时候,他们还是没有完成打磨。但是玉琮和其他礼器已经变得平顺光滑。

"孩子们,你们手上的礼器再经过细一些的解玉砂的打磨就可以在上面刻上神谕了。现在,你们可以把礼器交上来,用这些干净的麻布包好。然后你们就去睡觉,等休息好了,我们再干活。"溪水爷爷说道。

他们按照溪水爷爷所说的收拾好现场就各自回家了。回家的路上,月亮的清辉依旧如水一般的漫溢,良再一次想象着雕刻玉琮的过程,虽说操作过程清晰,却没有了那种神奇的力量。

"一定是月亮给了我力量。"良开心地说。

回到家里后,良很快就睡着了,一直睡到阿妈把他摇醒。

"良,你醒醒,渚来找你了。"阿妈喊着。

"渚在哪里?"良听着阿妈的话一骨碌翻了起来。

"我在这里,你好能睡啊。"渚拿着几颗红浆果在良的眼前晃着。

"很甜!"良抢过一颗放进嘴里说道。

"良，快点儿过来吃东西，吃完东西就去干活了。"阿妈在外边的火塘边喊着。阿妈做了好吃的菌子汤，还给良煮了鸭蛋。

"阿妈，你和渚一起吃吧，别光看着我吃。"良一边吃着鸭蛋一边说道。

"我还有一些粟熬的粥，和渚一起喝。"阿妈说着。

"渚，你来喝碗粥，吃颗鸭蛋吧。"阿妈让渚吃东西。

"阿妈，我吃过了。我就是过来看看你和良，给你送一些浆果。"渚开心地说。

"良，你们今天做什么？"渚问。

"今天我们继续做玉礼器。"良说。

"你做什么？渚，你的舞蹈编得怎么样了？"良问道。

"我正在编，过些天就有眉目了。等编好了，我们跳给你们看。"渚一边吃着浆果一边开心地说。

"渚，等我刻完礼器，才算真正学会了雕刻。一个没有刻过礼器的匠人，不是好匠人。"良吃了一个鸭蛋说道。

"渚，当我成为一个真正的匠人的时候，我要给你刻一块玉饰。"良说。

"你要刻什么送给我？"渚好奇地问。

"自然是最美好的了，我还没有想好。走吧，渚，我要去干活了。你去干吗？"良吃饱之后站起来，想着去继续磨玉。

"我要和姑娘们跳舞，等姑娘们会跳了，还得教会全族的青年男子和姑娘，我也有很多事要做。"渚说道。

"那就走吧，我去磨玉，你去跳舞，我们都为即将到来的祭祀好好做准备。"

5

　　良来到祭祀场时，看到伙伴们都已经开始磨玉了。清晨的太阳，清新而又光芒万丈，能照去人身上的懈怠，让人精神抖擞。

　　溪水爷爷沐浴着阳光，像是在晨光里得到了重生，他神采奕奕地指挥着大家。

　　"良，把解玉砂换一换，细的解玉砂可以让玉器变得更加细腻。现在换一下，继续磨玉。"溪水爷爷说道。

　　"每一件玉器都是独一无二的，这世上没有两块一模一样的石头。所以，你们手中的玉石和你们是有缘的。相玉之后，每一块玉石想要成为的样子就在你们心里，请你们一定尊重玉石的想法，让它们成为它们想成为的样子。"溪水爷爷虔诚地说。

　　"爷爷，我们会有偏差吗？"石头问。

　　"只有不会和玉石相面交流的人才会违背一块玉石的愿望，出现偏差。"溪水爷爷肯定地说。

　　"爷爷，怎样才不会出现偏差？"有人问道。

　　"需要慢慢地磨玉，慢慢地观察每一块石头成为雏形之后的心思，好好读懂它，对每一个玉器的细枝末节精雕细琢。现在我们是在磨玉，就要磨出玉的质感和光感，磨出玉内在的温润，只有在磨玉时用心了，读懂了手中的玉，雕出来的玉器才会精巧，才会赢得诸神的欢喜。"溪水爷爷用心教导。

良和伙伴们听着溪水爷爷的话，认真地观察琢磨手中的玉器，想着用怎样的方法才会让玉器的每一个小孔都变得光滑莹润。

"应该用解玉砂穿过玉琮中间的孔，无数次用解玉砂摩擦玉孔，玉孔就会变得光滑。"良一边想着，一边把解玉砂灌进了玉琮中间，再转动轮带，摩擦玉琮的内壁。不一会儿，内壁果然变得光滑些了。良受到了鼓舞，干得更加起劲了。

"玉琮既然是礼地的神器，那么它的形状一定有特殊的含义，你能给我们说一说吗?"良问爷爷。

"琮是用来祭祀地神的礼器，我们的玉琮内圆外方。中间是圆孔，外壁是四棱柱体，代表了天圆地方。玉琮是权力和财富的象征，更是我们和地神沟通的礼器，因为万物皆有灵性，我们的玉石本身就是天地之精华，在经过我们用心打磨之后，它就会具有沟通天地的神力。"爷爷概括地说着。

"爷爷，玉琮是怎样和天地交流的?"石头问。

"它自有它的方式，月亮会告诉你。"爷爷笑眯眯地说。

良和伙伴们一整天都待在祭祀场地磨玉。磨玉真的是件耗时耗力的事。当良和伙伴们把玉磨好后已经是好几天之后了。那些天良和伙伴们磨玉入迷，他很少想到渚。

有时候，渚即便来了，也是悄悄地站在边上看一会儿就走了。有时候渚会带来一些浆果，或者带一些炖好的汤送给良和伙伴们。渚还会特意给溪水爷爷做一些自己拿手的美食，常引得溪水爷爷赞叹。

"真是个好孩子，会做这么多好吃的，还很挂念我老头子，爷爷会给你做个小礼物。"溪水爷爷一边喝着渚炖的汤一边许诺。

"爷爷，不用客气，我给你做好吃的是我的福分。你还想吃什么？我下次给你做。"

"你给我炖一罐肉吧，我这些天吃得可素了。"溪水爷爷不客气地说。

"你不用给他们做，他们都有阿妈做吃的，就爷爷我没人做。"溪水爷爷特意叮嘱。

"好的，爷爷，我给你炖花鹿肉，一定炖得烂熟，让你胃口大开。"渚开心地答应着。

"渚，你现在就去给爷爷做，我也吃一点儿，我也会有礼物送给你。"良笑着对渚说。良知道，渚是因为想念自己才跑来这里的，他不能让渚失望，他用喜欢吃东西的态度回应渚的想念。

"好的，给你也做一些，不过你会送给我什么？"渚欢喜地问。

"我会给你打磨一串项链，带玉石的项链，会带给你好运气。"

"良，珍贵的玉石项链是要送给自己将来的女人的，你怎么能送给我们的渚？"一个伙伴笑着说。

"可不是吗？多好的东西送给这些将来要换亲的女子，还不是带到别处去了。"有一个人说道。

"良啊，还是留给自己的女人吧。"大家七嘴八舌。

"渚是我们族里的女孩，她一直为我们做美食，给我们带来浆果，且带给我们欢乐。我觉得应该做个礼物送给她，对她表示感谢。"良诚恳地说。

"渚，你不必听他们的话，你要相信，我和爷爷都会为你做串珠子的，戴在你的脖子上，无论你走到哪里，都会护佑你。"良看着渚说。

"嗯，我才不会往心里去。族里的女人最终都去了别处，我并不知道自己会去哪里，但是若戴着你和爷爷送给我的珠子行走在大地上，我会很幸福。"渚喜悦地说。

"无论我在哪里，我都会记得我们的大湖部落和你们，尤其是爷爷和良。"渚幸福地说。

"真是个好孩子。现在，我们休息好了。你去给我们炖肉，我们要在玉器上雕刻神谕了。"爷爷拿起那些磨了几天的玉说。

"好的，爷爷。"渚拿起装汤的罐子开心地走了。

要雕刻神谕的时候，溪水爷爷在小石桌上摆上了供品，在将明将暗的傍晚做了一场只有良和伙伴们在场的祭祀。

只见溪水爷爷拿着已有的六件礼器沟通天地诸神，又长叩在地安了四海八方，默首低吟一会儿祈祷词，又让良和各位伙伴各自端着自己要雕的礼器雏形闭眼端坐。

良和伙伴们在爷爷的祈祷声中渐渐感觉到世界一片安静，良觉得有无数的图案和线条在脑海里浮现，如奇怪的兽面，奇诡的线条和符号。那些浮现的东西逐渐清晰时，就一个个地依附在了自己手中正在刻的玉琮上。

玉琮有了神谕的依附之后，变得更加晶莹剔透，圆润光和，莹莹之光能灼亮黑夜。玉琮在良的周围飞旋起来，各种神谕的字符源源不断地往玉琮中涌入。过了一会儿，玉琮彻底成了一件精美绝伦的独一无二的礼器，落在了良的手中，良心里赞叹着。

"原来我的玉琮是这个样子的啊!"良这样赞叹的时候睁开了眼睛,再看手中的玉琮,却还是雏形。他见伙伴们和自己是一样的神色。

"知道你们的礼器上该刻什么了吧?"溪水爷爷和蔼地问。

"知道了,我的玉琮就在我心里,神已告诉了我玉琮的样子。"良愉悦地回答。

"我的也是,神也告诉了我玉璧的样子。"石头说。

"是的,诸神都告诉了我们。"众伙伴说。

"那好,现在,把你们心中的礼器刻出来。"溪水爷爷说道。

6

又过了几天，礼器终于雕刻好了。

六尊新雕刻好的礼器摆放在石桌上，它们比原来的礼器小了一些，显得轻巧俊逸，玉的晶莹剔透和凝润温婉使礼器看上去承载了天地之灵秀的气质。

溪水爷爷自然又是一番祷告，感谢诸神的护佑。新的礼器的诞生预示着新生权力的诞生，爷爷说，不要着急问答案，神会在最好的时机带来那个新人。

"爷爷要在部落里选举新的族长吗？"有人问。

"不是，族长用不了这么多的礼器，族长只用玉琮来发号施令，领导族人的生产和生活。"良说道。

"难道有新的巫师要诞生？"有人猜测。

"孩子们，不要妄揣神意。时间一到，大家自会明白。"溪水爷爷说道。

"孩子们，把这些新的礼器包好，等着吉时的到来。"溪水爷爷吩咐孩子们收拾礼器，准备休息。

"爷爷，你看有这么多的小玉石，你就教我们雕一些小玩意呗。"良说道。

"可以教你们，可你们得拿美味报答我。"溪水爷爷懒洋洋地说。

"这个简单。"众人齐声回答。

"你们要学什么?"爷爷问。

"爷爷，我们想在小玉块上打眼，雕刻图案倒是随心，就是打眼困难，我打了几次都失败了。"良说道。良真的试了好多次了，可是每一次都没有成功。

"哦，那是因为你忘了月亮会给你力量。你用一块坚硬的石头在玉石上雕刻，用兽牙兽骨打孔时，心里要有月亮给你的力量。要静下心来，智慧和技术都会是月亮的力量。"爷爷说道。

"哦，爷爷，我真的忘了月亮会给我力量，我一直只是用我自己的力量，所以我才弄破了玉石。"良说道。

"好，现在，你们用上雕刻礼器的虔诚来雕刻。记住，只要是玉石，都有灵性。你不能对它们分类，不能分贵贱高低，所有的玉石无论大小都一样平等，玉石里都有玉灵的气息，所以你们雕刻师要尊敬每一块玉石，要和它们交谈，知道它们想要成为的样子。"溪水爷爷说道，"现在可以雕刻了，雕你们喜欢的玉石，刻画喜欢的图案。"

"爷爷，我想在这块玉上雕出我们羽人族的战神羽神。听说他带领我们的祖先征战，那是何等英武。"有人说道。

"雕吧，问问你手中的玉石，喜欢什么雕什么。但别忘了给我做好吃的。"溪水爷爷说着躺在了石桌的边上。

他们雕着饰品的时候，正是午后，年轻的伙伴们坐在祭祀的空场上，使劲转动轮盘，用解玉砂打磨着他们喜欢的小玉块，甚至打磨一些小珠子，让它们成为喜欢的样子。

良甚至想到要刻一个小小的玉琮，只是为了摆在家里或者挂在身上。行走在神秘的大地上，谁都想得到大地之神的护佑。良觉得，一块玉琮戴在身上可以辟邪。

　　正当良使劲转动轮盘想象的时候，渚来了。自打良说要给她穿一串珠子，她可开心了，她每天都在期待那串珠子挂在胸前。

　　"良，你看我给你烤了野鸡肉。这野鸡是我用石块打的，你和爷爷快点儿吃一些吧。我还给你们炖了肉汤，里面加了你阿妈送的菌子。"

　　"哦，好美味，渚啊，你烤的鸡肉撒上了盐巴好鲜美，快叫醒爷爷来吃。"

　　"爷爷，你醒醒啊，醒来吃东西了。"渚趴在溪水爷爷的耳边喊着，可是爷爷没有醒来。

　　"我来叫。"良说着拿起烤鸡往爷爷鼻子旁一凑，爷爷一下子就醒来了，嘴里还嚷嚷着："谁吃了我的烤鸡？"爷爷一副惊慌失措的样子。

　　"谁也没有吃掉你的烤鸡。"渚和大家哈哈大笑着。

　　"这才是乖孩子，你们都回家吃饭去，别眼馋我的鸡。"溪水爷爷一边吃一边赶大家走。

　　"哦，渚，爷爷要独吞烤鸡。"良假装痛苦地说。

　　"你只能回家吃了。"渚无奈地笑着。

　　"你回家吃饭，良。"爷爷赶着良回家去。

　　"渚，你别走，爷爷有话对你说。"爷爷偏心地留下了渚。

　　等众人都走了之后，溪水爷爷说："渚啊，你过来，给这块玉石打个眼。"爷爷说着递过来一块玉石和另一块有着尖角的石头。

"爷爷!"渚喊了一声,因为渚从来不曾做过。

"你来,你可以。试试就知道了,就想着自己能。"爷爷说。

"好的,爷爷。"渚拿起玉石固定在一木槽处,又拿起尖锐的角石,对着玉石的中心钻起来,渚模仿着良的样子一心一意地钻起玉石来,尖锐的石头旋转着,在玉石上留下了白点,一会儿玉石上又出现了小坑。

"渚,往小坑里添点儿解玉砂。"爷爷看着说。

"好的。"渚一边说着,一边把一小撮坚硬的细沙放进玉石的小坑中。

"继续钻。"爷爷边吃边说。

"好。"渚又开始钻。

小坑越来越深,不一会儿,渚又加了一些解玉砂,到后来,爷爷拿着一根坚硬的木杆,木杆一头镶嵌着不知是什么动物的牙齿。

"渚,用这个试试,继续加解玉砂。"爷爷教渚怎么使用木杆工具。

渚把解玉砂放进小坑,又把木杆上的牙齿对准小坑,按照爷爷说的方式转动木杆,渚几乎听到了牙齿咬着玉石的声音,渚看见小坑逐渐变深,渐渐变成了一个小洞。渚受到了鼓舞,钻得越发开心。

"爷爷,玉石打眼原来并不是很难。"渚开心地说。

"万事万物都有解法,就看你的用心程度了。你用心了,石头也能打出眼来。渚啊,动脑子才是最主要的。"溪水爷爷说道。

"嗯,爷爷,我明白了。"

爷爷一边吃鸡，一边和渚聊天，并且教会了渚怎么制作和使用砣轮，还教会了渚怎么磨玉和刻玉。

渚坐在那里转动砣轮，看着解玉砂把一颗颗小玉石磨得晶莹光洁，渚觉得自己好有成就感。

"爷爷，我以后可以雕玉了吗？"

"可以。只是你啊，以后是要离开部落的人，所以爷爷教会你怎么制作这些工具，这样无论你在哪里，你都能雕玉。女子命苦，要有一技傍身就好活了。"

"谢谢爷爷，我一定会传承和发扬我们大湖部落的雕玉技术。"

溪水爷爷吃着鸡，笑眯眯地看着渚，溪水爷爷明白，每一个部落里聪慧漂亮的姑娘都应该会多种技艺。当她们离开自己的部落时，她们独特的技艺就会传播到别的部落。各部落就是这样互相促进发展的。

7

溪水爷爷说完就坐在石案边睡着了。溪水爷爷总是这样，后来那些年，也许是老了，他总是随便在任何地方就睡着了，族人老担心他被野兽叼走，但他总是好好的，从来没有野兽袭击他。

有一次族人明明看见一群山羊从他睡觉的地方跑过，他们大叫着跑过去看他，以为他被山羊踩死了——这个可怜的老人。可是山羊跑过后，族人也没有找到溪水爷爷。就在族人正伤心的时候，溪水爷爷却安全地回来了。

"溪水爷爷你去哪里了?"族人们好奇地问。

"我到山羊的家里做客去了。"溪水爷爷笑呵呵地回答。

人们更加相信是神保佑着溪水爷爷，因为溪水爷爷是他们的大巫师。

又是一个月圆的晚上。火光把院子照得如白昼一般，月光给院子营造出轻渺的安宁气氛，良和石头等八九个人在场地上雕玉，他们已经熟练地掌握了各种雕玉的技术以及制作雕玉工具的技术。溪水爷爷把雕玉的各种技艺传给良和其他年轻人，并且还有一些感兴趣的人来学一些简单的打眼方法。这些方法可以用在生产生活中。

爷爷带他们雕完礼器，又开始制作玉石的工具。

"孩子们，玉石比其他石头坚硬，又带有特殊的柔韧性，用它制作工具，我们在生活中使用是很方便的。我们这里唯一不缺的就是玉石。

"你们看，这是我磨制的玉刀，可以用它剖开鱼的肚子，做狩猎的工具，也可以用它劈柴。

"还可以用玉石做的工具翻地种粟。"

爷爷说道："玉石做的武器，可以狩猎，也可以保卫我们的部落。所以大家现在发挥想象力制作一些工具，不论大小，只要说出自己的创意，我们就做出它，我们的工具太少了，我们需要新的工具或武器，来壮大我们的部落。你们要是每个人都有一把玉刀、玉斧、玉锤，就好了。现在大家说一说自己的想法。"

"爷爷，我想到了一种飞石索，就是给一块浑身尖锐的玉石上打上眼，用长长的绳索拴着，打猎的时候，就可以击打飞奔的猎物。"良积极发言。

"嗯，这个创意不错，飞石索你来做。还有谁能制作出新的工具，赶紧说说。"溪水爷爷鼓励大家。

"我想做玉刀，长玉刀，将玉刀磨出锋利的刀刃。"石头说。

"我想做玉铲，可以用来种粟。"

"嗯，好，不错。"

"我想做玉球，可以扔出去砸野兽。"

人们七嘴八舌地说着自己的设想，希望自己的想法得以实现，给部落做一些贡献。

每夜他们工作的时候，溪水爷爷就来到石案边坐着，给他们讲一些山海古经，讲一些羽人族的传说。

"我们的羽人祖先是长着翅膀的，可以在一个呼吸间飞越高山，他带领我们羽人族和南方各部落狩猎捕鱼，学习上天给人类的各种点化，教会我们采集、织网、纺织、养蚕、烧陶、雕刻，教会我们穿衣知礼，知道敬仰天地，感恩万物。这样我们的部落才得以生生不息，越来越强大。后来，我们的祖先和北方的炎黄族大战，我们不幸战败，祖先就带我们找到这个水草丰美、物产丰富、野物众多的地方。"溪水爷爷停停说说，夜晚在他的诉说里变得悠远而漫长。

"我们生活的大湖边，蛇虫出没，蚊蝇带着疟疾。我们的羽人祖先便带着先人们尝百草，辨物性，给各种植物定了名，定了用途，自那以后我们生病了才有草药治疗。

"当然，这些都是因为我们羽人祖先敬仰天地，圣山上的神才明示了他，才有了我们今天的福泽。"溪水爷爷说完这句话就靠在石案上睡着了。

良和众人一起在玉器上雕刻漂亮的云纹、布纹，在那些礼器上雕刻神圣的神秘图案，溪水爷爷说那些神秘的图案是通神的语言，可以向神祈求生生不息的力量，且保佑羽人族人丁兴旺。

正在良和众人用心雕刻的时候，渚带着藤筐和陶罐来了，和渚一起的还有另外一个姑娘。她们练过舞，然后给雕玉的人送来一些食物。

于是良在休息的时候就教给渚一些精细雕刻的技术。

"雕刻其实很简单，就是拿着雕刀雕出自己喜欢的物件。你可以在骨头上、柱子上、动物牙齿上、木头上任意雕刻，只要喜欢就可以。渚，雕石头有些费劲，你可以先在木头上雕自己喜欢的图案。

"我现在就教你雕法，我们一般用平雕、镂雕、浮雕、意雕等。当然，我们喜欢怎样雕就怎样雕，只要线条优美、灵动就可以。"

"好的，良，你忙吧，我先在小木头上雕。"渚几乎夜夜都来送食物，关于那些用刀的方法，渚虽说不会描述，但也可以拿着刀简单地雕刻了。

"好好的姑娘不去钻研舞蹈，怎么又跑来雕刻了。"溪水爷爷迷迷糊糊地说道。

"爷爷，我们已经跳完舞了。"渚欢快地回答爷爷。

"爷爷，我们给你跳一段吧。良，你们一起跳吧，雕了这么久，也休息一下。"渚拉着良站起来。

"好好好，你们跳一跳，我看看。"溪水爷爷说。

"爷爷，你看看，我给咱们原来的采集狩猎捕鱼舞中，加入了牛舞、象舞和花鹿的舞蹈。"渚认真地说。

十几个男女在月光下跳起了渚新编的舞蹈。夜深处没有鼓点，鼓点就在他们的心上，他们跟着渚顿足，挥手，旋转：一会儿是捕鱼时撒网和挥叉的动作，还有几个人在表演用力划船；一会儿又是由上而下的采摘动作，他们的手臂像是有了魔力，柔软而有力地上下攀爬和采摘，好像有无数的浆果被他们摘回，又轻轻地放进身边的藤筐；一会儿又在安静地织网，这些轻柔的肢体动作中，忽然又加上牛舞、象舞等粗犷有力的动作。一段舞蹈跳下来，大家都对渚的舞蹈赞美有加。

"渚，再好好练些日子，等到祭祀大礼时，你的舞蹈应该是很美的。相信天神会喜欢的。"石头大声说。

"差远了，差远了，有个人在月光下跳的才是诸神真正喜欢的舞蹈。"溪水爷爷听着他们的赞美，笑呵呵地说道。

"那个人在哪里？我要向她学习。"渚焦急地说道。

"不远不远。啊，我困了，要睡觉了。"溪水爷爷说着就又倒在石案边睡着了。

"我们也休息吧，今天的活就到此结束。"良吩咐大家回家休息。石头和另外几个人送着渚的女伴走了，良和渚一起结伴回家。

就在自家屋侧的月季花旁，良和渚远远地看见了令人惊艳的一幕。

8

　　月光下，有一个身穿白袍和花鹿皮的女人正在对着月亮跳舞。悠扬的歌声轻轻地传来。良和渚停下脚步，不敢走过去，他们觉得那一定是月亮女神在跳舞，而且跳的是他们的族舞。

　　渚看着，觉得自己编的舞蹈粗糙简单，而且跳起来生硬野蛮，没有舞蹈的优美，没有表达出丰收的喜悦，也没有表达出对诸神的虔诚，渚觉得自己好多天以来的努力，不过是在模仿一些动物的肢体语言。眼前的才叫舞蹈，渚深深地陶醉在月光下那不明女子的舞蹈中。

　　白袍舞动，凝聚了月光之练，深刻阐释了狩猎的阳刚之美和捕鱼采集的阴柔之美：白色身影忽地依附在大地上双臂轻轻摆动，似流水潺潺在山间流动，跌宕起伏；又忽然从大地上腾空而起，掀起象群奔腾高昂的气势，手臂在空中柔韧地摆动，像是象王在号令百象，柔曼的腰肢轻缓地移动，仿佛大象缓缓行走时尊贵的样子；忽然手臂高举，五指在头顶做出一个灵巧的手势，一只手在腰际轻巧地后摆，分明是月亮下一只美丽的吉祥鸟在徜徉……

"阿妈!"良轻轻地叫了一声,良的心惊喜得都要跳出胸膛了。

"嘘!"渚不许良发出声音。

"那是阿妈!"良轻轻地说道。

"阿妈?"渚听了良的话,仔细辨认。

"真的是你阿妈!"渚惊讶地张大了嘴巴,渚怎么都没想到那个月光下舞蹈的仙女会是良的阿妈。

两人傻傻地看着阿妈在月光下梦幻一般的舞蹈。忽然,阿妈停下来,轻轻地躺在地上,就一动不动了。

"阿妈!阿妈!"良惊叫着跑过去,阿妈仿佛睡着了,没有知觉。

"良,快把阿妈抱回家去吧!"渚帮着良抱起阿妈。

"良,你阿妈平时跳舞吗?"渚问良。

"跳啊,但从没见过她跳得如此美!"良说。

"良啊,我觉得你阿妈有神灵附体,咱们族里可能有大事发生。"渚说。

"我们不是要祭祀了吗?"良回答。

"我们等等看吧,你阿妈肯定有神灵附体了。不然她跳完怎么会躺在地上睡着?"渚说道。

"好吧,渚,帮我给阿妈炖一些菌子汤,再加一颗鸭蛋吧,阿妈跳了这么久,醒来肯定会饿的。"良对渚说。

"好的,良。我来炖汤,你好好地照顾你阿妈。"渚说着就去门外的火塘炖汤了。

阿妈醒来的时候,渚已经把汤炖好了。

"阿妈,你喝一些汤吧,我们回来的时候,你晕倒在月季花下了。"良说道。

"哦，是吗？我怎么感觉像是做了一场大梦？梦里我在跳舞。"阿妈疑惑地揉着头。

"阿妈你不舒服吗？"良关切地问。

"没有，阿妈有些饿了。谢谢渚。这么晚了，你送渚回去吧。"阿妈说。

"良，看来你阿妈真的不知道自己跳舞了。"渚很是焦急地说道。

"阿妈怎么会不知道自己跳舞了？"良更焦急，良和阿妈从小相依为命，良害怕阿妈出事。

"不要焦急，良，我观察过了，你阿妈呼吸均匀，身体健壮，甚至非常美丽。她只会更好，不会出事的。"渚说道。

阿妈到底怎么了？良和渚怀揣着问题各自回到家里。

"良的阿妈跳得真好啊，她跳舞的时候完全在忘我地投入，我之所以跳得不好，是因为我的想法太过肤浅，我太在乎众人的评价，忘了自由地跳舞是一种享受。或者我忘了享受跳舞本身，我只是在享受众人的夸奖。"

渚找到了舞蹈肤浅的原因，就开始在月光下的院子里跳起舞来。她也开始深情地模仿每一个动作。从那个晚上起，渚每天都沉浸在每一个舞蹈动作和节奏里，她时刻都想着那些动作怎么做更好。就这样，渚的舞蹈跳得越来越好。

"爷爷，你看我现在跳得如何？"一个晚上，渚又来给他们送吃的，并且在磨了一会儿玉之后说。

"哦，那你跳给爷爷看看。你们啊，都停下来，休息一会儿，看看渚的舞蹈怎样。"

这时候的渚正戴着良新磨制好的玉串，玉串由各种色彩的小玉石打磨而成。它们形色各异，戴在渚的胸前，给妩媚健壮的渚平添了一种光彩。

渚扭动着柔韧的腰肢，在火堆边跳起了祭祀的舞蹈，她伏地轻轻摆动双臂像是湖面的水鸟意欲起飞，柔曼的双臂缓缓升起，带动她健美的身体倏地从地上跃起，仿佛踏着紧密的鼓点一般，她的身体一会儿似花鹿群奔跑，一会儿似象群缓缓前行，一会儿似春天的牛犊狂放不羁。在各种动物的模仿中，她又穿插了种植和采集的生活情节。渚跳得忘我而投入，她美丽的身体吸引着众人的眼光。众人一片寂静，甚至在渚跳完的时候忘了鼓掌。

"好啊，渚，看来你受到了月亮的指点。一下子跳得这么好，好好好。"溪水爷爷一连几个叫好声。

"渚，你跳得太美了，真正像是月亮女神指点了你。"良开心地说道。

"肯定是月亮女神指点了我。"渚幸福地笑着。

"渚，你跳得这么美，可都教会族里跳祭祀舞的人？"溪水爷爷问。

"爷爷，我每天都在教。大家都学得很认真，进步很大。你放心，祭祀大会的时候，绝对不会在诸神面前给您丢脸。"渚说。

"那就好，那就好。"溪水爷爷笑呵呵地说。

"渚，我们的玉器雕刻就要结束了。这段时间我们几乎每个晚上都在学习精雕，爷爷把他的绝学几乎都传给了我们。玉器雕刻结束后，我们打算就近打一次猎，给爷爷和大家做顿新鲜的，你觉得如何？虽说族里的食物很多了，但我们自己的小聚会还是自己解决吧。"良说道。

"好啊，这段时间，我们为了祭祀活动，一直在雕玉，夜里，我都听到野猪的嚎叫。它就在不远处，真是养大了它们的胆子。这些蠢笨的猪，捉来了烤肉吃还是不错的。"渚开心地说。

"就是，我也听见了夜里野猪在嚎叫，是该捉几头野猪吃一吃了。"几个伙伴随声附和。

"好吧，那就试一试我们新打磨的狩猎工具厉害不厉害。"良说着抡了抡自己的飞石索，一副手痒得不行的样子。

9

　　那一天晚上，良、渚和伙伴们收拾好玉器和各种工具，准备送溪水爷爷回家。当他们走进部落里时，真切地听到了野猪奔跑的声音，而且声音越来越近。

　　"天哪，这些野猪怎么了？黑夜里不好好睡觉，怎么就往部落里跑啊？简直是不怕死。"良喊了起来。

　　"快点通知族人，不然会被野猪伤害的，真是要命。"溪水爷爷大喊着。

　　"快，往祭祀台跑，点燃大火，吹起号角。"几个人往台子那里跑，石头边跑边吹响了腰里的号角，呜呜的声音嘹亮，估计吓了一下野猪。听见号角声的族人赶紧出门往祭祀场跑，有人一路跑过去，大喊着"点火，野猪来了"。

　　野猪群像是被谁驱赶着，又像是被谁蛊惑着，居然在部落里来来回回地奔跑。野猪过处，能听见木头咔嚓而断，能听见陶罐哗然而破。人们反应过来，忙点燃火把驱赶，也射杀了一些野猪。

　　但救助终究还是迟了，虽说野猪没有伤害人，但还是有没来得及点火的人丢下屋子就跑了，结果空屋子被疯狂的野猪拱坏了，多家的陶罐被打碎。

"天哪，这些该死的野猪，怎么就半夜里疯了？我的陶罐都被打碎了。"

当人们赶走野猪，赶回家里检查时，人们发出这样的惊叫。

"看来又要忙一阵子了，我们得帮大家做一些陶罐。"溪水爷爷说道。

天亮的时候，大家看到整个部落被野猪毁得一片狼藉。族长痛心疾首地在祭祀场高台上发表了一番讲话。

"族人们，祭祀大典就要到来了，可是疯狂的野猪拱坏了我们的屋子，毁掉了我们装东西的陶罐，我们必须维修屋子，再烧制陶罐。这段时间我们可要加油干了。"族长几乎是在大喊，野猪真的把他气疯了。

"这些野猪平时没有这么大的胆子，这次居然在部落里看着大火跑了几个来回，这么疯狂的行为背后，肯定有一场阴谋。"族长的话差点儿把大家惹笑，可是又没有人敢笑，毕竟这可笑的话是有几分道理的。

"到底有什么阴谋，我们不知道，但是既然野猪能来，那么其他动物也能来。若来些庞然大物，我们的部落就要彻底消失了。所以，从今天起，我们要在部落的四周设置岗卡，加强防卫。每天夜里都点起火堆，准备更多的柴火，每一个火堆里都狠狠地撒上腐尸粉，要特别臭的那种。"族长喊得声嘶力竭，嘴里的浊气几乎喷到了近前几人的脸上。

"除了防卫，我们还要在附近伐木，赶紧帮助大家把屋子修一修。好在是些笨猪，没把房子拱平，两天就能修好。这些该死的野猪太能添乱了。"族长想到那么多的活计就气急败坏。

"良、石头，你们把防卫和伐木的事分配好，留一些年长的会修房子的人挨家检查修缮。体弱的白天守卫村子，有什么事就集体吹响号角。年轻力壮的跟着伐木的和修房子的干活。良，你们把人手分配一下。

"另外，女人除了帮助拖树枝修房子外，赶紧帮忙把那些野猪肉给大家做了，尤其要给溪水爷爷烤个小乳猪。他这段时间可是辛苦了，为我们部落雕刻礼器、传承雕刻技术出了大力。"

族长虽说长得粗糙，但做起事来面面俱到。

于是，良带领着一些年轻力壮的小伙子，到附近的林子砍伐树木，连同拖回那些细枝。

石头带着另一部分人协助年长的人在部落里收拾房子。渚和一些女伴在空场地上架起火来，把那些因为惊慌失措而丢命的野猪解剖切块，用粗大的木棍穿起来在火上烤。

一时间，整个部落里的人干得热火朝天，生产的忙碌都惊走了那些在阴暗处窥探的眼睛。

野猪肉的香味弥漫在部落的上空，溪水爷爷笑呵呵地坐在祭坛上，举着一大块猪肉啃得满嘴流油。

"好香啊！渚，给爷爷再撒点盐。

"渚啊，你烤的肉好鲜美啊！这香味都飘到云朵里去了，会把仙鹤馋下云端的。

"渚啊，你再给我一块，要肥嫩些，撒上盐花。

"天神，您真是待我太好了！我说吃野猪肉，你就把野猪给我赶来了。"

溪水爷爷一边吃一边嚷嚷着，完全忘了野猪给部落带来的灾难。他后面的叨叨让人又好气又好笑。

"这些天杀的野猪，怎么就自己跑来了？还自己撞死，踩死了自己，简直就是天上掉下了野猪肉。

"这些天杀的野猪，咋就这么美味？还拱坏了我们的房子。这下，大家可要住新房子了。

"新房子啊，真是件无可奈何的事。新房子可以有新的女人住，反正冬天过去春天就来了，春天会带来新女人。"

渚听得好笑，就喊着问爷爷："溪水爷爷，新的女人和你又没关系，你开心什么？"

"傻丫头，春天和我有关系。春天里的女人是春天里的花朵，我看见她们走过去，我就开心。你这丫头，不懂。"

"爷爷，这么多野猪肉，要不要给你储存一些？"渚问道。

"要啊，这些天上掉下的野猪肉，可是诸神的恩赐。我跟你说，你把那些猪肉给我挂在风里，多多抹上盐巴。水一干，就挂到我屋里去，等到腌好了，煮着吃，那叫一个美味。"溪水爷爷说出一种奇怪的吃法。

"爷爷，这是什么吃法？我们可从来没有做过，不像是肉干的做法。"渚好奇地问。

"另一种肉干。孩子，学会做各种美食，用心吃各种美食，才不枉活了一遭。"爷爷说。

"爷爷，那这样的肉可有我吃的？"渚很想知道爷爷的这种做法做出的肉好不好吃。

"当然可以，到时候你来煮肉，我请你吃。"溪水爷爷很大方地说。

"那我一定给你多挂一些猪肉，让爷爷美美地吃几顿。"渚决定好好给溪水爷爷做一些腌制的野猪肉。溪水爷爷是一个见多识广的人，他总是有很多的生活经验教给你，渚想和爷爷学习更多的生活技巧。

10

　　白天，良带领一些年轻的猎人去伐木。他们用锋利的石斧砍伐刚好能用的树木和枝干，拖回部落里，交给修缮房屋的石头等人。

　　在砍伐时，良找到一片奇特的树种。那些树木长得笔直光滑，上面的叶子在初冬有些泛黄，良摸了一下那些树木，手感坚硬，但是这种树木长得并不是很粗，直直地指向天空，寥寥无几的叶子让树木看上去很是清雅，良很喜欢这些陌生的树木，主干上还有一节一节的结疤，让人觉得好像成长是一件痛苦的事，长一节就会疼得结个节。

　　"我们砍一些回去看看能做什么？"一个人说道。

　　"好的，砍一些回去。给溪水爷爷看看，这么坚硬的树一定会有用途。"良说道。

　　"好硬啊，又滑又坚硬，这可怎么砍？"一个伙伴喊道。

　　"用石斧砍，小心点，别砍坏了石斧。"良说道。

　　"轻轻地、慢慢地砍，我发现这树有弹性。"良说道。

　　经过好半天的努力，良终于砍开了一个口子，良发现坚硬光滑的树干居然是空的。

良拽着树木用力往地上压，树木就从良砍开的地方断开了。果然，里面是洁白的，中空，还散发着清新的香气。

"天哪，我们可能发现了一个宝贝。"良大喊道。

"良，你快过来看。这是什么，一定是这树的幼芽。"一个伙伴在良砍倒树的地方发现了一个尖尖的藏在土里的芽，挖出来，剥开，看到白白的心，就不顾一切地往嘴里塞，完全忘记了试吃和检测是否有毒。

"不要吃。"良阻止的时候已经迟了。

"很甜的。"吃的人一脸欢喜，一点儿都不怕中毒的样子。

"天哪，你太冒险了，不要再吃了。"良没有再让他吃。

"我们要观察你，如果你没有中毒，说明我们又发现了一种新的食物。"良对伙伴说道。

"这种树一节节的，我们可以把它截开。它有很多用途，比如装水、盛汤。"良想象着说道。

"我们多砍一些回去，让溪水爷爷看看，也许他认识，也许他会让它发挥很多我们不知道的用途。"良号召大家砍伐这种空心树。

空心树因为空心，要比其他的树木轻巧。他们砍了很多，良觉得用实心的树木加固屋子的四周，再用空心树补充墙壁和修缮屋顶，这样既轻巧又不会压坏屋顶。良的建议得到了大家的同意。

当良他们砍伐了好多空心树拖到部落的时候，溪水爷爷正坐在祭坛上品尝渚用浆果汁水涂抹过的野猪肉。

"渚啊，你简直是个天才，浆果汁让野猪肉味更加特别。"溪水爷爷对渚的厨艺大加赞赏。

"爷爷，你看这是什么树？"良远远地就喊溪水爷爷。

"哦，良啊，又发现了什么宝贝？"溪水爷爷睁大了眼睛。

"爷爷，这是我们今天新发现的树，你看看你可认识？"良问。

"在哪儿发现的？就在咱部落附近？"溪水爷爷看着树木惊奇地说。

"是什么，爷爷？"良紧张地问。

"孩子，你们发现了宝贝，不过这不是树。传说神农族发现了一种空心的植物，名叫竹，遇热可变形，外皮坚韧，内空，可以制作各种器皿。做箭矢轻巧尖锐，射得远，射得透。良，这可是咱们部落的宝贝，是上天对我们的眷顾。"溪水爷爷抬起一根竹子仔细地观察着。

"爷爷，今天还有人吃了竹的芽，不知会不会中毒？"良说道。

"不会，那个不叫芽，叫竹笋，微甜，无毒，可是个好东西。那些年，我在他乡遇见过，很是美味。

"明天给我带回一些，我也尝个新鲜。冬天了，能吃个新鲜的笋也好。"

"爷爷，这些竹这么好，我们还用来建房子吗？"良问道。

"建房子也可以。你们看啊，这竹子是有弹性的，烤一下就会变弯，也可以一节一节地截开，做成器皿。更厉害的是，用竹子做的箭，锋利无比，一下就能刺透动物的皮毛。你们啊，修完房子，烧完陶，就可以做竹箭和竹弓了。"

"良啊，你可真是咱们部落的福星。你们发现的竹子会带给我们很多方便，会使我们的狩猎工具有更大的改变，尤其是弓箭，我们将猎取更远处的猎物，因为竹箭要比其他木箭飞得更远!"

"好的!爷爷，你的话真是令人振奋，没想到野猪的祸害竟然给我们带来了福泽。"良激动地说。

"得找石头，让他加紧修缮房屋，修好了还有更重要的活儿等着大家，真想立刻造支竹箭，试试竹箭的威力!"有伙伴急忙说道。

"瞧这孩子，这么猴儿急。怎么就不先试试用竹筒装水喝，可是很香甜的。"溪水爷爷觉得孩子们太不会生活了，得好好教导才行。

"爷爷，用竹筒喝水是你的享受，我们是要保卫部落和狩猎的。"良喊着走远了。良要去看看石头是否快修好了房子。

"良，听说你们发现了新的武器?"石头远远地冲着良喊。

"天哪!这都是怎么传的，怎么就变成武器了!"良无奈地笑着自言，并没有回答石头。良正拖着两根竹子走，竹梢扫得灰尘飞扬，良可不敢张嘴。

"到底是什么武器?"石头等良走到跟前又追问了一句。

"就是这个武器!你试试如何?"

"这样的一棵树，怎么会是武器?"石头看着奇怪的树问。

"这不是树，它的名字叫竹。你摸摸看，有什么感觉?"良自豪地说。

"哦，坚硬光滑。"石头说。

"再拿起来试试。"良又说。

"比一般的树木轻。"石头轻轻提起一根竹子。

"坚硬、光滑、轻巧，是不是一支飞得很远的箭?"良看着石头问。

"的确是一支飞得很远的箭!"石头略一沉思就两眼放光地喊道。

"哈哈,是武器吧!"良笑起来。

"是武器,我们得赶紧做出来。想想那些庞然大物,若是远远地来一箭,会是什么情况啊。良,我太开心了,好想射出一箭。"

"赶紧修房子,修好了房子,我们可以一边烧陶,一边研究竹箭。石头,我已经感觉到,在以后的狩猎中,竹箭会让我们获得更多的猎物。"

11

　　伙伴们齐心协力，修好了被野猪破坏的房子。可是即便这样，溪水爷爷也没有让他们先做箭。

　　"爷爷，你看我们已经修好了房子，你也每天吃着烤猪肉，你能不能先教我们制箭，再教我们烧陶。"

　　"你们这些孩子，不制箭也可以狩猎的，不制箭动物们又不会飞掉。可是，不做陶罐，食物将无处收藏，水也无处贮存。我们想煮块肉，没有陶罐也不行啊。再说，竹子浑身都是宝，不仅仅能用来制箭。孩子们，你们就不要心急了。我们一心一意把陶罐烧好了就制箭。制箭实在是竹子最简单的用途。"溪水爷爷讲了一番大道理。

　　"好吧，爷爷，既然竹子有很多用途，我们就先烧陶，等烧完了陶，你再一一讲给我们听，教我们做。"

　　于是，孩子们在爷爷的指导下，开始学习制陶的手艺。

　　"爷爷，烧陶那么简单，不就是捏个泥坯子，放在火里烧干了拿出来用吗？你干吗还要费时间讲啊？"

　　"是的，烧陶就是把泥坯子烧硬了，用于各种用途。"

"那我们开工吧，爷爷。"有个猎人喊道。

"孩子们，几乎每一家的阿爸阿妈都会制作简单的陶器。以往谁家没有陶罐了，就自己烧一个，这样，每一家烧出的陶罐都不一样，有的粗，有的细，有的经久耐用，野猪拱也拱不破，可是有的轻轻一磕碰就破了，为什么呢?"爷爷问道。

"因为是不同的人家烧的呗。"有个猎人的话惹得大家哈哈大笑。

"今天，我们把大家集中在一起烧陶，就是为了总结经验，烧出最结实耐用的陶。"爷爷说道。

"烧出好的陶罐，关键在于黏土和火的温度，只有合适的黏土和极高的温度才能烧出结实耐用的陶器。"溪水爷爷开始讲烧陶罐的材料。

烧陶对良和石头他们来说，其实就是玩泥巴。良和石头带领着部落里的青年男女到树林里砍来大量的柴火，堆到离大湖不远的岸边。溪水爷爷指导大家就地取材，挖来黏土堆成了堆，又让年轻人从别处淘来干净的细沙，还让众人捡来陶器的碎片，大家一起动手将碎片研磨成粉末。

"爷爷，为啥要把陶片的粉末放进去?"他们好奇地问，因为平时做陶就是随手用黏土捏个造型，晾干后放火里烧就好了，他们从来不知道还要放进沙子和陶片的粉末。

"不懂了吧，这就是要把你们集中在一起的原因。我们的烧陶技术已经有了提高，你们却还不知道，这样会影响我们部落的发展壮大。"溪水爷爷严肃地说道。

"现在，我来告诉你们其中的秘密。首先说细沙，细沙里含有一些亮晶晶的东西，那些东西是细沙的骨髓。它们经过大火煅烧后，会连成一片，这样陶罐就不易变形，不易破碎。"爷爷说出了沙子的秘密。

"爷爷，为什么还要放进陶片的粉末？"良问道。

"陶经过了大火的煅烧，因此这些陶片的粉末具备了不变形、不怕火烧、不会在大火中被烧裂的特点。把陶片的粉末掺在黏土里，制成新的陶罐，煅烧时新的陶罐就不容易变形或碎裂。沙子和陶片磨成的粉末都有极高的耐火性。"爷爷讲的话大家伙听得云里雾里，但是大家伙明白，加入这些东西会让陶罐变得更加结实耐用。

"爷爷，你就教我们怎么做吧。你说的我们也听不明白。"有人说道。

"是的，爷爷，你教我们做吧，只要做出更结实的陶罐就行。"有人随声附和。

"你们这些孩子，道理可以不懂，但是做的方法一定要记住。记住了才算是把做陶罐的本事学会了。"爷爷笑呵呵地说道。

"今天我们不仅往黏土里加入了新的东西，还要采取与以往不同的烧制方法。"

他们在溪水爷爷的指挥下，在地上挖出了几个长形的坑，还在坑里做了台子。挖好这些大坑后，溪水爷爷命令大家把坑用石块夯实，然后就让坑在太阳下晾晒。

"我们这次要用新的方法烧陶，就是要集中火力，看看能否烧得更好一些。"爷爷一脸期待地说道。

"爷爷，这样的坑有什么用？"石头问道。

"这样的坑可以把火集中在一起，坑里的温度更高，这样烧出的陶罐会更加结实。"爷爷说道。

"爷爷，我们这次也用以往的烧法烧一些，比较一下，好吗?"良说道。

"良，我们可以用以往的烧法，但不能用原来的材料，材料还用新的，不然会让大家浪费精力。"

"好的，爷爷，新料旧火烧一次。"良说道。

大家在大湖边玩起了泥巴，他们用双手使劲在抬来的青石条和木板上，揉搓着手里的黏土，直到把一堆堆黏土泥团揉搓得匀称细腻柔软柔韧，大家又开始用手捏制自己喜欢的陶罐。

有的人把黏土搓成细长条，一圈圈地转着绕着，形成一个陶罐的样子，又用竹板和手里外抹平。有的人直接用手捏制出自己熟悉的喜欢的陶罐的样子。

渚带着一些姑娘来帮忙了。她们更是想象力丰富，她们制作的陶罐，大小不一，高矮不同。有人给陶罐做了耳朵，虽说也是穿绳子的，却做成了奇怪的造型。还有人用红泥给泥坯画上了喜欢的图案。

做好的泥坯都在阳光下晒着，等到晒得坚硬了，就排放在坑里用大火烧。

"爷爷，制作陶罐好有趣，既可以玩泥巴，又可以做陶罐。"渚捏着一个小罐子说道。

"爷爷，是谁发明制作了第一个陶罐?"良问爷爷。

"当然是我们人类的祖先了，有了他们前面的发现，我们才有机会创造出这些。"爷爷说道。

"祖先们是怎样发现的啊?"石头问道。

"这得感谢火神，是他帮助我们发现了陶。"爷爷说道。

爷爷开心地说:"我们的祖先在用火烤东西吃时，发现有些黏土块经过烧制后变得坚硬了，不易敲碎了，后来又发现黏土可以成型，所以陶器是火神和大地之神对我们的恩赐和护佑。

"也是我们祖先智慧的结晶,更是我们自己的发明。看!我们烧的陶是越来越好了。"

　　"爷爷,这次的新烧法是谁告诉你的?"有一个伙伴一边玩泥巴一边问。

　　"自然是月亮告诉我的。"爷爷笑着说。

12

当他们把陶坯捏好后，就放在阳光下晾着。许许多多的陶坯在阳光下一字排开，像是一个个从泥土里长出来的孩子——陶坯是泥和水的结晶。而陶罐是火和泥的结晶。

那一天大家捏制了好多陶坯。那些最先捏好的陶坯在太阳的照射下变得坚硬，并定型了，它们率先被整齐地码放到坑道的台子上。

码好陶坯后，众人在溪水爷爷的指挥下，点起了火。火就在台子的两侧，这样陶罐四周都可以均匀受热，不至于因为受热不均而变形或者开裂。

"良啊，今天晚上大家就在湖边架大火堆守着我们的陶罐吧，祈祷火神给我们烧出结实耐用的陶罐。"溪水爷爷说。

"爷爷，我们在湖边炖鱼汤喝，烤肉吃，如何？"一直在爷爷身边忙碌的渚讨好爷爷，说道。

"嗯，还是渚最懂爷爷了，就知道爷爷靠山吃山，靠水吃水，今晚在湖边一定要喝鲜鱼汤。"

"爷爷，我也有新发明，一会儿你一定会惊叹的。"渚神秘地说道。

"呵呵,爷爷就喜欢新发明,尤其是新发明的美味。"溪水爷爷一脸期待地说。

"良,你们去捕鱼吧,我和剩下的人来照看火堆。"渚说道。

"石头去捕鱼吧,这么多陶坯,四周要做些防卫。"良看到渚没去捕鱼,就主动留下来陪渚照看火堆,顺便安排了夜里的防卫工作。

"部落里今晚的防护应该由族长安排,湖边这些人看护陶坯和火堆就够了。"良说道。

"你们今晚守护好火堆,不要让火熄灭,不要让动物破坏了我们的陶坯。四周都要生火。"溪水爷爷提醒大家。

"爷爷,我现在算是明白了,为什么上次喝你熬的肉汤,喝到最后有沙子,原来你的陶罐材料本身就有沙子。"良说道。

"你小子,吃了我的肉汤,还嫌弃我的陶罐。"爷爷笑着骂良。

"可不是吗?以后喝汤喝到最后就得留下一些,不然满嘴都是沙子。"良哈哈大笑起来。

"今晚上烧上一夜的火,看看长时间的高温烧制能不能解决沙子的问题。"爷爷若有所思地说。

"爷爷是说,把那些亮晶晶的沙子的骨髓烧炼成水,把沙子牢牢地留在陶罐上。"良看着爷爷说。

"是的,应该有一种东西,加入黏土中后,既可以耐得住高温的煅烧,又可以让陶罐坚固,不碎不裂。"爷爷依旧在思考。

"这种东西肯定有,只是我们还没有发现。"渚说道。

"爷爷,打猎时,我发现不同的山石有不同的味道。有些山石有盐味,所以很多小动物都去舔舐那些山石。我想肯定有些山石里含有一些不同的东西，它们经过大火的煅烧后，可以生成我们烧陶罐需要的东西。"良思考着说。

"对的，孩子，我也是在生活中发现，旧的陶罐的粉末有耐火性，沙子也一样有抗热耐火性。等着吧，等我们看到新烧的陶罐后，就知道我们的推断是不是正确了。"

"鱼来了！看，今天的鱼是不是很大？今天我要把鱼穿在竹竿上烤，我要试一试竹子烤鱼的味道。"石头提着一大串在湖边杀死洗净的鱼走了过来。

"爷爷，你先烤着吃，我给你再炖些汤。"渚说着，用手中锋利的玉刀将鱼切割成块。

"爷爷，你等着，我给你炖一些美味的鱼汤。"渚说着打开身边的藤筐，从里边取出一些浆果和盐巴。

"嗯，好聪明，浆果的味道，鱼的味道，盐花的味道，新鲜！我倒是没有这么吃过。"爷爷赞许地说。

年轻的猎人和姑娘们布置好四周的岗哨，架起了熊熊的大火，在四周撒上了防虫子的还魂草粉末，并且在不远处的一堆火里加入了腐尸粉，用以驱赶远处窥视的野兽。

"哇，竹子的味道就是不一样！"当石头转动插在竹竿上的鱼时，竹子清香的味道也随着温度的上升而散发出来。

"嗯嗯，就是特别的烤鱼味。"几个伙伴垂涎三尺。大家都想尝尝有竹子味的烤鱼，忽然砰的一声，吓得大家一下子往远处跑去，紧接着又砰砰响了几声，大家惊魂未定，只见火堆上正在烤的鱼四下炸开了，鱼肉散落在火里，顷刻间鱼肉的焦味四处弥漫。

"天哪，难道是火神想吃烤鱼了。"石头惊魂未定地说。

"是什么力量让鱼炸裂了？"溪水爷爷说。

"是火吗?"良问道。

"肯定不是,从来没见过火把鱼这样烧掉。"渚说。

"对,一定有什么特别的东西。"良说道。

"鱼先碎了,鱼先碎了。"爷爷使劲地想着。

"难道是竹子?"石头说。

"啊,肯定是竹子。"爷爷喊道。

"快点,往火堆里再放一小截竹竿。"爷爷说道。

于是有人大着胆子往火堆里丢了一截竹子,刚开始火堆安静地燃烧着,忽然砰的一声,火苗儿都飞了起来。

"果然是竹子!"爷爷喊道。

"竹子居然会发出这种声音,好吓人啊!"渚拍着胸脯说道。

"石头,把你的玉斧给我,我来看看竹子在闹什么鬼?"溪水爷爷接过石头的玉斧,啪啪几斧子就把手边的几根竹子劈成了片,竹片被扔进了火里后,只是吱吱地燃烧着,发出些微小的毕剥声,并没有爆炸。

"再试一试。"溪水爷爷说着把一截完整的竹子又丢进了火里。

砰砰两声巨响,好在那火堆是另外生的烤鱼的,若是直接用了正在烧陶的火堆,估计陶罐都被炸裂了。

"明白了,完整的竹子燃烧时会砰砰炸裂,劈开的竹子不会。"溪水爷爷肯定地说。

"可是为什么呢?"渚问道。

"渚啊,记住就好了,爷爷也不懂,以后记住不要烧完整的竹子,这样很危险。但是竹子发出的声音可以用来驱赶动物,那声音还真是吓人。"爷爷说道。

"现在,石头啊,把剩下的鱼用劈开的竹子穿起来烧,应该不会出事了。"爷爷对石头说，折腾了一会儿，还真的饿了。

"不会再炸吧！"石头有些后怕。

"不会了，再炸可真的是火神发怒了。"爷爷说道。

"好吧，我再烤一根竹子先试试。"石头小心翼翼。

"渚，往后站，小心一点儿好。"良把渚往身后挡了挡，良的举动让渚感到很是甜蜜。

不一会儿，鱼肉散发出诱人的香味，却再也没有砰砰炸开的声音。

"果然是竹子捣的鬼。以后若真的用竹子吓动物，肯定不错。"石头开心地说道。

"这竹子还真是满身是宝，笋可以吃，又可以搭房子，能炸响，还可编制东西。浑身是宝啊！"爷爷开心得几乎喊了起来。

"现在可以好好吃鱼肉了吧，我的鱼汤都熬得快没了。"渚喊了起来。

"好好，现在继续烤鱼，给火堆把柴加上，大家好好吃炖鱼，真是特大的惊吓，又是特大惊喜。"

13

  大家吃了鱼，喝了鲜美的鱼汤，就开始守着火堆，守着他们正在制作的陶坯，看着天上的星星，听着湖里的水声。这样的夜里每一个人都提高了警惕，既害怕野兽来袭，又害怕火堆熄灭，大家都很期待火堆下面的陶罐。

  良和渚坐在火堆边守着，大家把照看火堆的工作进行了分工，两人照看一堆火，其他人四处站岗。

  "渚，你困吗？困就靠着我睡一会儿。"良说道。

  "我不困，我陪着你看守火堆。这么大的火，烧上一夜，但愿能烧出结实的陶罐。"

  夜幽静而漫长，几个大坑一直燃烧着熊熊烈火。那一夜烧了很多柴火，几拨人轮流值班，劳作了一夜，既要加火，又要防止野兽来袭。好不容易熬到天亮，溪水爷爷伸直懒腰从梦中醒来了。

  "啊，孩子们，大火真的烧了一夜啊，一点儿都没偷懒啊，诸神肯定会给我们最好的陶罐。现在可以不加柴了，大家去湖边洗个脸，顺便捉条鱼，熬个汤喝。"

于是，清晨的湖边，众人在火上架起了烤架，又是炖鱼汤，又是烤鱼。这个场景，溪水爷爷看得十分开心："孩子们总算会生活了。"

"爷爷，你一个人乐什么呢？"渚喝着汤问道。

"爷爷喜欢看你们吃吃喝喝的样子。什么时候，我们人啊，吃鱼喝鱼汤很容易就好了，不用跟一条鱼比速度。呵呵，我刚才可是看见了，你在湖上追了半天才抓住一条鱼。"

"哎呀，爷爷，那条鱼大清早醒来就是太精神了，我可一夜没睡觉，追它当然有点儿费劲。不过，爷爷，我发现用竹竿扎鱼，很不错。"渚一口气说了一堆为自己辩护。

"所以现在要多喝点儿鱼汤，在湖边转转，或者躺在这里烤火，等火熄灭了，我们就可以看到我们的陶罐了。"爷爷满怀憧憬地说道。

"希望诸神可以帮助我们，让我们期待的陶罐出现。"渚说道。

"渚，昨晚我老听到良的声音，怎么天一亮他倒不见了？"溪水爷爷问。

"你看，在火堆的那边。"渚用手指了指。

"啊，都睡着了。"爷爷叫了一声。

只见晨光里，良和石头几个躺在火堆边睡得正香。天亮了，有大火的护佑，他们忘记了自己身处危险的湖边，只管做梦了。

"让他们睡吧，他们会在梦里见到我们的陶罐。"

"爷爷，我们做些泥巴鱼，等他们醒来吃吧。"渚想着那一次良和自己烧泥巴鱼的情景。

"什么是泥巴鱼？"溪水爷爷一下来了精神。

"就是把鱼用泥巴包起来烧着吃，比烤鱼鲜嫩，更加美味，还可以把浆果和盐巴抹在鱼上。爷爷，你就别馋了，我现在就给你烤。"

"好吧，你赶紧给我烤。不过你那追着鱼跑实在太累了。给，把这些撒在湖边的水里，鱼就自己过来了。"爷爷神秘地说。

"什么啊？"渚好奇地接过来，发现是一些粉末。她放在鼻子下闻了闻，是各种肉混杂的味道。

"咦，爷爷，你怎么把肉末随便装在身上，太不珍惜食物了，都坏了。"渚捧着那些肉末来到湖边，向湖里撒了一些，就坐在湖边等。果然，一会儿就来了一大群鱼，渚撒了一网，就满载而归了。

"溪水爷爷就是有智慧，什么事到他那里就变得轻而易举，捉个鱼都比我们有办法。"

"渚，爷爷看你的新玉刀很锋利嘛，你给咱们杀鱼洗鱼，就让它好好发挥一下作用。爷爷去林子里转转，看有没有好吃的。既然是烧鱼，我们就烧出个新花样来。"爷爷说着朝林子里走去。林子里有各种好吃的，爷爷充满智慧的大脑总是比别人发现得多。

"也不知爷爷会带来什么奇怪的东西，但愿不要太可怕。"渚边洗鱼边心里想，她可是想要给良烧美味的鱼，千万别让爷爷用新发明破坏了。

"渚啊，你看看，爷爷弄来的笋。"原来爷爷挖笋去了。自从发现了竹林后，爷爷总是到竹林里挖一些竹笋吃，这个老人嘴馋时简直是天不怕地不怕，根本就不把林子里的猛兽当一回事。

爷爷的兽皮背心没了，看上去一副很奇怪的样子。渚好奇地问爷爷，可是爷爷搪塞着不说。

"爷爷，你的背心呢？"渚问道。

"我穿背心了吗？"爷爷说道。

"你自然穿了，那件豹皮背心，我可是记得清清楚楚你穿了。"渚说道。

"有吗？我怎么不知道。"爷爷装傻。

"你到底把背心给谁了？快点儿说，不然我就不给你烧鱼。"渚威胁爷爷。

"我把背心给林子里的一只猴子了，她大着肚子，很累的样子。"溪水爷爷不好意思地说。

"哈哈，爷爷，你又以为动物是我们的同类。"渚想到猴子穿着爷爷的背心就大笑起来。爷爷很多时候很聪明，但很多时候又犯傻做一些令人费解的事，比如向一只鹰借翅膀，追着一只山羊讨奶喝，对一头大象说蹲下，自己想爬上去。爷爷的行为有时候很危险，但他乐此不疲，常常会惹来动物的攻击，让大家为他担心。

"你这孩子，别笑了，一只大着肚子的猴子穿着花豹的衣服是很威风的，她只是想给肚子里的孩子找些安全感。"

"哦？爷爷，猴子想干吗？"渚一边按爷爷说的用玉刀切着笋，一边好奇地问。

"猴子想当林子里的大王。"爷爷严肃地说。

"啊，爷爷，这些笋片怎么弄？"渚一听爷爷的话就笑得前仰后合了，赶紧问爷爷笋片怎么做。

"笋片切碎了，撒上盐，和浆果一起塞到鱼的肚子里烧着吃。"爷爷自信地说道。

"嗯嗯，是个聪明的老头，会吃。"渚夸赞爷爷。

渚往洗干净的鱼肚里塞满了竹笋和浆果，然后用大叶片包起来，然后又用泥巴包好。爷爷在边上看着，又是嫌弃又是好奇。

　　"这脏兮兮的泥巴，可怎么吃？

　　"裹起来应该不会脏吧？

　　"想想味道应该不错。"

　　爷爷在一边叨叨。

　　渚并不理会，只是开心地做着鱼，火就要败下去了，她要趁着火没灭烤熟这些鱼。她想象着鱼的美味和良贪吃的样子，心里就无比幸福。

　　当太阳晒干了地上的朝露后，火已经彻底熄灭了。良和爷爷一边吃着泥巴鱼，一边惊叹着鱼肚里美味的笋子。

　　"爷爷，这笋子和鱼一起烧出来，真的是人间美味。好吃好吃。"良一边吃一边说着。

　　"美味来自大胆的创新，美好的享受也来自大胆的创新。"爷爷无限陶醉于自己的发明"笋子泥巴鱼"。

14

　　一大群人吃完喝好后，就在湖里清洗了自己的双手和嘴巴，他们要开始取出新制的陶器了。新的陶器是他们对生活的新想法，他们需要诸神的护佑。

　　溪水爷爷带领大家祭天拜地，祷告一番神灵，就开始从坑道里取出陶罐。

　　大家把灰烬小心翼翼地从坑道里清理出来，逐渐就看到了令人激动的陶罐。

　　当所有的陶罐都取出来时，人群中发出了惊叹声。

　　"黑色的，居然是黑色的！"

　　"天哪，比以往的光滑。"

　　"还亮晶晶的。"

　　"轻轻一敲，还有清脆的声音。"

　　"感觉很坚硬。"

　　"我们烧出了比以往品质高的陶罐。"

　　"真是诸神护佑啊。"

　　"孩子们，现在我们要总结一下经验，你们都记下来，以后不但要用这个方法烧陶罐，还要在这个方法上创新，这样我们制作的陶罐才会越来越好。"溪水爷爷说道。

"现在，良给我们大家讲一讲制作陶罐的过程，看看大家都记住了没有。"溪水爷爷捧着一个陶罐翻来覆去地看，心里的高兴溢于言表。

"我们这一回烧陶罐不同于过往，以前只是加一些旧的陶片末，现在还加了沙子，陶片的粉末和沙子都有耐大火的性质，都可以保持陶罐在大火中不被烧裂，不变形，里面亮晶晶的东西，经过高温还可变成更加坚硬的成分，这样我们的陶罐就比以往坚硬了。可是，爷爷，为什么我们以往的陶罐是灰色的，这一次却是黑色的？"良说了一大段之后问道。

"那是因为火神的帮助，火神在这一次长时间的封闭燃烧中，给了陶罐最美的颜色，亮黑色。"爷爷肯定地说道。

"那么，爷爷，是不是不封闭的长时间燃烧就可以烧出别的颜色？"良问道。

"应该是，但具体是什么颜色，烧了才知道。"爷爷说道。

"大家快速地把坑道清理掉，然后把剩下的陶坯摆到坑道里。"良吩咐大家赶紧干活。

一个个黑亮的陶罐在太阳下整齐排开，那些晾了一夜的陶坯又被整齐地摆到了坑道里。新烧出的陶罐给了大家无限的力量，这大地上的一切都是大地和上天的产物，只有陶罐是人类的发明，溪水爷爷和良他们研究着陶罐，改变着陶罐，改变的结果让他们感觉到了自己的进步。

"爷爷，我们在平地上用更长的时间烧一些陶罐吧。看看平地上烧出的陶罐和以往的有什么不一样。以往我们烧的时间短，但是，这次我们也跟在坑里烧的时间一样，你看如何？"良建议。

"好的，经验出自实践，我们在平地上烧一些试试。"爷爷说。

"现在大家把剩下的陶坯摆到一起，我们用以往的方法烧陶，只是这一次用的时间和坑烧的时间一样长。"爷爷说道。

于是，大家一阵忙碌后，在湖边又烧起了熊熊大火。这样的大火连续烧了七八天。良和伙伴们不知砍了多少树木，渚和女伴们不知捕了多少湖鱼，吓得湖鱼都逃到湖心草丛里去了。

最后，实践证明，平地烧的陶罐因为风的运动，颜色变成了红褐色和褐黄色，但没有坑道里的黑陶罐结实。不管怎么说，这一次的大胆变革制出了有颜色的陶罐，令大家很满意。生活里的器物从此有了新的颜色，真是一件令人自豪的事。

烧陶完毕的那天，部落里每家都有了一件新的陶罐，但这并不能解决大家缺少陶罐的问题，可是大家掌握了新的方法，以后可以自己在家烧陶了，几家一起烧也未尝不可。大家拿到新陶罐的时候异常开心，因为大家都知道，那不仅仅是一个陶罐，而是他们自主生产发明的开端。

溪水爷爷和年轻人烧完陶罐后，他们烧陶技术的改进被爷爷口传心授，传给了部落里的每一个人，尤其是传给了那些女孩子。爷爷说，有一技之长的女人才能给部落带来交流和发展。

族长也同意了爷爷的话，族长和爷爷在部落利益上是一致的。只要部落能发展，族长愿意用掌握很多本领的女人去换回其他部落有很多本领的女人。

反正女人走了，技术还留在部落里，新的女人来时，还有新的技术被带来，族长何乐而不为？再说，交换女人还关乎部落血统的传承。这个可马虎不得。

可是这一现象掩盖了部落里混乱的现实。因为部落里只是强调本族的青年男女不许通婚，并没有禁止外族换来的女子和部落里的男人自由婚配。狩猎的生活总是危险重重，一不小心就有猎人丧命，留下女人和孩子。为了生活，这些女人和孩子就会被分配给其他男人，或者和部落里的其他男人自由结合生活。所以，一个部落里，知其母不明其父的孩子很多，但他们都是部落的孩子。他们成长起来，男的是部落的猎人，女的为部落换来其他部落的女人。生活就这样以看似天经地义的方式延续着。

但总会有人忽然觉醒，莫名就发现了爱情，会为那看不见却令人激动万分的东西去改变命运。良和渚后来就是这样的人。只是他们此刻还不自知。就连智慧的爷爷也没有预料到，这两个优秀的年轻人有一天会为了爱情逃离部落。

这些都是后话，现在最令他们激动的事情是陶罐终于烧完了，部落里的房子也焕然一新了，他们最想干的事情应该提上日程了。

"溪水爷爷，和我们谈谈竹子。"良说道。

"笋不是天天在吃吗？还有什么好谈的？"溪水爷爷说道，眼睛都不睁。

"爷爷，谈一下用竹子做的箭。"良说道。

"哦，你的背心挺好的。花鹿皮的吧！哦，这皮子真是光滑啊，你阿妈的手艺真好。"溪水爷爷抓着良的花鹿皮背心一个劲儿地夸奖，谁都知道他把自己的背心送给了一只猴子，如今天冷了，他一看到别人的背心就要夸奖几句，夸得背心的主人瑟瑟发抖，生怕他一张口就要了去。

"哦，爷爷，天冷了，这背心本来就是你的，是阿妈做给你的，阿妈说你没有背心，肯定会冷的，所以让我给你送来。路上冷，我就穿上了。"良说着脱下背心给了爷爷。

"我的背心你怎么能穿啊？赶紧给我。"爷爷毫不客气地拿过背心穿在了身上。

"爷爷！溪水爷爷！"几个年轻人喊了起来，急切的眼神暴露了他们的心思。

"想学制箭?"溪水爷爷问。

"是的，爷爷!"众人异口同声地回答。

15

"想学造箭还不简单，我天天要吃好东西，要新鲜的，只要新鲜的。"爷爷开始讲条件。

"爷爷，这个不用说，每天都会做好美食给你的。"

"我要渚给我做，渚做饭肯花心思，你们不成，吃的就像动物一样，不像人。"

"好的，一定让美丽的姑娘给你煮饭吃。"众人又答应。

"我要去砍柴，阿妈说家里没有柴了。"渚笑着说。

"小滑头，跟着我学聪明了。做箭不是要砍竹子吗？那些不用的竹竿、竹枝、竹叶，都送给你，这样你阿妈就不让你打柴了。"溪水爷爷说道。

"孩子们，我们先去找背阴处的老竹子砍回来。"溪水爷爷说道。

"爷爷，为什么要用背阴处的竹子?"良问。

"因为背阴处的竹子柔韧，易弯曲，不易断，做弓有弹性，而且要生长了三四年的竹子。"

"爷爷，还需要什么?"良问道。

"还需要绳子，结实的绳子，最好是麻绳。这些准备好后，才能开始工作，还要一些鱼鳔来粘竹子，需要准备的工作有很多。"溪水爷爷说道。

"现在是冬天，有些竹子虽说在竹林里长着，但已经死了，我们就找这种竹子。这样的竹子颜色干净，韧性好，干湿度也刚好。现在在你们先去找到这样的竹子砍回来。"

"爷爷，我们这就出发。砍多少？"良问道。

"你们啊，这么激动，肯定想人手一把弓，先按照你们的人数一人做一把竹弓。"爷爷说道。

"爷爷，谁教给你的？你怎么会制箭啊？"

"月亮告诉我的。"溪水爷爷得意地说道。

"月亮就那么爱你啊？为什么不告诉我？"良说道。

"因为你不是溪水爷爷啊！"溪水爷爷说道，惹得大家哈哈大笑。

"好了，出发吧，我们去砍竹子了。大家带上自己的玉刀、玉斧、玉锤，还要带上扎枪、飞石索，万一碰上美味的野兽，我们就打回来。"

"爷爷，我们的小弓箭是不是也可以改变了？"渚问道。

"是的，有了竹子，你们的小弓箭可以做得更轻巧，还能射得更远一些。"溪水爷爷自信地说。

"爷爷，我和他们一起砍竹子吧！"渚说道。

"去吧，真不知道你是要和我学本事，还是要和这些年轻人玩。我可是准备把你教得样样精通，到时候能换回五个漂亮的姑娘。"爷爷笑呵呵地说。

"爷爷，你说什么啊？我学本事可是为了像你一样会生活。"渚答道。

"也是，除了爷爷，再没有这样会生活的人了。"爷爷有些骄傲。

砍伐竹子的十几个人带着工具去了竹林，竹林就在大湖附近，大家走了不到半日就到了。

初冬的竹林静悄悄的，这片竹林离部落近，自从被部落的人发现后，不时会有人来挖竹笋，大野兽因为人的光顾反倒不多了，可还有一些草食动物因为被猛兽驱逐，实在无处可去，就冒险在林子里生活。山羊啊，猴子啊，熊猫啊，锦鸡啊，尤其是兔子居多，还有各种鸟类在林子里栖居，甚至狐狸、犀牛、羚羊也偶尔会聚在林子里，草食动物集聚的林子自然是多了一些和气，但这并不说明这里安全，因为不时还会有一些猛兽来袭击。

"良，这片林子很安静啊，不知能否碰上那只想当大王的猴子。"渚问道。

"不知道，估计它早已逃跑了，它是怕你向它要回那件威风的背心。"良笑着说。

"爷爷怎么知道猴子想当大王啊？"渚说道。

"因为爷爷没在林子里发现猛兽啊，所以猴子就是大王啊。"良大笑着说。

"看，一只兔子。"渚说道。

"看我的。"良说着扔了一块石头过去。

"好准啊！"渚看着兔子无声地倒地，由衷地表扬。

"人家是搂草打兔子，我们是砍竹打兔子。"良说着过去捡起了兔子。就这样，众人一路找枯了三四年的竹子，一路打遇见的各种锦鸡和兔子。

锦鸡其实也是大家喜欢的东西，不仅肥嫩鲜美，身上华丽的羽毛更是受到大家的喜欢，插在头上色彩斑斓，很喜气，代表着英雄的神采飞扬。

所以大家看见锦鸡就纷纷射杀，因为不久就要冬季祭祀了，每个人都想打扮得花枝招展，更希望自己的盛装取悦诸神，说不定会得到恩赐。

竹林里的枯竹倒是很多，大家很快就找到了不少合适的，良让大家多伐一些，尽量多带些回去，因为除了做弓，还要做竹箭。

于是大家尽量多砍伐合格的竹子。渚在砍伐竹子的时候还挖了一些笋子，良也教渚采集了一些菌子，因为部落里的人不敢乱吃菌子，所以满竹林都是菌子。良让渚给阿妈采了一些。竹林里的菌子长得硕大嫩白，有的长着长着就坏了。

"良，你阿妈怎么敢吃菌子？"渚问道。渚总会见到良采很多菌子带回去给阿妈吃。

"因为阿妈知道哪些菌子能吃，哪些菌子不能吃，所以你要学会辨认菌子，这样你就会多一种食物，遇上困难，你存活的可能性就比别人大。"良对渚说。

"你阿妈是巫女，通灵，她有诸神护佑，自然敢吃，我可不敢吃。"渚说道。

"渚，相信我，阿妈是不会骗人的，我也经常吃，不是好好的吗？不信今天回去就做个锦鸡炖菌子，那个可是世间少有的美味，再加些竹笋，绝对叫你吃一顿，终生难忘。"良热切地对渚说道。

"好吧，你来炖，我尝一尝。"渚撒娇道。

"好的，我回去就给你炖一陶罐，保准你吃的时候和溪水爷爷抢。"良说道。

"既然那么好吃，为什么族人不敢吃？"渚又问道。

"因为有些菌子的确有毒，且不好分辨。族人们无法辨认才会中毒，所以不敢轻易吃。这些美味也只有溪水爷爷和阿妈这些通灵的人能认出来。所以我和你，也是有幸沾光才吃到其中一两种。阿妈认识的菌子可不止一两种。"良骄傲地说。在一个以食物为主的世界里，掌握的食物多当然是件值得骄傲的事。

"我不是巫女，也不通灵，但我一定要学习溪水爷爷和你阿妈的生存本事。在这个林子里，多懂一种食物确实多一些活着的机会。"渚说道。

16

　　他们砍了竹子回来后，天已经快要黑了。大家把竹子拖到了祭祀的空场上，只有那里比较开阔，大家可集体活动。

　　溪水爷爷可是专门饿着肚子等他们带回新鲜的猎物。

　　"良啊，把你们打到的猎物先拿过来给我看看。"溪水爷爷说道。

　　"爷爷，你看有锦鸡、兔子、笋子，还有我给阿妈采的菌子，你要不要吃？"良说道。

　　"好好，你阿妈太会吃了。给我留一些菌子，少留一些，我不能抢一个女人的食物。"爷爷笑呵呵地说道。

　　"现在，你们先把锦鸡和兔子弄干净，我们就在这里炖笋子兔肉，再炖个菌子锦鸡肉，还要放上盐巴和浆果。一定美味。赶紧动手做。其他人点起火把，把竹子上的枝叶去干净了。"

　　一时间，大家杀兔剥皮，杀鸡拔毛，点燃火堆挂上陶罐，一旁还有清理竹子的，忙得热火朝天。这时候，族长过来了。

　　"溪水爷爷啊，你真是太伟大了，这段时间教给了孩子们很多本事，我应该感谢你啊。"族长总是满嘴臭气，良一看见他，就不由得往远处躲。

"你们做什么好吃的啊?"族长眼睛往地上看,火光下他挑了几根艳艳的羽翎插在了头上。

"我们要做菌子锦鸡肉。"良抢先回答,良知道族长害怕吃菌子。

"好好的锦鸡肉,怎么就放上了菌子?这要命的玩意。"族长果然很失望。

"族长,这里还有兔子和锦鸡,是我们给你留的。"石头提起两只兔子和一只锦鸡递给了族长。

族长对走在身边的蛮牛说,赶紧收拾干净了,回去炖上吃。他说的当然是到族长的家里炖上吃了。

族长看了一会儿,受不了陶罐里肉味的诱惑,赶紧回去做肉了。

"哈哈!"良看着族长远去,不由得笑起来。族长在部落里拥有最高权力,他在总是让大家感到不自在,不像溪水爷爷率真可爱,人见人爱。

不一会儿,陶罐就散发出笋子兔肉和菌子锦鸡肉鲜美的味道。不敢吃菌子的人自然不馋菌子锦鸡肉,但是敢吃的就迫不及待了,吃过鲜美的菌子的人都是招架不住的。

等大家收拾完竹子,坐在空场上整理好锦鸡毛和兔子皮,锅里的肉在大火的猛攻下熟了。

几个人拿着小陶碗分吃陶罐里的肉。溪水爷爷一边吃一边喊着"香"。

"渚,你尝尝,没事的,你要相信我。"良盛了一碗菌子锦鸡肉。

"我自然相信你,我不但要吃菌子,还要跟你学习辨认菌子。"渚吃了一口菌子，又吃了一口锦鸡肉。

"怎么样？"良紧张地问。

"良，锦鸡肉和菌子炖在一起，太好吃了。"渚埋头吃起来。

"爷爷，你也吃啊，真是太好吃了！"渚一边吃一边对爷爷说。

"好好好，一看就是没吃过的好东西，给我也来一碗。"爷爷递过一个小点儿的扁平陶器。

"什么？爷爷，你叫它什么？"良看着爷爷问。

"碗，这是我的碗。"溪水爷爷得意地说。

"为什么你有碗我们没有？"渚笑着说，一边说一边端着自己的小陶罐吃锦鸡肉。

"这是我新做的陶器，我给它起名字叫碗。"爷爷解释说。

"给我把肉盛上。"溪水爷爷把碗递给了渚。

"爷爷，我也想要个碗。"渚端着轻巧的碗说道。

"简单啊，你们自己烧几个不就行了。"溪水爷爷喝了一碗锦鸡汤，很享受的样子，仿佛用碗吃就是比陶罐吃香。

"你为什么不给我们也烧几个？"良问溪水爷爷。

"最后一疙瘩泥，我就捏了这么个东西，放在火里烧出来，想着吃食物方便，没想到你们也喜欢。想要自己烧去，别老等着拿我的好东西。"溪水爷爷一副很稀罕自己碗的样子。

可不是吗，老端着个陶罐吃，无意间弄出个碗，怎么能不稀罕？

那天晚上大家吃完食物后，整理好那些竹子。溪水爷爷说，大家累了好些天了，要大家早点休息。

"今晚我们就不做竹箭了，明天再做。今晚大家先休息。"溪水爷爷说完打着嗝走了。

"良，咱们要不要做个溪水爷爷那样的碗？"渚问良。

"当然要了，好东西大家自然都要有。不过今晚太迟了，渚，改天做。今晚回家睡觉吧。"

"良，我们做个碗吧。"渚说。

"渚，我给你做个别样的，你等着。"良经不住渚的央求，决定为她做个竹碗。

良找出一根很粗的竹子，拿到火上轻轻地烤，烤焦一截，就用石刀砍开烧焦的部分，砍一会儿又接着烧，直到烧得裂开，又砍，砍砍烧烧，良从一根竹子上取下了一节两头封闭的竹节。

良用同样的方法，把这节竹子弄成了两截。

"渚，你看，这样的两截是不是也可以用来盛东西？"良问道。

"可以是可以，可是……"渚指着烧焦的地方。

"这些都是要砍掉的。"良说。

良拿着竹子把那烧焦断开的地方又放在火上烤了一会儿，看着差不多了，就用石刀砍下那些被烧得松脆的焦竹。

"渚，你看着，我给你弄一个吃饭喝水都很漂亮的东西，还没有沙子。"良得意地说。

"你是要做个竹碗吗，良？"渚有些惊喜地问道。

"是啊，只是不知道好用不。"良一边在粗石上磨着他设计的竹碗，一边和渚说话。

"良，我也来磨吧。"渚说着拿起另一节断竹开始磨。

祭祀场的火把又点了一些，空场上一片通亮，有几个伙伴也仿着良做的样子给自己做了竹碗。

"明天我们就用竹碗吃饭，竹筒喝水，肯定就把溪水爷爷惊得瞪大了眼睛。"石头开心地说。

"竹碗吃饭肯定要比陶碗香，竹子可是自带清香的。"有一个伙伴说。

"哈哈哈，真的很期待明天吃饭啊！"大家嘻嘻哈哈，边说边磨着自己的竹碗。

"良，明天将是一个新的吃饭日，大家从此都有碗了。不管是竹碗还是陶碗，我想大家都会试一试的。"渚看着伙伴们磨碗说道。

"可不是嘛，渚，诸神总是给我们指点，让我们发现美好的事物。"良说道。

17

　　"大湖部落最勇敢的猎人们，今天我们就要造竹箭了。竹箭将会改变我们的狩猎史。我们将会得到更多的食物，但是造箭是个精细活，一点儿都不比雕玉简单，所以大家一定要用心学习，把我们造竹箭竹弓的技术传给子孙后代。"溪水爷爷饱睡了一夜，讲起话来精神抖擞。

　　"昨天晚上大家都把竹子的枝叶砍净了，梢头的竹子就留下来做小箭吧，我们的小木弓也可以用这种小箭。匀称的竹子可以根据以往木弓的长短来截取弓身。"

　　"当然了，这一次制作的竹弓箭是给你们制作的。弓的大小要根据个人的需求来决定。"

　　"截好竹子后，大家再把竹子劈开成四等份，现在先做这两步。"溪水爷爷说完后要喝水，准备掏出陶碗。

　　"爷爷，喝水。"良端着一竹筒清亮的水递给爷爷。

　　"哦！"溪水爷爷瞬间瞪大了眼睛，喝了一口水，满面笑容。

　　"真是创造奇迹的孩子。"溪水爷爷开心地说。

　　"哈哈哈！"场地上响起了笑声。

　　大家按照爷爷的吩咐仔细地截竹、劈竹，又把劈好的竹子用沙石打磨光滑，在制造弯度的时候，溪水爷爷做了示范。

　　"竹子可以用火烤。它有韧性，但是水分太多，竹子会裂开，水分太少，也会断裂，所以大家要把竹子烤一烤，但也不能烤得太干。啊，还是我来烤吧，你们来制作短竹片。"爷爷说着说着就不放心了，因为烤竹子是个重要工序。

　　爷爷在地上画出小竹片的长度和样子，让大家根据这个样子做竹片。

　　"我看了你们昨天做的碗，用的真是笨办法，浪费了好多竹子。竹子有韧性，但又是坚硬的，只要我们切断它的纤维，很快就断了，不用又烧又砸的。"溪水爷爷的话引得大家不好意思地笑了。

　　"你们看看啊。"溪水爷爷从兜里掏出一块磨得十分锋利的石块，在劈好的一根竹片上用绳子量好长度，然后用石块在竹子上用力地划几次，划痕变深了。

　　爷爷又从竹片的内壁用石头反复刻画，划痕也在加深。爷爷划了一会儿，轻轻一折，竹子就断开了。连着的一点点纤维，用石刀可以轻松断开。

　　"嘿嘿，爷爷，你就是厉害。早点说了，我们也不至于采用火烧的办法。"良挠着头说。

　　"经验是在实践中产生的，你们不实践怎么会知道自己落后？不过昨天晚上，你们是从整竹上截取的竹节，自然难截，用火烧虽说浪费，但简单粗暴有效果。"溪水爷爷说道。

　　于是，大家学着溪水爷爷的方法截取竹片。截取竹片说起来简单，做起来真是不易。一时间，场地上大家都在埋头干活，忙着截取大大小小的竹片，各种石头、石刀、石斧砍劈竹子的声音以及竹子断裂的咔嚓声响成一片。

有些人看着眼红，围在四周，想要趁机拿小竹子烧着玩，溪水爷爷看到后要了回来，他说："这些都是宝贝，不能胡乱浪费，稍稍加工一下，就可以捉兔子和锦鸡等小动物了。"

截取小竹片的工序很多，一个弓上需要很多楔子，所以大家制作得非常细心。

大家制作楔子的时候，溪水爷爷拿着竹子在火上烤，只有他知道竹子的湿度是否合适，所以这个活只有让他亲自来做了。

烤了一会儿，他又在石头上打磨，用石刀把竹片刮细，用沙石打磨，切弓胎，磨弓胎，这个过程很慢，虽说人多，但毕竟是纯手工，大家做起来很是费劲。等到中午时，大家都饥肠辘辘了，还没有做完。

"开始吃饭吧，爷爷。你闻，渚和姑娘们做的食物散发的香味多么诱人。"良说道。

"好的，吃饭，吃饭。今天可有粟汤？"爷爷问道。

"有啊，爷爷，早知道你吃腻了各种肉食，今早上熬了粟汤，还加了一些肉块，粟汤里煮的肉很美味鲜香。你快尝尝。"渚搅着陶罐里的粟汤说道。

"给我来一碗。"爷爷递上了陶碗。

"爷爷，你尝尝，用的可是今年新鲜的粟。"渚递给爷爷一碗粟汤。

"给我也来一碗。"

"我要一碗。"

"我自己来。"

一时间大家纷纷拿出自己新做的竹碗盛汤吃饭。场地上大家一起吃饭的景象新奇而壮观。呵呵，良和伙伴们一字排开，蹲着喝粟汤，那竹碗十分轻巧，引得围观的人十分羡慕。

"走，我们也去做碗。"

"你要做个竹碗，还是做个陶碗？"

"我觉得溪水爷爷的碗好，我要做个那样的。"

"我喜欢良的竹碗，我要做个竹碗。"

"我两种都要做出来，而且要多做几个，我家人多，需要每人一个碗。"

"就是，我家也要每人一个碗。"

"走走，去大湖边和泥烧碗。"

"谁去砍竹子？我们砍些竹子做竹碗。"

一时间，大家像是从工场发现了什么秘籍一样，纷纷结伴离去，给自己做碗去了。

"哈哈，原来大家都喜欢端着小碗吃饭啊。"良和石头笑着说道。

"就要人手一碗了。"溪水爷爷说道。

"这样再也不怕吃到别人的口水了。"渚说道。

"哈哈，不用吃别人的口水了。"几个姑娘随声附和。

"良啊，你们做的碗可还有？送给族长一个吧。"蛮牛忽然跑来问道。

"懒惰的蛮牛，族长是要你给他做一个碗吧。你怎么要我们的碗呢？"石头说道。

"蛮牛，自己动手做，学会了自己方便。多做几个，等你有女人了可以用碗吃饭。"溪水爷爷说道。

"好的，溪水爷爷，我自己做，我还是去大湖边和大家一起烧碗吧，弄泥巴我行。这种精细活我不行。我要多做几套碗，免得摔破了没得用了。"蛮牛说着话就跑开了。

"哈哈，看来用碗吃饭感觉就是好，族长也心动了。"良说道。

　　"又说我什么啊？你们都有碗了，我还没有，也不替我着急。"族长忽然冒了出来。

　　"哈哈，族长，你用我的碗吧。"石头说。

　　"我才不要吃你的口水，我要去湖边监督大家做碗，我要做大大小小不一样的各种碗，天天换着碗吃饭。"族长一副陶醉的样子。

　　族长走了，大家的饭也吃完了。每个人用清水把碗洗干净，装进了背篓或皮袋里。

　　"好了。吃饱了我们就继续做弓箭。"溪水爷爷喊道。

18

"孩子们，现在你们要多干一个活。我本来打算让你们做楔子，让闲置的人给我们缠麻绳，现在倒好，他们都去做碗了，所以做楔子的事情先放一放。我们开始给打磨好的竹弓抹上鸟蛋、鸭蛋的蛋清，再抹上鱼鳔胶。"溪水爷爷说道。

于是大家坐在装着熬好的鱼鳔胶的罐子前，给那些打磨好的竹板抹胶，抹蛋清，把竹板四块一组粘在一起。

"粘好后，我们就要缠麻绳了。缠麻绳看似简单，其实并不容易，你们看，麻绳一定要缠均匀。缠的时候用力也要均匀，只有缠得好，弓才不会松动，鱼鳔胶才会挤得干净，和绳子合为一体。"

溪水爷爷一边说着，一边示范抹胶、缠麻绳。

"爷爷，需要好多麻绳。"良看着爷爷一把弓还没做完就已经缠了好多绳子，不禁说道。

"等弓做好了，可以打更多的猎物，补偿部落。"爷爷说道。

"好的，大家一定要仔细，千万不要浪费了鱼鳔胶和麻绳。这些东西可都是部落里的存货。"良对大家说道。

"弓箭来之不易，请大家好好珍惜今天的劳动成果。"溪水爷爷说道。

那一天，抹胶、缠绳子，做好后天已经快黑了。但是大家依旧加班干活，忙着给弓身打楔子。

"孩子们，打楔子是个细致活，要根据不同的位置打楔子，改变弓身弯曲的程度，最终调出想要的弓形。"

场地上又点燃了火把，大家把那些细小匀称的楔子一个个地往绳子里打，中间的楔子朝向弓身外围，过了中间，又从里围打。大家一个劲地调整弓身的弯度，直到自己满意才直起腰。

"孩子们，现在我们的弓已经有了弯度，下面我们要烤弓定形了。烤弓有难度，不能把绳子烤干了，烤断了，还要把竹子烤热。大家说怎么烤？"

"那就只有放置在薄石板上烤了。"良回答。

"嗯，可以。就在那石板上烤吧，现在大家先把石板烤热，再把弓放在上面烤热定形。"

烤弓定形的工作几乎进行了一夜。第二天，当大家懒洋洋地躺在空场的火堆边偎着羊皮打盹时，溪水爷爷忽然大喊："快点醒来，都把楔子拆了。"

"哇，可以了吗？"石头也大喊。

"还没，先拆楔子。"溪水爷爷说。

"粘得很紧嘛。"良一边拆一边说。

不一会儿，大家把楔子和绳子都拆了下来，又拿起沙石磨去两边的胶体，不一会儿一条质地良好、弯曲优雅的竹弓身就出现在大家眼前。

"现在我们需要再给弓身缠上麻绳，要从中间和两端分别缠，这样可以提高弓的弹性。"溪水爷爷说道。

当大家把弓体都缠好后，都期望地看着爷爷。

"看着我干吗?"爷爷问。

"用什么做弦?"大家异口同声地问。

"自然是用弹性好的绳子呀。"爷爷说。

"我知道，我们现在没有上好的绳子，新的麻绳已经很不错了。"爷爷无奈地说。

"那就绑上麻绳吧。"良说道。

于是大家开始给弓拉弦。弓弦拉好后，良拿起一根木箭，搭弓、拉箭、射击。只听嗖的一声，那木箭竟不见了踪影。

"天哪，竹弓箭的弹性太好了。如果做成竹箭，削尖了更容易射死动物。"良说道。

"走，到林子里试箭去。"有人说道。

"走，快去试试。"十几个人往林子里走去，一点儿不觉得一夜的劳作辛苦。

"得试试我们的弓箭射得远不远。"

"那就射天上的飞鸟。"

"还得射兔子。"

"我不管，我要见什么射什么。"

大家七嘴八舌，边走边说。

"嘘!看兔子。"石头的话音还没落，嗖的一声良的箭就射了出去。

"这威力够大的，居然给射穿了。"大家跑过去看时，尖叫起来。

"可不是吗?平时我们只能射伤它们，并不能射死。"

"可见竹弓威力很大。"

"有了这竹弓，我们以后遇见花鹿就不用追了，远远地射上一箭就好了。"

"良，我们潜伏起来吧。你看这里有野猪的蹄印，说不定就是祸害部落的那群野猪。"

"好的，大家跟着蹄印，小心寻找，说不定今天就打着野猪了。"良小声说。

于是大家小心翼翼地往前走着。

"上树吧，良，我怎么听到野猪就在附近。"石头一直是部落里听力最好的。

"上，快点儿上树。"良说着赶紧招呼大家就近上树。

大家上树后，拿着弓箭瞄准下面，只见十几头野猪连拱带跑地过来了，它们见草拱草，见树拱树，蛮不讲理。

"射!"良喊道。

竹箭离弦嗖嗖地射向猪群。

"真是诸神指引啊。这些野猪破坏了我们的部落，我们不得不维修屋子，结果我们在伐木时发现了竹子，用竹子做出了竹弓，谁也没想到，这竹弓又射死了野猪。"良说道。

"是啊，真是苍天有眼。"有人说道。

当大家抬着四头猪回到部落时，部落里的人群沸腾了，因为他们的陶碗也刚刚从坑里拿出来。

"哈哈，新鲜的野猪肉，新做的陶碗。刚刚好!"族长笑得嘴都要咧到耳根子上了。

"赶紧地，杀猪炖肉，全村老小大家一起吃。"

当大家在空场的四周用新碗端着竹笋野猪肉吃时，渚和姑娘们为大家跳了一段舞蹈。她们说祭祀大会就要到了，先给大家饱饱眼福。

第三章

冬日祭祀

　　号角和牛皮鼓响了起来，洪亮的声音传到很远的地方，族人们虔诚地抬头看向天空。

　　冬日祭祀终于如期举行了。

　　全族的人换上盛装，集中在祭祀场上。祭祀场中间的高台上摆上了木案，木案上摆着祭祀用的牛、羊和猪的头，它们都被涂上了鲜红的颜色。良知道，部落族人一年少肉食，今年的狩猎成果异常丰富，所以族里以肉食祭祀，感谢上天和大地对族人的恩赐和护佑。

　　阳光明媚，风吹动着高悬在木杆上的动物皮毛，它们也是献给上天的祭品。号角和牛皮鼓响了起来，洪亮的声音传到很远的地方，族人们虔诚地抬头看向天空。

　　在洪亮悠扬的鼓乐声里，溪水爷爷全身披挂着通灵的玉器走上了高台。玉石的头饰和腰间的挂饰装点着溪水爷爷的白羊皮袍，使溪水爷爷看上去像是一个名副其实的神的使者。溪水爷爷站在高台上开始面对着苍天和大地高声唱诵。

　　天地祭祀开始了，高台下的族人听着溪水爷爷的祭天颂文，也开始高声合唱，合唱时吹号和击鼓的人缓缓地伴奏，以表达族人内心的虔诚。

"恭维苍天，悲悯公平，高瞻远瞩，护佑苍生，享祀万代，天恩浩荡，万物叩首，威灵赫赫。羽人之后，诚祀神明，敬禀于天，虔诚牲畜，陈果献谷，用展微忱，苍天在上，默为庇佑，诚恐稽首，颂德颂恩。苍天诸神，欢颜享之。"

溪水爷爷抬首向天，稽首长拜，高声唱诵，双手举起白玉璧，走高台四方，嘴里念念有词，举手投足间身上玉佩叮当作响，仿佛神灵正在通过玉佩和溪水爷爷高举的玉璧和爷爷说话。爷爷一手举着玉璧，一手冲着人群挥了一下。良在台下带领众人高声唱诵祭天之文。

众人雄浑、洪亮的声音越过号声和鼓声一直响彻云端。祭天之文连续唱诵了三次，一次比一次高亢，一次比一次激荡，那悠扬的尾音像是大河之水在云端上流淌，又像是诸神发出的悲悯护佑，天下万物在那声声颂文里变得慈悲善良。

溪水爷爷跪在地上，双手捧着玉璧俯首其上。高台下人们继续唱诵发自心底的感恩。

苍天高远

诸神慈悲

万物生生不息

天光通透

草木葳蕤

江河滔滔

牲畜兴旺

苍天高远

诸神慈悲

万物生生不息

心怀美誉

感恩诸神

山河绵延

人丁兴旺

羽人族的颂天之歌响彻四野。

唱诵礼毕，溪水爷爷开始在高台上跪礼大地。溪水爷爷放下手中的玉璧，又举起玉琮。白玉琮，呈正方体，中部有一孔，四节，每一节上都刻有饰纹，有人面、兽面和羽神的图腾，那是他们羽人族生命传承的象征。

溪水爷爷举玉琮环舞于高台之上，大声唱诵祭地之礼。众人再次高声跟唱。雄浑、洪亮之声再次传彻山林。

"恭维大地，好生为德，厚朴悲悯，恩泽万物，哺育万物，山高水远，湖深溪幽，生灵旺盛，随威而应，有叩则灵，树木勃发，花草芬芳，累仁积德，载物谦恭。羽人之后，诚祀神明，敬禀于地，虔诚牲畜，陈果献谷，用展微忱，厚土在下，默为庇佑，诚恐稽首，颂德颂恩。大地诸神，欢颜享之。"

溪水爷爷再次长跪于地，双手捧着玉琮叩首在其上。高台下人们继续唱诵，表达发自心底的对大地山川河流的感恩。

大地苍莽

诸神慈悲

万物生生不息

百兽奔腾

百鸟齐鸣

高山流水潺潺

春花吐蕊

万木挂果

芳草天涯萋萋

大地苍莽

诸神慈悲

万物生生不息

牛羊成群

野鸭在湖的中央

山中锦鸡啄浆果

心怀虔诚

感恩后土

苍茫大地

人丁兴旺

祭地大礼的颂歌人们唱得如痴如醉，似乎每个人都看到了大地的蓬勃生机。人们沉醉在大地宽博的护佑之中。

溪水爷爷长跪在大地上并没有起来。礼祭四方正在等着他继续主持，只见他面朝人群悲戚慈祥地唱了一句长调："苍茫大地，人丁兴旺，新的巫师正在降生。"

人群忽然就安静了下来。祭祀正在进行，溪水爷爷唱错了吗？

溪水爷爷一人独唱："新的巫师正在缓缓而来，她将带来诸神的护佑。"

溪水爷爷的目光落在人群外很远的地方。人们随着溪水爷爷的目光向后看去。只见不远处有一个白衣人正缓缓而来。此人身边还有一只白色的孔雀。孔雀是罕见的神鸟，忽然和白衣

人缓缓行来，令人群瞬间安静。更奇特的是，冬季之始，竟有
成群的白蝴蝶在白衣人四周飞舞。

"神啊！"人们在心底轻轻叹道。

"我们的巫师来了。"溪水爷爷大声说道。

"女人！"有人轻轻地嘀咕。

"阿妈！"良惊恐地睁大了眼睛。

人群往后退开一条路，人们不明白巫师怎么会是女人。但
人们也不敢说什么，不仅因为新来的女巫是部落猎人良的阿妈，
更是因为女巫有着不可侵犯的气势，她正无视人们疑惑的眼光，
勇敢无畏，缓缓而行，浑身上下都显示着神的光芒。

她布衣为袍，花鹿皮裹身，额头上悬垂一块莹润温暖的白
玉，不急不慌地向着土台而行，目中没有一个凡俗之人，更没
有看到她的儿子良。

溪水老人喊道："呈饰品。"族长捧着白玉雕的新玉璜饰品
前来。它由精美的玉管和玉串组合而成，玉璜上刻着神秘的圣
人兽面图案。一面刻着正展翅高飞的羽人祖先，兽面羽人祖先
之外满饰涡纹、云纹、回纹等，另一面满刻阴线纹，精美的玉
璜由溪水爷爷佩戴在新巫师的脖子上。

一阵风轻拂过高台，拂动玉璜，玉璜发出叮当有致的声音。
新的巫师诞生时，旧的巫师就会失去神性，再看溪水爷爷，他
已经成了一个干瘦苍老的老人，颤颤巍巍，仿佛风一吹他就会
随风而去。族长扶着溪水爷爷站在了高台的下面。

部落历史上第一任女巫师开始主持祭祀大礼——祭四方。
有些人带着怀疑的目光看去，毕竟是第一次，天神会把神旨传
给新的巫师吗？

新巫师手捧新雕的玉琮、玉璋、玉圭、玉琥行祭礼安四方。

女巫的神态安详神圣，她挥起白袍飘飘欲仙，慢吟高唱安四方的颂词。随着她的吟唱，白孔雀翩然而舞，白蝴蝶在她的举手投足之间飞旋，有阵阵的香风在空气中弥漫。女巫的歌声悦耳动听，犹如溪水流过云朵，犹如百灵在林中树梢清唱，令人神清气爽。

"诚惶诚惧，顿首告之，四方神灵，巫女新诞，遵祖遗训，上承天意，聆听神谕，恤族民之疾苦，治五气，艺五种，抚生灵，度四方，赖四季神灵，更替有序，谷粟丰登，牲畜繁荣，风雨霜雪，应时而至，天地诸神，恩惠浩荡。羽人子民，诚祀神明，敬稟四方，敬献苍璧，玉圭玉璜，玉璋玉琥，虔诚牲畜，陈果献谷，用展微忱，默为庇佑，诚恐稽首，颂德颂恩。四方诸神，欢颜享之。"

女巫师的歌声纯净高亢，更有白孔雀和白蝴蝶伴舞，微风四面轻拂，玉声叮当，仿佛大神亲临人间。这时号角呜呜，牛皮鼓声雄浑震撼，四方赞歌唱起。

四方礼毕，献祭舞开始。由四十九人组成的队伍在空场上跳起苍茫神秘的祭祀舞蹈。

舞蹈阐述了族人们狩猎、捕鱼、织网、采集的生活场景。这些场景或充满动感，或娴静委婉，一会儿激越昂扬，一会儿优美婉转。

良看到渚跳得投入虔诚，好像在用自己的肢体向诸神祈祷，良也不由得跳得更加投入了。

整个舞蹈都由渚领舞。渚在模仿牛、大象和花鹿时，仿佛自己就是那有力的牛，尊贵的大象，仿佛自己就是奔跑的花鹿，她带着幼兽的新奇和力量，踏着激越的鼓声，像牛一般奔跑，像大象一般柔软地甩动身体，像花鹿一般轻盈，她身后的舞蹈队和她一样投入地起跳、旋转、伏地、跃起。忽而，她又把大家带进了捕鱼、采集的场景，舒缓的号角，慢撒的鼓点，渚柔曼的身躯演绎着人们从低处向高处采集浆果，在湖上撒网捕鱼的动作。渚的舞蹈充满活力，姿态优美，带动族人一起热烈地伴舞，祭祀被族人的狂欢推向了高潮。

牛舞苍劲，象舞宏伟，鼓声激昂，号声辽远，整个部落的族民沉浸在庆祝的气氛之中。有一些族民在外场拿着鼓棒击节而舞，还有的拿着长棍击打地面，呦呦吼叫，场外的妇女们头戴羽翎，腰裹兽皮，高歌安四方之歌，击打手中的各种生活器皿。

冬日祭祀在傍晚时分结束，人们在空场上燃起了篝火。有些人跳起舞来，有些人在篝火边烤肉，还有人架起了木架，挂上陶罐煮美味的汤。祭祀大礼后，场地上一片幸福欢乐的场景。

渚和良在一处篝火边上煮汤。

"良，你阿妈是巫师，你居然不知道？"渚用敬仰的语气说道。

"阿妈平时深居简出，生性安静纯良，天神选她作为使者，也是天命所趋。神的谕旨，我怎么可以先知。"良看着天空说道。天空将明将暗，星星正在升起。

"良，你看你阿妈要走了，她的白孔雀真漂亮啊。"渚看着缓缓离去的巫师。

女巫师此刻更加安静了，只是默默地离开人群，有几位族民手捧着果盘尾随着她。溪水爷爷看上去更加苍老了，他也默默地尾随巫师。没有人知道两代巫师的沉默是因为什么。他们和凡人有着很大的区别，他们是诸神的使者，他们的生活神秘而孤独。

"我们送阿妈回家吧！"良站了起来。在良的心里，阿妈是永远的阿妈，阿妈不喜欢和众人一起烤肉喝肉汤，阿妈要回家自己煮菌子汤。

　　"走，我们去送你阿妈。"渚也站了起来。

　　走到门口的时候，阿妈接过族民手中的果盘，对尾随的人说："大家回去吧，良和渚也去吧。"

　　阿妈说完就领着白孔雀进了屋。

　　"良，你阿妈看上去就像高贵的女神，不可侵犯。"渚感叹道。

　　"渚！"良不知说什么好。

　　"良，怎么了？"渚问道。

　　"你才是我的女神。"良拉起了渚的手。阿妈回家了，族人们也走了，月季花下，就只有良和渚了。

　　想起渚跳舞时一会儿野蛮得像只幼兽，一会儿温婉得像个小仙女，她浑身上下像是潜藏着用不完的力量，良不由得拥抱着渚，就在月季花丛下。

第四章

换亲和葬礼

　　女巫娓娓唱来，那声音如幻如梦，诉说着猎人勇敢无畏狩猎的一生，诉说着生命无常本是自然的轮回。

1

　　祭祀之后，人们沉浸在庆典的余韵里。不时会有族人在祭祀的空场上点起篝火。

　　冬日渐深，大地收起了甘甜的浆果，很多动物据守在洞穴、巢穴里，很少出来活动。部落的人偶尔会去山野里挖田鼠的巢穴，搜集它们的粮食和植物种子。这时候松鼠长得肥美，尾巴蓬松。良一直记得渚喜欢松鼠的尾巴。大湖边的冬天冰凉潮湿，他要给渚捕捉大尾巴的松鼠，让渚做精美的饰品和护手。

　　"渚，我们去树林里捉松鼠吧。"良在渚家的屋外喊。自从祭祀之后，良再也不想离开渚了，他常常喊上渚一起在部落附近捕获一些小动物。

　　"良，我在做羽衣，我们一起做羽衣吧。"渚想快点把羽衣做好给良。渚想让他的战神穿着羽衣。

　　"羽毛会在阳光下泛着光华，你穿起羽衣更加威武。"渚说。

　　"渚，我们回来再做羽衣。我要给你捉松鼠，你需要松鼠蓬松的大尾巴。"良笑着说。

　　"好吧，我们去捉松鼠。"渚向良妥协。

他们在去捉松鼠的路上，碰上了背着竹箭的石头等其他猎人和几个姑娘，他们正叽叽喳喳地簇拥着要去树林。

　　"良，要去树林吗?"石头问良。

　　"是的，去看看有没有大尾巴的松鼠。"良和渚欢快地和大家结伴而行。

　　"我们也去看看有没有大尾巴的松鼠。"石头很开心。

　　"阿妈和姑娘们都嚷着要围脖和护手，我们去捕一些松鼠或者狐狸什么的，冬天的山羊皮也是很暖和的，但愿我们今天能碰到山羊或者狐狸。"石头一副很想打猎的样子。

　　"这里离部落近，山羊和狐狸很少过来，不过也许天神会恩赐我们。"良说道。

　　"看，松鼠。"忽然，渚低声喊道。

　　"好，我们开始捉松鼠吧！石头，大家不要分开太远，小心碰上孤行的狼。"

　　猎人们分开捕捉松鼠，他们普遍用的是一种轻巧精致的竹弩，能射出极细的竹箭。这种小竹箭专门用来捕捉松鼠，还不会破坏松鼠的皮。当然，他们也用这种竹箭射兔子和山鸡。猎人嘛，来到了树林里，自然是碰到什么猎物就捕捉什么猎物。

　　正在他们紧张地捕捉松鼠时，石头忽然喊道："良，快来看！"

　　"怎么了?"良跑到石头的那边。

　　"你看！"良指着一处裸露的地面说道。土皮上有一只硕大的爪印。

　　"是花豹。"良警觉地说。

　　"花豹怎么会跑到这里来?"渚和同伴们都跑了过来。

　　"大家再找找看，有没有其他痕迹?"良说道。

"大家在一起，不要走散。"良叮嘱大家。

"花豹怎么会跑到部落附近来？"渚继续问。

"不知道，也许是山里找不到吃的。"良说。

"良，你看这里。"有人在一棵树边喊良。树干上有动物的毛。

"就是花豹的毛，它肯定在这里靠过树。"良双眉拧在一起，花豹来到了部落附近，这不是一件好事。花豹机敏聪慧，行动如电，肯定会给部落带来伤害。

"会不会是花豹来寻仇了？"石头问。

"有可能，上次有四只花豹，逃脱了两只，说不定它们找来了。"良说道。

大家在树林里仔细地寻找，却再也没有找到任何蛛丝马迹。仿佛花豹的爪子印和毛是凭空出现的。

"良，也许花豹来过，它看见了人类害怕，又离开了。"渚说道。

"也许是。"良说。

"石头，从现在开始，我们要巡逻，保护部落，也许花豹就藏在附近，也许还有其他动物，它们在山里找不到食物，就会来部落里伤人。"

骤然出现的花豹爪印，让大家不免警觉起来。大家收拢捕获的松鼠、兔子和山鸡往回走。

"石头，从明天起，我们还要到树林里来搜捕花豹。大家一定要带着长箭和长矛，以防花豹出现。"良叮嘱石头。

"好的，也带上藤筐和小武器，可以在寻找花豹的时候捕捉松鼠。毕竟是冬天，花豹到山下的可能性很小。"

"好的，明天大家准备充分，我们再来树林。"

"良，今天的野鸡翎羽不要丢弃，都给我吧。"渚看着野鸡翎羽说道。

　　"好吧，羽毛都是你的。"良笑起来。其他姑娘正在讨论回去烤鸡吃，渚却说自己要鸡毛，大家都笑起来，觉得渚有些傻。

　　渚只是笑着，不多说一个字。只有良知道渚需要大量的羽毛来做羽衣。

2

　　第二天，良去喊渚时，渚说自己不去林子了，一定要留在家里做羽衣。良和其他猎人去了林子里，渚开始趴在屋子里哭泣。昨晚族长来过了，说春天一来，部落里适龄的姑娘要与其他部落换亲。

　　"渚，你是咱们部落最聪慧的姑娘，你换亲去了其他部落，也是嫁给他们部落最勇敢的猎人。"族长说道。

　　"族长，为什么一定要换亲？"渚惆怅地问。

　　"为了保证部落血统的强大和纯粹，只有强大的血脉，才能生生不息，才能得到诸神的护佑。"族长说道。

　　"不换亲会怎样？"渚问。

　　"长期不换亲的部落会从大地上消失，诸神不喜欢他们。"族长说道。

　　"知道了，族长。"渚低下头掩饰自己的愁容。

　　"部落的每一个姑娘都要去换亲，这是部落女人的命运，也只有用你们换来其他女子，我们的猎人才能成婚生子，部落才能人丁兴旺。"族长说完就去了下一家，他要把这件事逐一告知每一家。

　族长走后，渚几乎一夜没睡。面对强大的族规，渚感觉到自己过于渺小，渚害怕把自己换亲给其他部落的陌生男子，渚害怕陌生的女子嫁给良，渚无法想象分离的可怕。渚更害怕被诸神抛弃……渚在悄无声息地做羽衣，不管发生什么事，她都要给良做一件羽衣，她希望良像羽神一样威武。

　树林里，良带着众多猎人在寻找花豹的踪迹，部落里也加强了巡逻。

　这只花豹太狡猾了，几天过去，猎人只见到它留下的轻微爪痕，再无任何痕迹。但是良凭直觉感到花豹就在树林里。只是因为众猎人的搜捕过于严密，花豹才隐藏了行踪。

　这一天，搜捕花豹终于有了新的进展。他们发现了一只被花豹猎杀不久来不及吃掉的山羊。

　"良，你看伤口新鲜，刚撕裂，还没吃。"石头检查着山羊尸体说道。

　"是的，花豹就在附近，它有可能就在盯着我们。"良警觉地四下观察。

　"花豹已经很饿了，我们天天搜捕，树林里的小动物少了。"石头说。

　"是的，所以它暴露了。"良说。

　"大家准备好，花豹就在附近。"良搭弓上箭，他认为花豹会突袭。可是花豹并没有出现。

　"射箭！"良命令大家向草深处射箭，良感觉花豹就藏在茂密的草丛里。

　箭矢乱飞。果然，一只花豹闪电般跃起向空旷处跑去。良带领众人追赶。

以往花豹的速度很快，追捕时稍不注意就不见了踪影。可是这次良和猎人们追赶时发现花豹的速度并不快，好像在有意吸引他们追赶自己。

"石头，停下，回到死山羊的树林去。"良说。

"太诡异了，快。"良带领大家赶回树林。

"搜，小心仔细地搜。"良说。

在花豹飞跃而起的地方，有一小摊血迹。良仔细观察，斑斑点点的血迹把良和同伴们引向了另外的方向。

"天哪，还有一只花豹。"石头喊道。

"是的，这一只受伤了，所以那一只暴露自己，诱导我们追捕它，引开我们。"良说道。

"为了保护这一只！"石头惊叫道。

"是的，快速搜捕，受伤的肯定跑不远。"良说。

良和同伴们很快就找到了那只受伤的豹子。受伤的花豹不能快速奔跑，它被猎人逼到了一棵树下。它张开大嘴，四颗尖利的獠牙令人恐惧，琥珀般的眼睛射出愤怒的光，它咻咻地嘶叫，像是在示威，又像是在发出信号。

花豹迅速开始进攻，它猛扑过来，无视眼前的箭矢。它那巨大的身子跳跃落下，像乌云一般笼罩猎人，正当猎人们举箭射击时，另外一只逃走的花豹返回了。

逃走的花豹身形稍小，它低声嘶叫着冲向了围攻的猎人。一时间，猎人们有些慌乱。同时近距离地和两只花豹厮杀，他们是第一次，碰到不逃跑的花豹他们也是第一次。瞬间大家就相信了良的推测，是上次没杀死的花豹来寻仇了。

"分两轮射箭，里外圈站好，不要乱。"良大喊道。

猎人们很快围成了里外两圈，交替射箭。

稍小的花豹和大花豹会合了，小花豹紧紧地和大花豹靠在一起，大花豹愤怒地低吼着，小花豹也在低吼。良知道，这两只花豹若同时进攻，今天肯定会两败俱伤，箭再快也需要拉弓的时间，而花豹的速度和智慧都不容小觑。

"射箭!"

"轮流射箭!"

"不要浪费箭!"良沉着地指挥着。

大花豹不停地抢起尾巴扫落飞来的箭，继续发出低沉的嘶叫。它一边抢着尾巴一边蹿跳，闪电一般就到了猎人中间，小花豹在跟进。

良见无法射箭，抓起了小弓弩，快速射出一支小箭。箭矢精准地射入了小花豹的眼睛。小花豹嘶叫了一声，大花豹就扫着尾巴跃向小小豹，大花豹扑向了离小花豹最近的一个猎人。

猎人被大花豹扑倒，抓烂了脖子，大花豹继续捕杀，良和同伴们集中精力围攻大花豹，抢救受伤的伙伴。此时大花豹发出怒吼，小花豹趁人围攻大花豹时落荒而逃。

猎人们无暇追杀小花豹，大家举矛奋勇刺向大花豹。谁都知道，不杀死花豹，他们将被花豹一一捕杀。有一个猎人被花豹咬住了肩膀，他在花豹的嘴里挣扎，另一只手把一支箭戳进了花豹的眼睛。花豹在和猎人厮杀，石头把另一支箭戳进了花豹的眼睛，良的长矛刺进了花豹的肚子。

这一场人豹近身厮杀的结果是，猎人们死四人，小花豹负伤逃走，大花豹被杀，全身皮毛尽伤。

良和猎人们跪在地上，默默地哀悼死去的伙伴，又默默地感谢诸神的护佑。狩猎，总是伴随着死亡。这虽说是经常发生的事，可是在自己的部落附近和花豹大战却是第一次。

当猎人们抬着花豹和死去的猎人回到部落时，整个部落弥漫着阴郁哀伤的气氛。

族长号召族人们在祭祀场祭祀，超度逝去的猎人。新任的女巫师跳起了祭祀大礼，嘴里念念有词，死于花豹的人将上圣山，免去为人的苦难。

风吹着悬挂的兽皮，牛皮鼓滞重沉闷，号角呜呜低鸣，大地在为已逝的生灵沉默。女巫师的歌声哀婉深情。

巍巍青山

茫茫丛林

猎人归兮

一身月华

滔滔逝水

呦呦风声

猎人归兮

身披神佑

漫漫征途

轮回日月

猎人归兮

圣山之上

四季更替

草木荣枯

猎人归兮

诸神护佑

……

女巫娓娓唱来，那声音如幻如梦，诉说着猎人勇敢无畏狩猎的一生，诉说着生命无常本是自然的轮回，诉说着生而为人也是草木的一生，诉说猎人将通过英雄的一生回到圣山，不再经受人世的生老病死和种种辛苦。

3

当女巫正在祭祀牺牲的猎人时，天上下起了雪花。不一会
儿白茫茫的大雪给部落裹上一片素白，女巫跪了下来，把头深
深地埋在雪地上。良久，女巫抬起头来，对着飘雪的天空捧起
了洁白的玉琮。她在雪地里跳起舞来。

女巫白色的袍子在快速的旋转舞动下，轻盈得似一片雪花，
与天上的大雪一同飘扬。女巫的玉佩叮当响，声音越来越急迫。
鼓点和号声也跟不上她的节奏了，她完全沉浸在一种无法言语
的状态里。

忽然，她停下来，对众人说："溪水爷爷乘着大雪走了，已
经上了圣山。我们要给他举行葬礼了，已经牺牲的猎人们也只
有等一等了，等着和溪水爷爷一起下葬。"女巫的话让大家一片
愕然。

"昨天还看见了溪水爷爷，他怎么会死呢?"有人不太相信。

"我们去看看吧。"有人建议。

"良，你快和石头去溪水爷爷的屋里看看。"族长吩咐。

女巫师不言不语地坐在雪地里等待着。不一会儿，良和石

145

头跑了回来。

"溪水爷爷上了圣山了!"良喊道。

"溪水爷爷上了圣山了!"石头喊道。

祭祀的空场上架起了巨大的篝火,雪花漫天飞舞,人们围着篝火跳起祭祀的舞蹈,双臂缓缓地伸向天空,又缓缓地弯腰躬身向大地作长揖。继而齐声唱诵:

> 白雪茫茫
>
> 智者归去
>
> 圣山之上
>
> 诸神护佑
>
> 白雪飘飘
>
> 高德大美
>
> 部落族民
>
> 恩泽绵长
>
> 感恩长者
>
> 身居圣山
>
> ……

族民们深情唱诵,表达对溪水爷爷的怀念和祝福,希望他在圣山继续护佑部落。

族长带领部落里的族民在部落不远的向阳山坡上给逝者打下了尊贵的墓穴。他们在地上挖出深坑,夯实虚土,铺上一层小石头,又继续夯实,当石头整齐坚实地镶嵌在墓坑里时,人们又在上面铺上一层厚厚的黄土。这些黄土来自高高的山顶,由部落的族民背来，人们又拿石块夯实那些黄土，让黄土的墓坑墙壁和地面都变得坚实整齐。

人们在墓坑里分出逝者的居住地、生活地、物品摆放地，相信逝者会在阴间和阳间一般生活。分好之后，族人们恭敬地把溪水爷爷安置在最大的最上面的墓坑里，在大墓坑的两侧安置了四位猎人。

"现在，把溪水爷爷生前的玉琮、玉璧、玉钺、玉璜、玉钩、玉柱、玉珠等祭祀用品和生活用品一一呈放。"众人在族长的指挥下把溪水爷爷的各种玉器摆进了墓坑。

"放陶器。"族长又大声喊，人们捧着陶罐、陶盆、陶碗等器皿放入墓中。溪水爷爷的墓放好后，人们又给众猎人的墓里放入生前用品。当然，猎人们的墓里多数是弓箭、长矛、兽骨饰品，也放了崭新的陶罐、陶碗陪葬。

一切陪葬品放好之后，巫师在墓地念念有词，让逝者的灵魂安息，众人封好墓坑，燃烧篝火，长揖拜别。

这样的丧葬礼仪和建墓花了人们很多的精力和时间，尤其是建墓，要从高山上背土，要捡石头，要集体出力夯打墙基，若不是部落集体行动，几乎难以完成。

4

冰冷潮湿的冬天即将过去，渚的羽衣也即将做完。

自从听了换亲的事后，渚就没有开心过。部落里其他换亲的姑娘却很开心。他们的部落是个强大的部落，被换亲的姑娘将嫁给其他部落的猎人，她们已经习惯了换亲的习俗。每个女人都是通过换亲婚配的。纵然要去面对陌生的部落和陌生的生活，她们还是满心期待着天神会护佑自己遇到心仪的猎人。她们身负着上天的使命，要为猎人传承血脉。

姑娘们都在忙碌着做各种东西：毛皮衣服、麻衣、小皮袋、藤条背篼、发辫上的玉器、各种骨质项链，手巧的姑娘甚至自己打磨、雕刻玉佩和玉串。总之，整个冬天，待嫁的姑娘们都在准备自己的装饰品。待娶的猎人们也在准备干栏屋，等待着换婚之时，领上换来的女人独自生活。

"良，试穿一下羽衣。"渚的羽衣就要完成了，就剩下一只袖子还差一些羽毛。

"渚，还要一些羽毛。"良举着胳膊说道。

"我们就到湖上去收集羽毛吧。"渚看着良说。

"渚，外面有些冷。等天气暖和再去，湖水很冰的。"良不想让渚为了自己受冻。

"走吧，良，我们去收集羽毛。"渚很执拗。渚觉得春天一来，自己就得走了，再也没有时间为良做好这件衣服了。

"渚，你怎么了？"良为渚的反常感到奇怪。渚这段时间总是情绪反常，忽而开心，忽而不开心，还会冲良生气。有时候良觉得不必做的事，渚却坚持要做，渚的行为让良觉得很难理解。

"我只是想快点完成羽衣。"渚说道。渚说的时候，眼泪吧嗒吧嗒地掉落下来。

"好吧，我们去收集羽毛，你披上山羊皮袄吧。"良说完就准备去湖上的工具，鱼筐、鱼叉、渔网，还有装羽毛的皮袋。

湖面上，微风轻拂。良和渚划着小木船向芦苇丛中去。白山羊皮袄把渚裹得严严实实，渚额头的玉坠随着渚的晃动而轻轻晃着，时光静谧得令人发酥。良看着渚，心里荡漾起的幸福浮现在脸上。

"良，你在笑什么？"渚问道。

"渚，你真美。若不是天冷，我愿意天天和你在湖上划船。"良说道。

"我们收集羽毛吧。"渚看着良，温顺地笑着。

"过来，渚。"良拉渚和自己并排坐着，两人一起划着小船。

湖面上烟波浩渺，远处水天一色，冬季空旷浩大的湖面上只有他们孤舟一艘，冬阳在近处的水波上映出粼粼的光泽，偶尔有水鸟在芦苇荡里飞起。

"渚，你看，这片美丽的湖都是我俩的了。"

"嗯，良，我们得划快点，要收集羽毛。"渚的心思都在收集羽毛上，她要赶快为心上人做好羽衣，这也许是她唯一能做的事。春天一来她就得去换亲，这个命运谁也改变不了。可是良好像没有感觉到这件事。良的快乐无法感染渚，甚至让渚感到更加伤心。

"渚，你为什么不开心？"良搂着渚的肩膀问。

"良，你真的不知道吗？"渚说。

"什么事？"良问。

"春天一来就要换亲了。"渚说。

"和你有关系吗？"良问。

"族长已经通知我了。"渚说。

"你要去换亲吗？我不许你去换亲。"良叫道。

"这是部落的族规。"渚说。

"族规也不成。"良愤怒了。

"你要娶换亲的姑娘，和她生活在干栏屋里，只有这样血统才是强大的，诸神才会护佑你。"渚说。

"不，渚，你受了魔鬼的蛊惑。我不要娶换亲的姑娘，我也不要你去换亲。"良紧紧地拥抱着渚。

"渚，我们会有办法的，你先不要着急。我会想到办法的，我阿妈是无所不知的巫师，她一定知道办法，她会帮助我们的。渚，你是个好姑娘，上天不会让你痛苦的。"良有些慌张。

"渚，你打消换亲的想法。"良说。

"你必须打消换亲的想法。"良语气霸道。

"良！"渚痛苦地喊着良的名字。自打知道换亲，渚就一直处于煎熬之中，她拿什么来逃脱换亲的命运？她无论如何也不愿意离开良。看着良此刻的煎熬，渚感觉痛苦万分，心都要碎了。

"良！"渚深情地喊着，却不知道说什么。

"渚！"良拥抱着渚，任小舟在湖里泊着。

愤怒的大火在两个人的心里熊熊燃烧着，相爱的人受到了阻碍，最终还可能劳燕分飞。良和渚拥抱着，晃荡的小船为他们缓释着心中的苦闷。

"良，我不要换亲。"渚说。

"渚，我不会让你换亲。"良说。

"良，我们不能分开。"渚说。

"渚，我们永远不分开。"良说。

小船儿晃晃荡荡，天地一片静谧，渚的眼泪不停地流。良将渚的眼泪一一吞下。他们仿佛遭到上天的惩罚，他们就是上天要一刀劈开分成两半的人，他们满心是分离的苦楚和即将寻寻觅觅的哀愁。

"渚，我会带你离开。"良说道。

"不，良，你是英勇的猎人，你不该为我遭到天神的抛弃。"渚紧张得捂住良的嘴。

"渚，我不怕，我只要和你在一起。"

小船儿又一次晃荡，仿佛是相爱给了人力量。良心里暗暗决定，他不会让渚去换亲，这是他唯一心爱的女子，她只能和自己在一起狩猎、采集、捕鱼、织网，她只能和自己一起围着篝火，她只能和自己一起生活在高高的干栏屋里。自己打回的猎物也只能交给渚。

"我要和渚一起狩猎、捕鱼，围着篝火唱歌跳舞。"良在渚的耳畔呓喃。

"良，我们回去炖鱼汤吧。"渚说。

"好的，我们炖鱼汤。"他们两人多次想要炖鱼汤都没有炖成，不是缺陶罐，就是人很多。

"我们去哪里炖啊？"渚无限惆怅地说。

"就在我家炖。"良说道。

"不行，你阿妈是大巫师，她会看破我们的。"渚说。

"渚，我们到底炖不炖鱼汤？"良看着渚问，良觉得渚总是在逃避什么。

"良，要是我们能有自己的屋就好了。"渚说。

"渚，我们会有的。"良坚定地说。

"可是我们会被部落处死，我们会被诸神抛弃。"渚说道。

"族规不会允许我们在一起的。"渚说道。

"渚，不要想太多，我去找族长，让他把你指婚给我。我是部落的猎人，上天护佑我，我猎过三只花豹。我为部落做了好多事，族长应该答应我。"良说道。

"是啊，你是部落里最勇敢的猎人，族长和族人应该考虑你的建议。"渚多么希望部落允许她和良在一起。只有得到部落允许的男女才会得到诸神的护佑。

"等族长答应，我们就可以在自己的屋里炖鱼汤了。"良忽然觉得在自己家里炖鱼汤是件很美好的事。

"是的，到时候我们就可以在自己的家里炖鱼汤了。"渚也开始幻想。美好的生活总是让人忘记不如意。她和良都以为部落和诸神会宽恕两个相爱的人。

"良，你是最勇敢的猎人，部落肯定会答应你的。"渚肯定地说。渚说的时候，已经相信了自己的想法。

"是的，渚，所以你不要再惆怅了，我们好好狩猎、捕鱼、织网、做羽衣好吗？等族长指派你换亲时，我一定会反对，他会接受我的建议。用心做羽衣，好吗?"良自信地说。

"好的，良，我相信你。我要给你做出最漂亮的羽衣，让你像羽神一般自由地飞翔。"渚的大眼睛看着深远宁静的天空，好像天空里有个良在展翅高飞。

5

春天快要来了，大地上和风徐徐，尽管人们还像冬天一样蜷缩在部落里，围着篝火烤食物，可是万物生发的意向已在大地上传播。春风浩荡，欢乐的种子在随风游弋，野兽们在悄悄地繁衍，勃发的生命正在复苏。部落里迎来了一年一度的换亲大事。年轻的猎人们将要在春天里领回矫健美丽的女子，延续部落纯正的血脉。

在部落议事大厅里，族长和年长的男子、没有子嗣的男子以及单身的猎人们围着篝火，商议春天的换亲大事。

"今年的换亲就要开始了，你们可以说说有什么意见。"

"我要求今年给我一个健壮的女人，去年的那个身体弱得就像衰草，不到半年就死了。"

说话的男人已经连续几年换亲了，他身体壮得像头蛮牛，给他的女子总让他折磨得不到半年就死了。女子和他一起生活，除了要给他传承血脉，还要拼命劳作，又没有足够的食物，所以嫁给他的女子几乎都是早早死去。所以每年换亲议事时，蛮牛就带头在族长面前要女人。可不是吗，身强力壮的蛮牛已经半年没女人了。

"蛮牛，你的女人被你吃掉了吗?"有人问。

"蛮牛的事放到后面说。"有人建议。

"新成长起来的猎人有二十几个。他们像春天的花豹一样，健壮而阳光。他们是最好的血脉传承人，应该先安排他们换亲。"

"我也是其中一个。"蛮牛据理力争。

"你已经连续几年分配到换亲的女人了，你应该娶一个死了男人的女人。她们若没有人要，将丢下孩子去别的部落换亲。"有人说道。

"那样你还会领到一个孩子。那也是一笔财富。"有人开导蛮牛。

"安静! 安静!"族长敲着木棒大声喊。

"每年一说换亲，你们总是兴奋地吵嚷。"族长说道。

"今年的换亲，我们还是和往年一样，给每一个没有女人的男子争取分配到健康的女人。"族长的话给了男人们希望，大家闭嘴等候下文。

"但是今年女子的分配原则是，先要给有功劳、有能力、在各方面取得成绩的男子，且给出类拔萃的猎人配两名女子。因为他勇敢优良的血脉更需要传承。他应该给我们部落带来更多的猎人。"族长说道。

"好。"有年轻的猎人按捺不住大声叫好，引得众人大笑。

"另外，今年独居有子的女子不再换亲，她们还要抚养我们部落的孩子。孩子才是部落的希望，需要阿妈的照顾。"族长说道。

"她们怎么生活?"有人问。

"她们也是曾经换亲而来的女子，她们曾和部落的人没有血缘关系，但是她们有了孩子，就是我们部落的人了。把她们分配给部落的男人和猎人们，让她们和孩子得到照顾。"族长说道。

"可是，总有些女人不愿意听从安排，她们想自己带孩子。"有人说。

"那也是个别的女人，没有女人不愿意吃肉，也没有女人甘愿失去猎人的陪伴。除非她是神的使者。"有男人喊道。

"我们将和哪个部落换亲？"石头忽然喊道。

"和离我们远一些的楠木部落、桦树部落换亲。这两个部落和我们没有换亲关系，是两个擅长织网和缫丝的部落，他们部落的女子心灵手巧，会养蚕缫丝，会用丝织锦。"族长说道。

"她们会不会捕鱼？"有人问。有一个能干的女人和自己共同劳作是件幸福的事。

"她们都是聪明能干的女子。"族长回答。

"可别拿我们的好姑娘换一些愚笨的病弱女子。"有人担心。

"这个大家放心，我们的猎人威名远播，我们部落强大，他们巴不得和我们换亲，建立关系，他们不敢欺骗我们。"

"尊敬的族长，我们可不可以不换亲？这样我们健康美丽的女子就不用远嫁其他部落。她们失去家人的照顾，会很快死去。"忽然有个洪亮的声音响起。

大家循声望去，只见猎人中间站得高高的良说道。大家已经习惯换亲，而且遵从祖训，一直对换亲没有异议。忽然，他们最勇敢的猎人良这样说话，真是吓了大家一跳。

于是大家纷纷指责良。

"换亲是部落的规矩，不能篡改。"

"换亲可以保证血统的纯粹。"

"换亲可以受到诸神的护佑。"

"换亲可以学到别人的长处，每个部落的女人都擅长自己部落的生活方式。这样也是一种交流互动。"

"对，换亲可以促进生产。"

人们七嘴八舌说着换亲的各种好。

"可是，换亲的女人不是我喜欢的。那是个陌生的女人。"良说。

"你会喜欢的，陌生的女人也是女人。"有人说。

"不喜欢，你可以挑你喜欢的。你可以挑两个你喜欢的。你是我们最勇敢的猎人。"族长说道。

"我已经有了喜欢的人，我不会喜欢上别人。"良说道。

"是哪个部落的？我们去为你换来。"

"我不要换亲。"良没有说出渚的名字。良怕突然说出来，他和渚会立刻受到攻击。

"良，你先不要激动，你再好好考虑一下。我们目前的婚配原则就是换亲。如果你看好哪个部落的姑娘，你说出来，我们替你换回来。"族长很想为良换到他喜欢的女人。

"良啊，如果你今年不喜欢，那就明年参加换亲吧！"有人说。

"是的，反正你是猎人，有两个女人可娶。"蛮牛说的时候很是羡慕。

"部落的女人若不愿意换亲可以不换吗？"良问族长。

"不可以，部落的女人生下来就是为了换亲的。部落里优秀的女人才能给我们换来外面部落优秀的女子。"族长说道。

"甚至我们部落的一个优秀女子，可以换到一些小部落的三个优秀女子。"族长说。

"而我们优秀的女子，也只换亲给其他部落最勇敢的猎人。"

"良啊！一个部落要长盛不衰，换亲是非常重要的。部落的每一个男女都要为此做出贡献。不然会被部落抛弃，也会被天神抛弃。"族长语重心长地说道。

良听着族长的话再没有出声。族长和众人商定了需要成婚的男子，又商定了用来换亲的女子，就让大家散了。

部落里洋溢着喜悦的氛围。将被指婚的男子都在修饰自己的干栏屋，有的甚至在做骨饰和玉饰，虽说是换亲，但毕竟是面对新的生活，每个人心里都有着美好的期盼。

良没有收拾干栏屋。阿妈看着他时满眼忧伤，却什么都不说。她知道她的儿子良是一个会上圣山的人，但面前人世的苦难是他必修的经历。可是一想到自己的预测，阿妈就心痛。

"命啊，天命！"阿妈忧伤地想。

"良，这是一块古玉，阿妈送给你，天神会护佑你的！"阿妈忧伤地说。

"阿妈！我不能接受换亲！"良说。

"良啊！猎人有猎人的命运！阿妈会祝福你。"阿妈说道。

"阿妈！你是最宽容的阿妈！"良跪在阿妈的脚边。

阿妈祈祷的时候，良出来找渚。

"渚！渚！"良在渚家的屋外大喊。

"良！"渚跑出来。

"渚，你在做什么？"良问。

"我已做好了羽衣给你，我还要给你雕羽神的护身符，我要给你织结实的网衣，我要给你做装箭的袋子！"渚数着，好像在赶时间为良做一切东西。

"好吧，渚，你做！你安心做！羽衣给我，我要穿上它让大家看看。"良说。

"良，穿上它，你就会拥有鸟一般飞翔的自由，诸神都会保佑你！"渚深情地说。

"渚，月亮升起的时候，我等你！"良对渚说。

"好的，良，月亮升起的时候。"

良穿着渚做的羽衣在部落里晃悠，引来了众人的羡慕。

"良，你的衣服真好看，羽毛光泽亮丽。你阿妈真是个奇思妙想的人。"有人说道。

"不是阿妈做的，是渚做的。"良笑着说。良等着人家说渚心灵手巧。

"渚是个好姑娘，都要去换亲了，还给你做羽衣。"

"渚不会换亲的。"良说。

"也是，渚这么好，换三个都亏了。"有人感叹。

"可不是嘛，渚是我们部落最美的姑娘了，我们都舍不得她换亲，我们喜欢看她跳舞，她烤的鱼是最特别的。"人们看着良的羽衣，由衷地赞美渚。

"可是我们不能留下她，她要换亲嫁给其他部落的猎人。听说那个部落愿意用三个最强壮的女子换渚，渚将嫁给那个部落最优秀的猎人，延续他们的优良血统。"石头说道。

"渚是不会换亲的。"良忽然吼道。

"这么好的渚我们也不愿意换。"石头说道。石头以为良和自己一样心思简单。

"去找族长留下渚。"良说。

"可是留下渚干吗?"石头说。

"她不是小孩子，她已经到了换婚的年龄。"石头强调。

"族长。"良在族长屋外喊。

可是族长没有出来，族长是在躲良。族长知道良不想换亲，每年都有人不想换亲，最后还是换了，而且换亲后，都生活得很好。族长认为良也一样，到时候给他两个美丽的姑娘，他就什么都愿意了。

良喊了一会儿，不见族长，就离开了。良心里憋着一团火，他一定要把渚留下来。

月亮升起来的时候，良和渚站在门口的月季树下。月季花早就凋谢了，只是叶子还碧绿油亮。两个人还没有说什么，就听见人们喊叫奔跑的声音。

"走，快去看看。"两个人说着跟着人群往前跑。

就在大湖边上，一男一女被大家抓住往回押。

"发生了什么事？"良问。

"这是将要换亲的女子，他们坏了族规，乱了我们的血统。"有人回答。

"会怎样处理他们？"良问。

"会沉湖。"旁边的人说。

"会不会宽恕他们？"良说。

"除非他们愿意换亲。"有人说道。

听着人们的谈话，渚和良几乎说不出一个字，他们跟着人群去看族长的处理结果。

"对于明知故犯的人，我们无法原谅，天神和祖先都不会原谅，我们要用火刑来惩罚他们，以示族规神圣不可侵犯。"族长说道。

当那一对男女被押上火堆要行刑时，渚害怕得瑟瑟发抖，良觉得自己的心都要跳出来了。

"族长，我们错了，我们愿意换亲，我们不要死。"忽然，那男子声嘶力竭地喊道。

那女子却不说话，她看着男子，脸色苍白，流下了眼泪。

"好，把他们押下去，好好看管，等待换亲。"族长说完就下去了。

一场火刑因为男子的退缩而停止，良有些遗憾，也有些兴奋。

"如果可以，我肯定行。"良想到自己最终的选择，心里平静了下来。

"良，你在想什么?"渚问。

"我要带你逃走!"良说。

"良，我们逃不掉的，神会抛弃我们，我们会被抓回来遭受火刑。"渚害怕地说道。

"不要怕，渚，你要相信我们能成功。"良坚定了自己内心的想法。

6

　　当大家沉浸在换亲的激动之中时，族长的话给大家泼了凉水，可却平息了良和渚的焦灼。

　　"春天来了，我亲爱的族民们，这些天大家一直在热烈地讨论换亲，男男女女沉浸在自己的幻想里，难道你们忘了春天是开垦播种的季节吗？我们还有好多稻谷需要播种。"族长说话时一副痛心疾首的样子，仿佛他的族民们个个不思耕田种地。

　　"族长，春天来了，我们应该先种水稻，才能保证秋天收获籼米和粳米。"良首先开口说道，良想也许在种水稻的过程中，族长会忘掉让渚换亲的事。

　　良觉得事越多越好，才能让人暂时忘记换亲。

　　"是的，我们还要开辟新的水田，那些渠道还要疏浚，难道大家就只想着女人把春天给荒废了？"

　　"女人哪有耕种重要，我们还是先种水稻再换亲吧。"

　　"换亲是件小事，耕种才是大事。"

　　一时间大家想起了被遗忘的土地，想起了粳米的美味，想起了耕种的乐趣，换亲实在不是什么大事。良听着大家议论纷纷，心里松了一口气。

"那就回家去，带着你们的工具和火种，我们去烧草开地。"族长大声说道。

自从溪水爷爷上了圣山，族长总是事事亲力亲为。他总想表现出领导者的风范，但又有些不太自信，所以他说话时的语气显得有些滑稽。即便这样，大家还是愿意听他的。

"族长，我们到底是先烧荒还是先疏浚渠道？"石头问道。

"烧荒要仔细小心，我们的田地既靠近山林，又靠近大湖，我们应该从湖边开始烧荒垦种，这样取水容易，灌溉也容易。若是田地不够，我们再向林地的方向开荒。"族长说道。

于是大家回家拿了自家的石犁和破土器、耘田器，又用陶罐装了火种，一帮人浩浩荡荡地往湖边的田地走去。

春天里，满田野的荒草都在等待着春风的召唤，即将破土而出。

"从湖边开始烧吧，先烧去年田地里的草。当然，这些草不多，我们还需要更多的草。溪水爷爷说过，草木灰可以肥田。"族长说道。族长不由自主地提到溪水爷爷，这让大家有些伤感。

"我们赶紧烧吧！今天天气晴朗，没有风，防火容易，赶紧行动吧。"良喊道。

"火点着后，我们需要跟着察看。一块块田地要分开，不能连在一起，否则火势蔓延，会很危险，所以一部分人在火的周围看火，另一部分人赶紧拔草，把田地分开。"良想着爷爷往年的做法，号召大家开始行动。

一时间大湖边烟雾缭绕，火在蔓延。田里的稻草毕毕剥剥地燃烧着，田野里四处都是烟的味道。冬天里蛰居在稻草中的田鼠、兔子、草蛇纷纷逃窜，有的甚至不顾近前的人就慌慌张张地撞上去了。湖边的飞鸟也被烟火惊扰了，惊叫着飞上了天空。有些鸟被烟雾熏得晕头转向，掉了下来。

"趁机射几箭吧，这满天的鸟，满地的兔，不射都可惜了。"良搭弓射箭。新箭初成大家都满心雀跃，成天背着弓，随时准备放箭。

大家逐火射兔，田野里好不热闹。

"良，这些兔子怎么办？"渚喊道。

"把兔子先放一起，一起烧地，等烧完了再吃兔子。"

大火趁着春风很快就烧完了地，留下一片片草木灰。人们拿着石刀、玉刀、石斧、石犁忙碌，用破土器和耘田器松土。人多力量大，一会儿就翻出了新土。春风里散发着草木灰和湿地腐草的气味。

干完活的时候，太阳已经偏西了。

"族长，我们往年不是烧完就播种吗？不是说叫刀耕火种吗？怎么今年还要翻土。"良问族长。

"溪水爷爷还没有上圣山时教了我这个法子。他说这样庄稼会长得更好。"族长回答。

"族长，我刚才看了，今年的渠道还可以通水。我们只要打开堤坝引流就行。"石头从堤坝那边跑过来说道。

"今天是不成了，明天我们开始播种。但是大家看看，姑娘们已经在湖边架起了火架。看来今天我们要吃兔子和飞鸟了。你们的弓箭今天也发挥了大作用啊。"族长笑呵呵地说。竹弓竹箭的使用已经大大丰富了族人的食物。

"石头、良，你们年轻人就是有智慧，溪水爷爷不但向你们传授了技术，还向你们传授了处理事务的思维和方法，你们可要好好地发展我们的部落。"族长对良和石头说道。这两个年轻人是他最看好的。

族长认为自己是个用人唯贤的人，他要让年轻人放开手脚发展生产力，把他们的部落发展成最强大的部落。强大就是吃好穿好生活好，拥有别的部落所没有的技术。族长这样想的时候，眼睛落在良和石头的身上，面带微笑。

"族长，你笑什么？"良问，他正在擦拭自己的玉刀。玉刀可是他的心爱之物。

"良，姑娘们还没有做好食物，我们再去烧一些地，我们今年多种一些粳米和籼米，这样我们的生活才能更安定。"族长说道。

"好的，我们就去放火吧，烧出足够的地。"良和石头异口同声地说。

自打溪水爷爷走了之后，良和石头发现族长之所以是族长，是因为他有过人之处，所以良和石头唯族长马首是瞻。阿妈也对良说，不能以自己的好恶评判一个人的好坏，要看这个人是不是全心全意为大家付出。良发现族长其实是一个为部落无怨无悔付出的人，虽然他主张换亲，但这并不影响他的贡献。

"瞧，渚！良和石头还有其他年轻人又在烧地，看来族长要多给咱们一些种子了。"一个女伴一边烤着兔子一边对渚说道。

"是的，多种一些米，我们的生活才会更安定，这是好事。待会儿，我们要建议族长驯养一些草食动物，让它们下崽。等它们养大了就可以吃。这样我们就不用打猎了。"渚展望着未来的美好生活。

"可是，渚，我们不去打猎做什么啊？"女伴好奇地问。

"我们可以织布，可以雕玉，可以做很多事，而不是每天拿着弓追动物。"渚说道。

"那我们的猎人都要放下箭吗?"女伴又问。

"自然不能放下,我们要保卫家园,不能让野兽冲进部落里。"渚说道。

"渚,你想得这么好,何时才能实现?"另一个女伴听到她俩的谈话,走过来说道。

"我也不知道何时才能实现。但是那种生活肯定更美好,我想我们正在向那种生活努力。"渚说道。

"可惜,我们都要换亲,过不上这样的生活了。我们就要离开部落了。"女伴说的时候无奈地搅动着陶罐里的食物。

每一回集体劳动后,大家都要一起煮东西吃,正是在这样的时候每个人才知道自己生活的部落有了哪些变化。

7

　　大家一起坐在离垦地不远的大湖边吃着姑娘们做的食物，聊着春天的话题。

　　"族长，新开的田地将需要更多的种子，我们有那么多吗？你可不要让大家没有粳米吃。"一向对族长恭敬的蛮牛，面对关系到自己的粳米问题一下子变得放肆起来。

　　"我们的种子是足够的，因为我们的猎物丰富，也有其他食物作为补充，粳米就节省了下来，所以我们完全可种更多的田地。等到了秋天，我们也会收获更多的粳米。"族长一点儿也不计较蛮牛的放肆。

　　"因为工具的改进，我们可以捕获更多的猎物，而且我们的人口在不断增加，所以无论是为了丰富食物，还是为了人口的食物需要，我们都需要开垦新的田地。"良说道。

　　"自从溪水爷爷去年教我们改进了耕种工具和方法，我们开始引水浇田，籼米和粳米的收成也增加了。所以今年我们还要引水灌溉，虽说挖渠引水的任务有些艰巨，但是为了我们的丰收，我们应该继续修渠。"石头干活总是一马当先。

"对，听我们最优秀的猎人的话。他们不仅会打猎给我们提供丰富的肉食，还会教我们发展耕种，提高收成。"族长在表扬良和石头。

"可是去年的水渠还是好的，为什么还要修？先人们刀耕火种不也很好吗？我们为什么要这般受累？春天可是个繁衍的好季节，我都没有女人呀！"蛮牛一想到要天天干活就心烦。

"哈哈，蛮牛，种下更多的粳米和籼米，才会有女人愿意换亲。"一个小伙子说道。

"可不是吗？没有足够的粳米和籼米，你就算有女人也会饿死的。"另一个小伙子说道。蛮牛有过好几个女人，都因受不了他的折腾和饿肚子，很快就死了。

"好吧，我同意挖渠引水。"蛮牛低下头说道。

"引水浇地并不累。你们看，大湖就在那里，我们只要挖开去年堵上的堤坝，湖水就会流到田地里。"良说道。

"只是今年的水渠还要修得更深。为了保证一年的浇水需求，每年春天我们都应该把水渠修一修，而且要修大水渠和通到田地里的小水渠。"族长的话总是带有决策性。

"只要种子足够，只要我们人够多，挖渠引水不在话下。"石头说道。

"今天你们捕获了很多藏在田里的兔子。你们可要记住，春天万物繁衍，可不能滥杀动物，否则动物的种类和数量会减少。我们去年的肉干还有很多，大家可以吃一段时间，让动物有繁衍的机会。"族长记着溪水爷爷的话，告诫年轻人们。

"可不是吗？再好的弓箭在春天里也应该有所节制，不然诸神都会怪罪我们。我们的祖先羽人也会生气的。"一位长者附和着族长。

"诸神赐予我们食物，我们当珍惜。今天的鸟肉和兔肉都是诸神的恩赐，我们一定要吃得干干净净，不能浪费。"有一位年事已高的老人说道。他不能狩猎，只能种田。他因年龄太大，只能吃到有限的肉食，平时他只是吃浆果和肉干。

"等我们的田地多了，种出更多的稻米，您就不用担心挨饿了。"良说道。

大家边吃吃喝喝边聊着生产和发展，人人都觉得只有自己生产更多的米，才能够富足而安心，才能够动脑子想出更多的好办法改变大家的生活。

"大家吃饱了就回家休息，我们明天早早地带上工具来播种。"族长宣布休息。

"部落里还有一些妇女和老人，大家不要浪费食物，带回去和他们分享，把兔子肉分好，每家送去一些，也让他们尝尝这些藏在田野中忘了奔跑的肥兔的味道。"族长说道。

"族长英明！"有人喊道。

夜幕降下来，族人们扛着工具举着火把匆匆地往回赶。春天来了，动物们又开始四处活动了，夜半常听到各种野兽发情叫春的声音，有的听起来非常吓人。野猫的肉不好吃，数量泛滥，叫春的声音听起来让人心里发毛。

"回去赶紧点上火把，这些野兽们春天昏了头，忘了远离人类。"有人边走边说。

"渚，今天看到你和其他女伴说话，她们都围着你听，你们在说什么？"良想起白天的情景问渚。

"我们说要多种一些籼米和粳米，我们才会有更多的时间安居。如果我们能饲养一些动物，提供肉食，我们就不用打猎了。我们的生活将更加安定。本来我们打算在你们吃饭时说给族长听，因为没有想好，就没有说。"渚说道。

"为什么没有想好呢？"良问道。

"一来还没有想好养什么动物；二来动物难驯，如果饲养，可能伤及部落里的人。我想驯化一些草食动物让那些老弱妇孺在部落里饲养。"

"很好啊，我们也饲养过一些动物，只是没打算养太久，所以养上几天就杀了。"

"现在，其实可以考虑饲养兔子、山羊、花鹿等。记得去年的那头象吗？我们最后吃了它。其实大象也是可以驯化的。你看到过，它很听话，还帮我们驮东西。"渚说道。

"是的，渚，你说得很对。只要抓住动物，给它们水和食物，它们就会变得听话，可是我们猎人从来没想过饲养它们，因为我们的部落长期以来都在游动狩猎，只是这几年才定居下来开始种籼米和粳米。"良说道。

"是的，就因为我们定居了，很多人生活在一起，所以我们才有条件在部落里驯化并饲养野兽。"渚说道。

"良，春天到了，你若不信，下次抓住那怀崽的野兽不要杀死它们。我们先养着，等它把小兽生下，我们试试看。"渚说道。

"好的，既然你要养，那就养吧，等捕捉到怀崽的野兽就留给你。"良说道。

"快点回去吧，他们都走远了。"渚提醒良。

"好的，赶紧回，明天可就要播种了。"良说着拥抱了一下渚。他俩远远地落在了后面，因为换亲的事两个人都有些难过，好在要春播了，换亲之事暂且不议了。他们也愿意为部落做出贡献，所以谈论驯化野兽的事倒让他们心情好一些了。

8

第二天，当朝阳照亮了大地时，春天氤氲的潮湿在空气中消散，土壤变得酥软泛油，族长领着族人开始播种。

"年轻人，要把种子埋得深一点儿，不然会让飞鸟吃掉，田鼠也会来偷食，所以不能把种子随意放在土里，要挖开土壤埋下种子。"族长说道。

"好，现在开始播种，良和石头带一些人，我带一些人，渚带着女人。我们把种子分好，种在田野里。等种子发芽了，哪一组出的芽好，就奖赏哪一组。"族长说道。

"奖赏什么呀？"有人兴致勃勃地问道。

"还没想好，到时候根据情况决定。现在开始播种。"

为了不浪费种子，他们每一组都把种子装在陶罐里，由一个人抱着，其他人往地里埋。

良和石头带着人刚要走，被渚喊住了。

"良、石头，我们也种了几年粳米和籼米了。以前是刀耕火种，去年有了引水灌溉，但我们总是把种子随意埋在土里，今年我们计划一下吧。"渚说道。

"我知道了，你是想把种子按数量撒在田里。"良说道。

"是的，我想节省种子，还要保证种子能发芽。"渚说道。

"这个想法好，我也有个想法，你们听一下。"石头说道。

"你有什么好想法？"良说道。

"我们估算好以往随意播撒的量后，再把田地规划一下，把种子一行行整齐地种下去，然后深埋，这样是不是更好？"石头边说边在地上画着线条表达。

"好的，我们现在就看看怎么种。"渚和一些女人在田地里抢着说。

"大家排好队，一人一溜儿地，还是两个人组合，一个撒种子，一个挖地，你们说。"良说道。

"两个人组合吧。这样可能更快一些。"石头说道。于是，他们两两一组开始行动，完全没有按照族长安排的方式行动。

"好了，现在所有组都在地头排开，一个挖地，一个撒种子，这样沿着一个方向种，可能长得更整齐。"良说道。

自然是男人躬身挖地，女人撒播种子。种子撒在土壤里后，女人又用脚踩一踩埋上，男人们看女人埋得不严实，又用手拍实。不一会儿，大家都汗流浃背了。

"良，你试着给你的玉刀绑上木棍看看如何？"渚看着良蹲在地上干活很累的样子灵机一动。

"嗯，好办法，我说过，你是我们部落最聪明的女人。"良说着拿起玉刀跑到不远处的树林里，砍了一根不长不短的木棍，直立着刚好够挖地。

良用腰间的绳子把玉刀紧紧地绑在棍子上，然后试着刨地，居然很轻松。

"渚，撒种子。"良说着在地上刨出了一条长长的小沟，喊着让渚把种子撒进去。

"这个方法挖地好快呀。"渚喊了起来。

他们的方法很快被许多人采用，于是田野里躬身劳作的人纷纷站了起来，给工具绑上了棍子开始播种，这样就提高了干活的效率。

给玉刀、石斧等工具绑上棍子后，很快就种完了当天带来的种子。

"真是年轻人脑子活，一瞬间就改变了我们的种地方式，了不得啊！了不得啊！"族长发出由衷的感叹。

"族长你在说什么？"良好奇地问道。

"我说你们好厉害，一个动作就改变了我们的劳作方式。"族长说道。

"族长，这是渚的建议。"良说道。

"真是个聪明的姑娘啊！"族长表扬道。

"族长。"良欲言又止。

"良，还有好多土地需要播种。喊大家休息一会儿，吃东西吧。今天我们烤鱼吃吧，这样比较方便。"族长说着拿着一根木棍朝大湖边走去。

"族长，不用木棍叉鱼，我们早已下了网，肯定都网了好多鱼了。"良喊道。

"这些小崽子，就是会生活。"族长嘴里嘀咕着，到附近捡柴火。

"休息了，大家过来捡柴架火烤鱼啊！"良站在地头大喊。

"哎呀，良，今天你可是做了大贡献，用一根棍子改变了我们种地的方式。"几个人笑着对良说道。

"走，我们去烤鱼。我觉得日子过得有滋有味！"石头乐滋滋地说道。

"良，工具的改良真的可以提高劳动效率。你真是太棒了，渚真是太聪明了！"石头高兴地说。

"所以，在种地这件事上，我们还要好好动脑子，怎样才能更快播种，更快收割。我们需要研究出新的工具，石头，我们要在这件事上多用心。"良说道。

"良，你说得对，以前我们种的少，现在人口多了，种稻米真的是改变生活的好出路。我们会在劳动的过程中找到新的工具，你看，我们今天不就改变了工具吗？"石头说道。

"良、石头，你们快点过来烤鱼吃啊。"渚和几个女伴一边吃一边喊道。

"走走，赶紧去吃鱼。"良拉着石头跑了过去。

族人们早已三五成群在湖边架起了火堆，有烤鱼的，有炖鱼的。反正都是就近取材，大家想着吃饱了，休息好了，再继续到地里干活。

"今年的地多了，我们也种得快了，真是改变工具好处多啊。"族长说道。

"以后大家都要勤动脑子，想出更好的种地办法。"族长说。

"谁想出好办法，我就给谁奖励。今天我要亲自给渚和良烤鱼吃。"族长拿起一条鱼穿在了木棍上。

"啊，尊敬的族长大人，谢谢你的奖励，不过鱼还是我自己来烤吧。"良赶紧从族长手里抢过了鱼。良可不敢让族长烤鱼，良害怕族长嘴巴里的味道熏坏了鱼。

"哈哈哈，臭小子，别人想吃还没机会哪！"族长哈哈大笑。

9

　　大家在湖边吃吃喝喝，休息够了，又去播种。正如族长所说，播种要小心翼翼，不能把种子暴露在外，要深埋。

　　大家埋得可仔细了，可不得仔细吗？这可是他们省出来的口粮啊！为了收获更多，他们舍不得吃这些粳米和籼米，这可是希望的种子啊！埋在土里是为了让它们生长发芽，可不是为了喂鸟儿和老鼠的。

　　"族长，等种完了，我们就得清理渠道了，你看荒草已经长满了渠道，会阻碍水流的。"良说道。

　　"就是，等播种完了，我们就赶紧清理，不然这些水稻种子一发芽，没有水可不行。另外，今年的稻苗出来后，我们要派人守着，不然那些大鸟会连根吃掉的。"族长想起去年鸟吃了稻苗的事。

　　"对，这是个大事，我们得想个办法。"石头说道。

　　"可是不好办啊，没有谁能够没日没夜地来这里看鸟啊！"良说道。

　　"我们是不是可以弄个假人站在田野里。"石头说道。

"对啊，可以弄一个假人，用来吓鸟。"良说着开心地拍了一下石头。

"还可以多弄几个假人。"石头又补充说。

"对，就这样决定了。"良说道。

经过大家几天的努力，一大片田地终于种完了。若是再有种子，他们还想再种一些。可惜种子有限，他们只好收拾地埂，挖出引流的小渠，疏通渠道。

大家在渠道里放火烧草，清理杂物，把去年的淤泥又挖出一些，这个工程一弄又是半个月，等大家清理出渠道时，地里的秧苗已经长得寸许高了。那秧苗整整齐齐，长势喜人。

族人们在清理渠道时看见田里的秧苗都会感恩诸神的护佑，感恩祖先的保佑，感恩圣山上的溪水爷爷教会了他们种籼米和粳米。

"良啊，溪水爷爷真是太伟大了。要不是他发现了籼米和粳米，要不是他带领大家收集这些籼米和粳米的种子，又带领大家播种，我们到现在还不知道什么是籼米和粳米呢。"石头说道。

"可不是，溪水爷爷总是能从生活中发现新的生机，给我们带来最大的收获。"良说道。

"石头，前些天我和渚商量了新的生产方法，你听一下，我觉得我们可以试一下。"

"你说，良，只要是好方法，只要能给我们的生活带来好的改变，我就和你一起干。"石头说。

"驯化动物。我们驯化一些野生的草食动物，饲养起来。现在我们已经过上了定居的生活，可以饲养动物了。如果我们的试验成功，将随时有肉吃。"良一边说一边挖湖边的堤坝。

"这个方法是可行的,可是我们驯养什么动物?"石头也在用石铲挖堤坝。堤坝挡住了引流的水,大家要把堤坝挖开,引水到田地。

"什么肉好吃,我们就养什么。"良说道。

"我最爱吃野猪肉。可是那家伙太凶了,满嘴獠牙,一口能把树拱断。养野猪可能是个梦。"石头说道。

"是个梦也要试试,大象厉害不?上次那头象还不是乖乖地跟着我们回来了。"良说道。

"倒也是,只要抓住动物的喜好和弱点,我们就可以驯化它们。那些兔子、山羊、花鹿、锦鸡等,只要好吃的动物,我们都养着试一下,哪种可以适应,就养哪种。"石头说道。

"好的,等忙完春播,我们就可以驯养动物了。"良说道。

"小心,堤坝就要开了。"有人喊道。

大家已经挖到湖水的跟前了,再有几下子就可以看到湖水流进渠道了。可是最后这几下子就是很危险,一不小心会把人带到水里去,那可是件危险的事。

他们商量出了一个办法,就是给良和石头腰里绑上绳子,若是不小心掉下去,大家就快速把他们拉上来。

他们两个从堤坝中间往两边挖,看着水流由小到大往渠中流,水终于挣脱了堤坝,如猛兽一般,哗的一声就到了渠里,然后顺着渠向前奔去。两个人谁也没有掉到水中去,于是众人松了捏着绳子的手。

大家跟着水流往前奔,有人还在大喊,仿佛那奔流的水就是自己,能不高兴吗?田地里的秧苗正在渴望着水的到来呢。

"天哪,这些水流得好快啊!"渚一边跟着水跑一边说道,渚都觉得自己追不上这些水流了。

"太快了，一直待在大湖里的水，忽然解放了，肯定是要撒欢跑一会儿了。"良喊道。

蛮牛跑得最快，忽然一下子绊倒了，往前一扑，竟扑到水头前面的渠里去了，水头紧跟着漫上了蛮牛的脚，蛮牛吓得赶紧爬起来，仿佛那奔流的水就要咬他的脚了。

后面的人嘻嘻哈哈，拽住了惊慌的蛮牛。蛮牛惊魂未定地拍打着身上的土，其他人又跟着水往前奔去。好像水成了引路的向导，跟着水跑就能够找到希望。一直到水跑进了稻田，大家才站定了脚，气喘吁吁，看那水在整齐的禾苗地里优美地散开。

"水田！"有人忽然喊了一声。

"水田！"人群里起起落落的声音响起来。

"呜呜呜！"有人吹起了号角。

"哎呀嘿！"渚叫了一声，带头跳起了庆祝的舞蹈。水渠边的空地上族人跟着渚一起跳了起来。

春天里，大家一直在忙碌，现在看着种子长成了整齐的秧苗，水流撒着欢儿在水渠里流淌，每个人都欢快地笑了起来。

10

春天的劳作进行得如火如荼。春播结束的同时，满森林满山野的动物甚至满湖的水鸟的欢乐也渐渐平息。随处都会遇见大着肚子的野兽在四处打食，兔子、山羊、花鹿、大象、老虎、野猪等，一个个腰圆臀肥，行动缓慢。

"良，我觉得这是个行动的好时候，你看现在要是捉住一只大肚子的野兽饲养起来，就等于捉住了两只啊。说不定动物在当妈的时候好驯化，说不定小动物一生下来就看见我们，会很喜欢我们的照顾。"石头记着那天良说的话，也思考了几天，觉得现在可以行动了。

"我们养什么动物?"渚说道。

"自然是吃草的动物，总不能养肉食动物吧，一不小心再把我们吃了。"良说道。

"行动吧，可以先捉几只山羊或者花鹿养着试一下，兔子也可以。"渚说道，渚不知道换亲的事会怎样发展，但是此刻她就是想驯化动物。她觉得驯化动物可以给部落的生活带来很大的改变。

179

"可是，族里规定，春季不许捕捉动物。"石头说道。

"我们又不是为了吃肉，我们这次捕捉只是为了驯化和饲养。"良说道。

"走吧，我们先捉住几只怀孕的动物养着试试。如果我们养得好，别人就会饲养了，毕竟大家都没有养过，要先看看情况。"

"我想养只山羊。"渚说道。

"我养只花鹿。"石头说道。

"我碰上什么捉到了就养。"良看他们都选到了喜欢的动物，自己不知养什么就随口说道。反正森林里动物多的是，捉住养着看呗。能养活什么还不一定呢。

于是几个伙伴叫了几个看热闹的就在林子里转悠。几天下来，一帮人除了用新箭捕杀了一些兔子、锦鸡外，石头和渚都捉到了自己喜欢的山羊和花鹿。因为他们要捕捉的是大着肚子的山羊和花鹿，所以比较容易，大肚子的动物行动缓慢，甚至放弃了逃跑。

"怀着崽的山羊还是比较听话的，抬上走也不乱动，我对它比较有信心。"渚拍了拍被伙伴们抬着走的山羊。山羊肚子太大了，所以放弃了无谓的挣扎。

"你的花鹿怎么样？已经捉回去两天了，开始吃草没有？"良问石头。

"花鹿的胆子太小了，每天都瑟瑟发抖，但是昨天晚上它已经开始吃我给的草了。它饿得不行了，肚子里还有个崽子。"

"希望我的山羊不要太倔强，回去见草就吃。"渚说道。

"你们都如愿以偿了，我都不知养什么好。这些天我真够命苦的，不是碰上老虎就是碰上犀牛，那天在大湖边还碰上了鳄鱼。这些大家伙谁敢养啊？"良无奈地说道。

"哈哈，谁让你说碰上什么养什么？"渚笑了起来。

"我自然是碰上什么养什么，可总是碰上肉食的和凶猛的，怎么养啊？"良苦着脸说道。

"看来诸神又显灵了，他们就想看看你是不是说话算数。"石头开玩笑道。

"我自然说话算数。"当他们正说着话走的时候，听到了前面传来刺耳的吼叫声。

"哦，什么在叫？"石头说道。

"好像是野猪。对，是野猪在打架。"良说道。

"走，我们去看看。说不定能捡到好处，野猪太傻了，打起来很拼命的。"石头说道。

"你们能不去吗？把我的羊吓坏了怎么办？"渚竟然呵护起一只刚捉到的野羊。

"走吧，没事。我们可以远远地放响箭吓散他们。"良说道。

当大家靠近那几头打架的猪时，才看清楚，是几头猪围攻一头肚子特别大的猪。

"真是没猪性，连怀崽的同类都不让。"良说着搭起了一支响箭。

只见那头大肚子的猪，因为行动不便，跑几步就钻进树丛里一动不动了。良他们看了觉得可笑。一头猪嘛，肯定不能怎么着，怀着崽，捉住又不让杀了吃，还是不理了吧。

"奇怪，这猪怎么藏起来还在叫？"渚说道。

"是不是要生小猪了？"良说道。

"走，过去看看。"石头说道。

几个人奔过去一看就明白了。原来猪的肚子太大了，腿还被咬伤了，所以它即便想逃也没有办法。

"带它回去吧，我决定养野猪。"良忽然说。

"养野猪！哈哈！"石头吃惊地大笑起来，石头觉得良的审美太令人惊诧了。

"是啊，我决定养猪。一头大猪可以生好几头小猪，比下崽，花鹿和山羊都比不过它。养一头猪，就等于养了一群猪啊。"良算起账来，似乎忘了野猪的丑陋外貌。

"再说猪肉也好吃，而猪只吃草。"良又说道。

"好吧，听起来优点很多。那就捉回去吧。"石头说道。

"大家小心点，这可是我的母猪，别把我的猪崽吓没了。弄个架子抬回去。"

大家一路抬着一只怀崽的山羊和一头怀崽的母猪，轻轻松松地回去了。

三个怀崽的动物，分别被他们圈养在用大原木围成的圈里。刚开始野猪很凶，在圈里低声咆哮，慢跑，后来看到没人理它，它就放松地躺着晒太阳了，直到圈里没吃的了，它才恐慌地企图逃跑，但是就在它要逃跑时，良给它扔了一些浆果和草，那可是洒过盐水的草。

野猪一口咬上后，就低头自顾自吃去了，竟然一副理所当然的样子。自那之后，野猪竟然不在圈里找吃的了，只是躺着等良给它扔吃的。也许是怀着崽懒得动，这家伙也聪明，一看逃不掉，就等着让人照顾了。

渚的山羊也好养，它害怕了几天就乖了。渚每天都给它喂青草，期待它生下小山羊。

"花鹿真是不好伺候，娇贵得不得了，也胆小，真是把人急死了，眼看着肚子那么大，竟然每天都很紧张，不好好吃草。那天听了你的话，给它吃了点儿洒过盐水的草，它才安稳了些。

它胆子太小，睡觉都会惊醒。没想到你的猪倒是很好养。我都有些羡慕你了，过些天还会有一群小猪。"石头对良说道。

"我的山羊也很乖，只是有时会想着逃走。"渚说道。

11

过了不久，山羊、花鹿分别生下了一只羊宝宝和一只花鹿宝宝。

族人们围在圈栏边看山羊喂小羊奶，看花鹿舔着小花鹿，大花鹿温柔地叫着，小花鹿偎在身边。山羊宝宝和花鹿宝宝因为一出生就看到了人类，所以它们看到人一点儿也不害怕。小羊和小花鹿除了隔着圈栏与人亲近外，还会跑到圈栏边舔人的手。

大山羊和大花鹿一开始害怕人群，但几天过去后，看到人类不仅没有伤害它们，而且还拿青草喂养它们，大山羊和大花鹿就不紧张了。它们甚至开始围着圈栏四处张望、散步、吃草，在众目睽睽下照顾自己的孩子。

"我觉得它们很喜欢这样的生活。没有奔波，没有追杀，有青草吃，还可以安闲地和它们的孩子晒太阳。"石头说道。

"你看我的猪就知道了。它那样子好像自己从来就是一头家猪，懒洋洋地躺在那里，一点儿也不害怕我们，想吃就吃，想睡就睡。我看它生下崽子后，就更加把这里当家了。"良说道。

"就是，没想到猪这么容易就养熟了。山羊和鹿还紧张地绝食了几天才放松。这猪却是一来就享受上了，睡睡吃吃一点儿都不担心。"渚说道。

"等生下小崽子再说吧，谁知道它是不是装的。"良说道。

"想啥呢，好像你的猪很聪明？"石头说道。

"哈哈，小羊刚又舔了我的手。"渚哈哈大笑着。

"舔一下我的。"石头也把手伸过去。

"我也要让小羊舔一下。"有小孩子说。

"喂青草，喂青草，它就会舔你的手了。"渚对小孩子说道。

"啊，小羊舔我的手了。"孩子惊喜地叫起来。

"过几天小猪也会舔你的手！"良开心地对孩子说。

"我不要。"孩子看着大野猪的獠牙委屈地说道。

"哈哈，我也不要。我怕它一口把我的手舔掉。"石头笑着撇嘴说。

"先别下结论，说不定我的小猪崽很可爱，你们都想抱着睡觉呢。"良对自己的小猪充满了幻想。

在小猪还没出生的那几天里，人们都围在圈栏边上。大家看着这些被圈养起来的动物，满心好奇，又满心希望。甚至有些人已经动心，想着自己也要去弄个圈栏。

"天啊，那头大野猪今天怎么了？好像要生猪崽了。"有人在边上说道。

"大家回避一下，大猪可能要生了。我们这样围观它会紧张的，大家都躲一躲，别吓着它。"良驱散围观的人。

众人一哄而散，又不舍得跑远，就远远地张望着。听到大猪的叫声，小羊和小花鹿紧紧地偎在它们的妈妈身边，一头满嘴獠牙的野猪生崽子很吓人的。

但是一会儿，野猪就安静了下来。它乖乖地躺着，像是在等待宝宝的出生，又像是在默默地忍受着什么。

"它到底怎么了？怎么不动了？"良紧张地问渚。圈栏边就剩良、渚和石头三人了。

"别急，没事，先看着。"渚小声地说。

"你瞧，嘘！"石头轻声地说。

"嘘！"良把手搭在嘴上。

只见野猪哼哼着，肚子一拱一拱的，两头小猪就生了出来。小猪生出来后，大猪站了起来，用嘴轻轻地拱着小猪，小猪挣扎着，张着小嘴嗷嗷待哺。大猪小心翼翼地又躺了下去。不一会儿，在大猪的哼哼声中，又生出两头小猪来。大猪站起来转一转，再次拱了拱新生的小猪，像是在点数，又像是在认宝宝。

"哇。生下来了好几头啊。"石头张大了嘴巴。

"嘘，别吵！你看，肯定还有。"良轻轻地说道。

果然，大猪又轻轻地卧倒了，两头小猪又出生了。大猪起起卧卧几番，一共生出了八头小猪。良他们也不会数数，只是看着那一堆小猪张着嘴巴傻笑。只见大猪低着头吃掉了身体里流出的东西，又用嘴轻轻地拱着小猪们，哼哼地召唤着它们。

小猪们跌跌撞撞地趴在猪妈妈的肚子上开始吃奶。猪分娩的过程进行了好久，良、渚和石头三人一直趴在那看着。直到小猪们都开始吃奶，大家才松了一口气。

有些大人和小孩要过来看，良和石头远远地拦住了。他们害怕惊扰了大猪喂奶。

"过几天小猪会跑了再看，不然大猪会害怕的。大家有时间可以拔些青草，给大猪准备着。也可以准备些鸟蛋鸭蛋，这猪吃鸭蛋，我们都看见过。"良给大家说道。

想到这一个个小猪长大了就是一大群，良开心地笑起来。

"小猪大家可以一起养，这是咱们大家的，所以大家一起拔草啊。"良对好奇的族人们说道。

"啊啊，我们都会有一头小猪的。"大家开心地说着，好像忘了小猪也会长出獠牙。

几天后，食奶而长的小猪们一个个胖嘟嘟、圆滚滚的，它们在圈栏里跑着，哼哼唧唧地叫着，小嘴儿四处拱着。和小羊、小花鹿一样，它们也不怕人，甚至敢躺在圈栏边让人给它们挠痒痒。人们一下子喜欢上了这些小家伙，他们天天拿着用盐水洒过的青草去喂大猪和大羊、大花鹿，希望它们把小崽子们喂得胖胖的。

"良啊，你看动物是可以被驯化的。"渚说道。

"真是不容易啊！我们可要防备野兽把它们叼走。毕竟，这些小东西现在是我们的财产。"良说道。

"是的，晚上我们需要守夜。可不能让那些野兽偷偷地给祸害了，草食动物就是弱。"石头说道。

当驯化和饲养动物拉开序幕的时候，换亲的事也被提上了日程。换亲必须进行了，用族长的话说就是不能再拖了。

"孩子们，我也看到了，你们是能改变部落生存状况的年轻人。你们有很强的创造力，很优秀，但你们同时肩负着繁衍子嗣、使部落人丁兴旺的使命。女孩子们，你们也要去为部落的发展和交流做出自己的贡献，其他部落的优秀勇士们已经催促好几次了，正期待着我们能干的姑娘给他们带去新的技术。"族长一派长篇大论，表达了换亲的重要性和势在必行。

"现在大家都赶紧准备一下吧。为自己即将到来的新生活，要做新衣服的赶紧做，要修房子的赶紧修，要准备礼物的都赶紧准备吧。"族长的话一下子把换亲提到了面前。

　　渚和良的内心瞬间就布满了愁云。这繁乱的、即将发生的离别几乎揉碎了两个人的心。可是，渚这些天的想法更加坚定了，她决定不要诸神抛弃良，也不要族人和其他部落歧视良，她要离开。现在，部落发展得很好，她要良好好地生活。她不要自己深爱的良，因为自己而受到族法的惩治。

第五章

逃跑

当第一缕晨光落在树梢上时，百灵鸟唱响了第一声晨歌，树叶上悬挂的雨珠儿啪嗒落在良的脸上。

1

当一个人无所畏惧，不顾一切勇往直前的时候，诸神也会退避三舍。

渚在给良做犀牛皮的箭袋。良常年在外狩猎，会背破很多箭袋，结实的箭袋是猎人的必需品。渚在箭袋上用细线绣出了羽神腾空飞翔的简图，代表着她对良的祝福，希望他们伟大的羽神在良狩猎的时候护佑良的安危。

渚已经想通了，她要去换亲。她不愿意良因为她被部落抛弃，更不愿意良因为她被众神抛弃，她不要良为了她被人耻笑和指责。良已经给了她最美的爱情，她不能太贪心了。再贪心良就会受到惩罚。

那一晚火刑架前被捉回的男女一直浮现在她面前，他们疲惫而绝望的眼神深深地压在渚的心上。

"多么悲伤啊，爱让他们无处可逃。"渚叹息道。

"那个女子即便愿意换亲，去别的部落为奴，也免不去男子在部落里被人唾弃的结局。他们将被看成没有规矩的野蛮人，一直被大家歧视。"渚害怕因为自己，良也会遭遇这样的不幸。

191

"不行，我不能让良受到别人的唾弃。我要去换亲，让良娶到两个美好的女子，他们会儿女成群。他是部落最勇敢的猎人，应该被尊敬。"渚在心里下了牺牲和奉献的决心。这让渚变得从容和安静，她更加沉默地赶着手底下的活，把有限的时间都用在为良做事上。

可是渚的牺牲和顺从并没有改变良。良没有打扰干活的渚，他在默默地准备，他也下定了决心：哪怕被诸神抛弃，哪怕被部落驱赶，哪怕被抓住施以火刑，他也一定要带渚逃走。他不能面对一个陌生的女人，他更不能忍受自己心爱的女人和别人一起生活。渚啊，我就是要和你一起！生死甘愿。

良准备了各种干肉，埋在他将要出逃的路上。他把自己的雕刀和渚喜欢的玉器埋在离部落很远的树林里。在一棵大树茂密的树顶上，良藏了大量的绳子和一些箭矢。

他还在树下埋了几个陶罐，陶罐里装着植物的种子。他甚至把自己喜欢的几样工具也悄悄地带出来，埋在了大树的底下。良在秘密地准备着，他一定要带着渚逃走。想到将和渚一起幸福地生活，良一有时间就在森林深处埋下自己能想到的生活用品。良相信，充分的准备会增大出逃的胜算。

真正的猎人，就应该无所畏惧地去开拓自己的幸福。良在心里暗暗鼓励自己。

"渚，我们做个游戏吧。"良兴奋地对渚说。

"什么游戏？我在干活。良！"渚不想去。

"奔跑的游戏，很好玩的！你看春天就要来了，你陪我奔跑吧。"良说的时候满脸祈求之色。

"好吧，我陪你去奔跑。"渚看着良的表情妥协了。她觉得自己既然决定换亲了，就好好地陪良玩游戏吧。

"好的，渚，走，放下手里的活。我们去奔跑，你追我。"良说。

就这样，部落里、部落外、部落附近的大湖边、树林里，良和渚在奔跑。良要求渚像花鹿一般飞快地奔跑。渚要是喊累，良就会给予各种鼓励，甚至威胁说："你要去换亲了。你必须让自己变得强大，这样没有我时，你才能活下去。"

渚听着良的话，万般感慨却不言不语，只是按良的要求去做。他要我强大地活着，我就去强大地活着，奔跑中的渚这样决定。

"良，你为什么要和渚奔跑？"石头在他们奔跑的路上截住良问道。

"渚就要去换亲了，她将离开我们部落。没有大家的保护，她会遇到危险，我要教会她逃跑，像花豹一般逃跑。"良说道。

"良，你是对的，要是女人们都能够像渚一般奔跑就好了。只有活着才是硬道理。"石头忽然像个智者一样地说道。

"可是，其他女人不愿奔跑。她们更愿意做很多玉器，带给她们的猎人。她们不知道危险来临时只有自己可以救自己。"良说道。

"你看，渚跑得多快，她基本上像个猎人了。"良指着风一般跑过去的渚，笑着对石头说。

"是的，在危险的时候，逃跑是最好的选择，应该督促部落的女子都去奔跑。"石头说道。

"现在怕是不行，只有督促小一点儿的女子奔跑了。这些决定换亲的女子不会听我们的话，她们的心早飞走了。"良说道。

"为什么渚愿意？"石头好奇。

"因为渚是个特别的姑娘，她准备和他的猎人一起上山狩猎，下河捕鱼。"良这样说。

"真是个好姑娘，但愿她跑得像花豹一般飞快。"石头祝愿渚。

"渚，休息一会儿。"良把一大块烤肉递给渚。渚每次跑完后，良就会让她吃很多烤肉。

"渚，多吃一些，你会跑得更快。"良说道。

"良，我已经跑得够快了，石头都追不上我。"渚有些小骄傲。

"你要跑得比箭还快，这样才能活下去。"良严肃地说。

"好吧，良。我要跑得比箭还快。"渚感觉到了奔跑的愉快，那是一个人掌握一种新的生存技能时的愉悦。渚喜欢这种日益强大的感觉，这种全新的体验是良给她的，她更加热爱良了。

渚和良每天疯一般地奔跑在部落的各处或者更远的地方，并为部落带回各种猎物。

良除了要求渚奔跑，还要求渚学会捕杀猎物，良几乎是在要求渚成为一个猎人。在良的心里，他就是要求渚成为猎人，他希望她可以像猎人一般和自己共同面对即将到来的艰险。

而渚完全被蒙在鼓里，她只是按良的要求去做。她爱他，就要换亲了，她只想听他的话，愉快地过完这些日子。

2

一个多月以后，春天汹涌澎湃地来了。

"明天，我们将送走换亲的姑娘。每一个换亲的姑娘，准备好自己的东西，明天一早就离开部落。我们将去给猎人们换回年轻的女子。"族长在一个暖融融的下午说道。

"哦，明天就要换亲了。"一些男人欢呼雀跃起来。

"良，你要组织好护送的猎人。"族长对良说。

"我会的，可是我们要留下一些猎人来布置婚礼庆典的场地。"良说道。

"石头，你带一些人来布置场地，给部落换上喜庆的颜色。"族长对石头说。

"好的，我会让部落里充满喜庆的色彩。"石头欢天喜地地说。明天他也要领到自己的女人了，他心里像有一只鹿在跳。

"石头，你留下那些准备换亲成婚的男人吧，我只带一些已经成婚或者还年幼的猎人，这样可以避免好姑娘被早早挑走。"良说道。

"你想得真周到！"石头有些感谢良。

从大湖部落到换亲的地方有很长的路途，猎人和姑娘们一路说说笑笑，有的甚至边走边捕捉那些撞到跟前来的小动物。

良一路上叮嘱姑娘们到了别的部落要学会生存，不要依赖别人。

"到了新的部落，你们一定要尽快学会独立生活。虽说你们现在已经很优秀了，但是生活中处处是危险，你们得学会各种生存的本事。"良对姑娘们大声地说。

"你是要我们像渚一样能快速地奔跑吗？"姑娘们嘻嘻哈哈地说。

"能那样奔跑也很好啊。"有人说道。

"可是女人有自己要干的活，良却要求渚像猎人一样。"有女人怀疑良的要求错了。

"是啊，我们是去给他们传承血脉的，不是要像花豹一般逃跑。"有女人快活地笑着说道。

姑娘们背着自己的衣物和沉甸甸的礼物。那个被指婚的男人不管是什么样子，她们都要送给他礼物以讨他的欢心，让他喜欢自己，保护自己，这样自己才能活下去。

渚背着一个很小的包袱，里面只有几件简单的衣服，所以当姑娘们走得气喘吁吁的时候，渚走得很轻松。

渚把所有的时间都用来给良做礼物了。她把那些礼物送给良后，并没有看见良佩戴它们，她想良可能珍藏了起来。她不知道，良把那些礼物悄悄地藏在了森林各处。她也不知道，良在一棵大树上做了一个简单的树屋。她更不知道接下来会发生什么。

就要离开部落了，就要看不见良了，渚走在后面，无限哀伤甚至有些生良的气。

"这个没良心的人啊，就要迎娶新来的姑娘了。你看他多么开心！"渚看着良心里埋怨着。

"渚，还有很多路要走，你要吃一些东西，保存体力。"良特别叮嘱渚。

"渚，这是花鹿肉干。"良递给渚一些肉干。

渚接过来大口地吃着，心里想："你要我走我就走，你让我吃我就吃。"渚赌气了，她忘了她是自愿去换亲的，她完全埋怨上了良。

"渚，不要生气，你就要过上自由的生活了。"良这样说道。

"你……"渚被气得眼泪汪汪。良知道渚误会了自己，也不去解释。

"渚，你必须吃一些肉干，陪我吃一些肉干。"良这样说的时候，渚以为良神志混乱了。渚有些可怜这个即将和自己分离的男人，她陪良默默地吃着肉干。

"你背的什么？不重吗？背那些东西干吗？"良觉得渚应该什么都不背才能飞奔。

"我就背了两件衣服啊，别的什么都没有。"渚认定良是悲伤得神志混乱了。

"扔了吧，渚，你不需要。"良笑着说。

"你……"渚被气得脸红红的。

"哈哈哈。"护送的猎人们大声笑起来，大家都被良逗乐了，哪有换亲的姑娘什么都不带的？渚已经很奇葩了，没有准备礼物的渚若能不被换亲的男人嫌弃，就算她命好了。

"良，你就不要再气渚了，她可是带东西最少的姑娘了。"有人说。

"我是说，她反正就像没带东西一样，倒不如全扔掉。再说，我们的渚那么漂亮，楠木部落也不会因为没有礼物而嫌弃她吧。"良说。

"是啊，渚就应该什么也不带。他们若敢嫌弃你，你就飞奔回来。"有猎人这样打趣。

"是啊，回来让他们再换一次亲。"猎人们一边说，一边哈哈大笑。

渚不再说一句话。渚的心里装满了悲苦，她认为良不知道，顿时觉得心灰意冷。

"那么多的恩爱，他都忘掉了。他只想着去开心地换亲了。"渚悲伤得无以复加，真扔掉了背着的衣服。

"背着这些有什么用啊？一个陌生人怎么会爱我？良都忘了我的好，我去后好不好都无所谓了，反正我可以自己狩猎，自己捕鱼，自己织网。"渚这样想着的时候，心渐渐地冷了，对良的留恋也在良没心没肺的说笑声中淡了。

"好在我学会了狩猎和奔跑，好在我可以像猎人一样去生活。"渚完全把自己想成了一个遭遇冷落后独立生活的女人，那也是她内心真正想要的生活。她无法阻止良换亲，也无法接受换亲后自己要面对的男人。

"谢谢他在最后的日子里教会了我狩猎和奔跑。"渚想到这里时，还是感谢良的。无论如何，良都教给了自己生存的技能，也许这是良对自己的回报。就这样吧，渚无奈地想着。

良看着渚扔掉了衣服，心是欢喜的，但看到渚的忧伤，他的心紧紧地揪着："就要结束了，渚。再坚持一会儿，就要结束了，我可怜的渚。"良在心里念叨着。

离换亲的地方越来越近，人群渐渐地安静了下来。被换亲的姑娘们，有的甚至已开始默默地落泪。谁都不知道等待自己的是什么。可是除了被换走,她们无处可去。这些可怜的女人啊,她们一出生就注定被交换,无论她们怎么努力成长,无论她们多么强健能干,最终也不过是为部落换回几个姑娘而已。而她们自己,生死由命。

"渚,一会儿就到地方了,你要打起精神。我会陪着你,你要相信我。"良轻轻地说。

"你会陪着我?"渚疑惑地说。渚听了这句话后变得开心了一些。

在一处山坡的林荫地上,两个换亲的部落会合了,猎人们如数对接了两拨姑娘。姑娘们个个悲戚,有的眼泪不住地流,有的满脸恐惧,仿佛被抓住的幼兽一样。渚一声不吭地站在楠木部落的人群里,无助而悲伤地看着良。

两边的猎人无视姑娘们的悲伤和无助,尽情地打量着她们。

这时,良忽然冲进楠木部落,挥拳打倒两个围着渚的男人,吼了一声:"渚,跑!"

渚什么都没有想,跟着良就飞快地奔跑起来。他们敏捷的身影像花豹一般,在树林里闪躲几下,很快跑出了人们的视线。

"追,他们跑了。"有人忽然喊道,楠木部落的人飞快地追了上去。大湖部落的人还傻傻地站着,他们不明白良和渚为什么跑了。他们也想去追,他们也确实去追了。但是他们中有几个人又跑了回来,若是剩下的女人们跑散,那可就无法向族人交代了。

良和渚闪电一般在树林里穿梭奔跑,箭矢在他们耳边嗖嗖地飞着。

"渚,跑,不要向后看。"良兴奋地大声喊着。

"良！"渚欢快地应了一声。渚奔跑了一会儿后忽然明白，为什么这一个多月里良赶着自己狂奔。原来啊……渚欢快地大笑着，跑得更快了。当渚奔跑的时候，她觉得树林、水泡子、脚下的草地、野花，都在欢快地奔跑。

"渚，脱掉皮袄，快。"良边跑边喊道。

渚把皮袄扔给了良，良接过皮袄嗖地扔了出去。

"就让他们跟着皮袄追去吧。"良边跑边笑着说。

"让他们去追项链吧。"渚开心地扔掉了自己的木雕项链，她完全成了一个幸福奔跑的人，那些尾随在身后的危险突然间什么都不是了。她满心只有和良一起奔跑的快乐。

"原来良是要和我一起逃跑啊！"渚心里开心极了。

他们跑出了树林，紧接着又跑进了另一处树林。他们在山岗上奔跑，在草地上奔跑；他们顶着太阳奔跑，在余晖里奔跑，踏着月光奔跑；刚开始还有箭矢在他们身边飞来飞去，后来就只剩下他们自己在狂奔。他们浑身有着跑不完的力量，心里挥动着自由飞翔的翅膀，羽神的翅膀带着他们在密林的深处快意地奔跑。他们成了快乐奔跑的精灵。

3

　　良和渚一时逃脱了部落的追捕。但他们知道，部落会紧追不舍的。部落视强大和血统的纯粹为头等大事，不会允许两个违反族规的人逍遥法外的，良和渚犯了死罪。他们活着就是对部落法规的亵渎，同样也是对楠木部落的侮辱。因为逃走的渚是指婚给他们一流猎人的女人，他们不允许良和渚就这样侮辱自己的部落和猎人，他们一定要找到良和渚并杀死他们，以洗去自己的耻辱。

　　十几天后一个中午，良和渚躲在一棵高大树上时，发现两个部落的人正在树下搜捕他们。

　　"一定要抓住他们，简直是奇耻大辱。"一个高大的陌生男人愤怒地喊道。

　　"月，我们一定会捉住他们的。即便捉不住，天神也会惩罚他们。"另一个男人对狂叫的男人说道。

　　"捉住他们，把他们处以火刑。"是大湖部落里蛮牛的声音。

　　"是的，处以火刑。"有人附和。

　　"烧死他们，让他们的灵魂无处可去。"有人恶狠狠地说。

人们一边抱怨着，一边在山林里搜捕。

"良，他们诅咒我们。"渚有些害怕。

"别害怕，渚，只要我们在一起。"良搂住了渚。

"良，他们恨我们，他们可是我们的族人。"渚很是伤心。

"渚，是我们背叛了他们，让他们不能顺利地换亲。是我们违背了族规，他们恨我们是应该的。"良说。

"我们会不会和族人厮杀？良，我害怕厮杀。我们是族人。"渚说道。

"不会。我们会躲开他们，一直躲到他们忘记我们，所以我们不会和族人厮杀。"良说道。

"良，我们一直躲到他们忘记我们。我们遇见他们就躲开，我们不能和族人厮杀。"渚认真地说道。

"嗯！渚！"良拥抱着渚，这就是他爱渚，要和她一起逃跑的原因，渚让他知道人和人之间有爱这种奇特的东西存在。爱看不见摸不着，却让自己不同于其他的人。爱让他变得饱含感情并且充满包容，若不是懂得爱，他不会带着渚逃跑，也不会看见追捕他的人就躲起来，他完全可以杀死那些追捕他的人。是爱让他学会了原谅，即便族人追杀他，他也不愿和他们厮杀。良相信，时光会让族人慢慢原谅自己和渚。

那一天剩下的时间他们一直悄悄地隐藏在大树上，直到晚上也没有从树上下来。他们像机敏的花豹一般在树丛的茂密处躲着，监视着搜捕他们的人。他们看见搜捕的人在不远的树林里点燃了篝火，烟飘过来赶走了附近的野兽，渚和良放心地在树顶上休息了一晚。那个晚上他们没敢大声说过一个字，只是紧紧地搂抱着。他们浑身涂满了还魂草粉末，安静隐秘又忐忑激荡地相拥在大树上。他们明白自己再也没有归途可言，从此只能孤独地生活在密林中，既要逃避野兽的攻击，还要逃避族人的追杀。

可这又如何？爱情的甜蜜和自由让他们甘之如饴，他们愿意为此付出一切，死也在所不惜。但他们知道，逃跑不是为了一起死去，而是为了更好地活着，所以他们勇敢又机智地逃脱了一次又一次的追捕。

"良，我们烤一些肉吃吧。"吃了好久的果子和肉干，渚有些不能忍受。

"渚，还不可以。他们还没有放弃搜捕，我们点燃火，他们就会发现我们。"良说道。

"那我们还有多少肉干？"渚问道。

"还有很多，够我们吃很久。"良说道。

"我们要一直吃肉干吗？"渚问。

"除非他们不再追捕！"良说道。

"他们怎样才能放弃追捕？"这没完没了的追捕让渚感到很郁闷。

"我们死了他们就不追捕了。"良说道。

"可是，我们不能死。"渚说。

"可以让他们以为我们死了。"良说道，他说的时候笑了起来。

多么美妙啊，渚从良的笑容中知道良有了办法，她开心地拥抱了一下良。

"让他们以为我们死了，他们就不追捕我们了。多好的主意，良你真聪明。"渚说。

"不是我聪明，是你会追问。"良调侃着渚。

"良，我们怎样装死才行？"渚扑闪着大眼睛。

"我们装死的办法太多了，关键得让他们相信我们死了。"良说道。

"良，你一定知道，我们怎么死？"渚说。

"让狼吃掉？不行，我会杀了狼。狼记仇，我们还是不要动狼。"良开始想办法。

"让蟒蛇吞掉？"良看着渚。

"恶心。"渚笑着摇头。

"从树上摔下去？"良又说。

"怎么可能，还没摔下去你就跃到另一棵树上了。"渚笑了起来，渚见过良在树上飞荡的样子，轻盈得就像一只大鸟。渚认为良是不可能死在树上的。

"吃了有毒的蘑菇。"良说道。

"这个可以，不过得把尸体留下。那样你装死就会被发现。"渚说。

"不能留下尸体，还得让他们看到我们死了。"良笑起来。

"难道让花豹吃了我！"良说道。

"不许说。"渚捂住了良的嘴。渚听见良这样说时，打了个寒战。良杀死了三只花豹，还有一只逃跑了，这是渚心上的阴影。

于是良紧紧地闭上了嘴巴，他舍不得渚为自己担心。逃避追捕很久了，渚从来没有抱怨过。渚的心情总是那么好，和她在一起仿佛可以忘记所有疾苦。他很为之感动，他已经告诉了渚，他们有一间树屋，在高高的大树顶上。等追捕结束，他们就要回到树屋里去生活。

"真的吗？良，我们真的有一间树屋？"渚不相信地看着良。

"是的，渚，我们有一间树屋。"良语气坚定。

"哦，真好，我们有一间树屋。我们有家可回了？"渚问。

"嗯，我们的家在高高的树上。"良说道。

"我们可以关上门吗？我们可以煮汤喝吗？我们可以烤肉吗？我们可以狩猎吗？我们可以捕鱼吗？我们可以织网吗……"渚太想过上正常的生活了，她一下子问了好多问题。渚问的时候，满脸是对家的向往和憧憬，没有一丝对现状的苦恼。

"是的，渚，都可以。我们可以在家里煮汤、烤肉，我们可以狩猎、捕鱼。我们还可以雕玉、烧陶。我们可以做的事很多很多。"良说道。

"可是，关键是我们怎么死去才能让他们相信我们死了。"良说道。

"不要着急，良。我们会如愿地死去，他们会相信我们死了。"渚一点儿都不泄气，仿佛一个理想的死亡就在眼前。

渚和良说话的时候，天上阴云密布。

"雨来了，渚，我们需要避雨。"良说。

"良，我们不能下去，否则会被他们发现的。"渚说道。

"不会的，他们过去几天了。虽然就在附近，但他们不会返回，最危险的地方才是最安全的地方。除非发生什么特别的事吸引他们过来。"良说道。

"不，良，我们不能下去。"渚拉着良不让他下去。

"好的，渚，我们不下去。但我们得待在枝叶茂密的地方避雨。"良拉着渚向茂密的树枝下躲去，他把头顶的树枝简单地交织捆绑在一起，算是做了一块遮风挡雨的东西。他们待在底下，倒像是鸟待在窝里。

那天晚上，雨来得特别凶猛，伴随着雷鸣电闪，闪电的光几乎照亮了整个树林。

"良，他们会因大雨离去吗？"渚问。

"不会，他们会防雨。"良轻声地说。

"今晚的闪电和雷太可怕了，好像天神在发怒！"渚说道。

"良，我们祈祷吧，祈祷天神息怒。"渚说道。

"好的。渚，我们一起来祈祷。"良说道。

大雨瓢泼

雷鸣电闪

万物战栗

诸神慈悲

宽恕众生

诸神慈悲

宽恕众生

两个人反反复复地祈祷着最后两句，希望自己的行为能得到诸神的原谅。渚在祈祷的时候，甚至相信了是自己和良惹怒了天神，天神才会降下雷鸣电闪。

就在渚和良祈祷的时候，一个天雷劈在不远的树上，大树燃烧了起来，火光照亮了半个天空，不一会儿大火又被大雨扑灭，一根燃烧的大树枝落在了地上，雷声已滚滚而去。

"渚，我们被天雷击死，被天火烧死了。"良看着冒烟的大树，忽然笑着说道。

"啊？"渚有些反应不过来。

"我们死了，就在那棵树上。"良说道。

"啊！"渚明白了过来，原来良是说他们可以伪装成被天雷烧死。真是天降生机啊！

"感谢天神，天神慈悲，天神慈悲。"渚激动不已。

良爬下大树，跑到冒烟的树下，丢下了自己的两支箭，箭上有明显记号，无论谁都可以认出那是猎人良的遗物。

良飞快地爬回藏身的大树。良知道，不一会儿，大雨就会冲去所有的痕迹，只有他的箭插在那棵被雷劈过的树下。

"良，他们会相信吗？"渚问。

"会！比起搜捕我们，他们更愿意相信我们被天雷烧死了。他们相信我们触怒了天神，天神在惩罚我们。"良说。

"但是，他们不知道，上天有好生之德。阿妈说过，杀死过花豹的人，最后会上圣山。所以他们搜不到我们。"良说。

"那为什么他们还要搜啊？"渚问。

"他们在等待天神的明示。现在好了，天神告诉他们，我俩被烧死了。"良笑着说。

"你怎么知道天神是这个意思？"渚说。

"难道天神真要用雷劈死我们？"良说。

"不是。天神劈的是另一棵树，天神在救我们。"渚说。

"满怀慈悲的天神，是要他们回家去搂抱他们刚刚换亲的女人。"渚开心地说。

"是啊，他们不想搜捕我们了。"良说道。

雨还在哗哗地下着，大树上的良和渚紧紧相拥，雨水顺着枝叶的缝隙流淌，打湿了渚的衣服和头发。

"渚，明天太阳就出来了。"良说道。

"嗯，良，明天我们一起晒太阳。"渚笑着说，欢快、轻柔、明媚的气息像闪现的星光，照得良的心里亮堂堂的。

"渚，等他们走了，我们就回树屋。你可以坐在树顶晒太阳，也可以坐在树顶喂鸟儿。"良说道。

"我还要坐在树顶做衣服，我们的衣服都跑丢了。"渚笑着把脸偎在良的胸前。

"嗯，我们要做好多衣服，不再穿湿衣服。"良摸着渚湿湿的衣服说。

"良，抱着我！"渚有些困了。逃跑的这段时间里，一到晚上，渚就依偎在良的怀抱里，良的怀抱让她觉得世界温暖而安宁，那些箭矢的飞蹿，那些风雨的吹打，那些奔逃的艰辛都不算什么。渚相信良会带着她奔向他们梦想的生活。

"睡吧，渚，明天我们就可以回家了。"良在渚的耳边无限怜惜地说。这个不知愁苦的渚啊，满心慈悲，诸神一定会护佑她的。

当第一缕晨光落在树梢上时，百灵鸟唱响了第一声晨歌，树叶上悬挂的雨珠儿啪嗒落在良的脸上。良睁开眼就咧嘴笑了，他看到偎在胸口的渚正扑闪着眼睛静静地看着自己。

"动一动啊，渚，我的手臂都麻了。"良笑着说。

"啊，还麻吗？"渚慌忙爬起来，帮良揉着。

"良，蛇。"渚惊叫了一声。

"蛇！"良看着渚手指的地方，不由笑了起来。一条手臂粗的黑眉锦蛇蜷缩在他和渚藏身的树窝里，正呼呼大睡。

"这家伙，肯定是被雨淋得没处去了，就不要命地挤了进来。"良抓起了黑眉锦蛇。

"这蛇也太没志气了。"渚有些嫌弃，黑眉锦蛇没有毒，也不会保护自己。可面前这条不仅没毒，还没脑子，居然为了躲雨和人挤在一起。

"要不是在逃命，我就炖了它。"良说。

"还是放了它吧，这么大一条蛇，和我们睡了一夜，都没咬我们。"渚说。

"好吧，听你的，放了它。"良说着就要把黑眉锦蛇扯起来扔出树窝。不想那蛇却缠住了他的胳膊，把头也靠在了他胳膊上。

"哦。它想干吗?"渚睁大了眼睛。

"不想走?"良笑了起来，真是条没脑子的蛇。

"下来!"渚往下扯着缠绕在良胳膊上的黑眉锦蛇。

"它缠得更紧了。"良说。

"不取了，就让它缠着吧。"良忽然想起了那条自裁的黑眉锦蛇王，他的心底悸动了一下。

"好吧，它可能被雨吓傻了。"渚也对这条蛇无奈了。

"给，渚，吃一些肉干。"良打开装肉干的皮袋，取出一些肉干和渚吃起来。

就在他们吃东西的时候，黑眉锦蛇居然扬起了头冲着他们，一副想吃的样子。良试着给蛇喂一块肉干，它居然一口吞了。显然，肉干有点硬，黑眉锦蛇吞得急了些，卡住了，它努力地咽了好一会儿才咽下去，吞咽过程无比痛苦，渚别过脸去，不忍心看。

"真是一条馋嘴蛇。"渚说。

"有人来了。"良警觉地说。

两个人静静地趴在大树的茂密枝叶中，透过树枝的缝隙往外看着。只见一队人从不远处走来，他们边走边四处张望着。

"难道他们发现了我们?"良想。他看着渚，渚也正在看他。

"别动!"良用眼神示意渚。

"在这里，在这里。"忽然有人大声喊。

良和渚紧张得手都握在了一起。胳膊上的黑眉锦蛇好像也受了影响，头支得高高的，胡乱看着。良不由瞪了一眼黑眉锦蛇。

"月，就是这棵树，昨晚被雷劈了。"有人说。

"啊！良的箭！"这一次是石头的声音，石头的声音里充满了惊恐和不可置信。

"真是苍天有眼啊，劈死了这两个破坏族规的人。"有人冲天大叫。

"苍天有眼啊！"

"苍天有眼啊！"

一时间，树林里众人都在嚷嚷。

"安静，大家听我说。"楠木部落的猎人月说道。

"我们为了追捕这两个祸害，浪费了太多时间，耽误了好多重要的事，好多兄弟的女人还在家等着。现在，苍天有眼，天神慈悲，让我们结束了这场追捕。我们应该感谢天神。"

"感谢天神，苍天有眼。"众人说着跪在了被天雷烧焦的大树下。

"天神公正，帮我们劈死了这两个不可饶恕的人，洗刷了我们蒙受的羞辱。现在我们可以回家好好过日子了。我们要把这件大事告诉所有人，以维护我们的族规，不守族规之人，天神会用雷火烧死他。"月说"烧死他"的时候，几乎用上了全身的力量，好像天神是他派来的。

"回吧，兄弟们，我们回吧。"石头说着。

良看见石头把自己的箭紧紧握在胸前，看见他在默默地擦脸。石头肯定是在流泪，他也以为良被雷火烧死了。

只有楠木部落的人兴高采烈，欢呼雀跃。大湖部落的人神色黯然，默默不语。也许他们心里在哀悼他们勇敢的猎人良和美丽的渚。他们的心情是无比矛盾的，既想维护族规的尊严，又想良和渚好好地活着。

也许他们连追捕也是被动的，可是有什么办法呢？一路的追捕，他们怕追不着，也怕追着。现在好了，老天把良和渚烧死了，他们不用为难了。他们开始在心里尽情哀伤，那可是他们的良和渚啊，曾和他们一起生活过的良和渚。大湖部落的人默默地往回走。看到楠木部落的人兴高采烈的样子，他们有些嫌弃，于是扔下楠木部落的人自顾自飞奔而去。现在他们不欠楠木部落了，不用再照顾他们的情绪了。

看着搜捕的人走得无影无踪，良和渚一下子瘫软在树窝里。结束了，一切都结束了，与部落的所有联系都在这一场雷劈中结束了。从此，良和渚在部落里死去了，人们不会再提起他们，若非要提起，也只是说："那两个啊，不守规矩，被雷劈了。"

从此没有人关心他们，也没有人埋怨他们，更没有人追捕他们。这偌大的森林，只要他们有心回避，部落的人将再也看不到他们。

从此，他们将过上自由的生活。

"良，你在想什么？"渚推了推良问。

"渚，我们自由了，我们可以回我们的树屋了，那是我为你造的树屋。"良放下心头的各种思绪，开心地对渚说。

"再等一会儿吧，也许他们会返回，等他们彻底走了再下去。"渚小心地说。

"这条蛇咋了？"良看着缠着他胳膊的黑眉锦蛇，黑眉锦蛇正把头温柔地靠在良的肩头。

"它喜欢你。"渚笑着说。

"回到树屋我就煮了它。"良也笑着说。

"对，回去就煮了它。"渚打了一下黑眉锦蛇，黑眉锦蛇扭了扭身子，继续把头靠在良的肩上。一夜大雨，黑眉锦蛇不计安危地赖上了良和渚，其实很多时候，人和动物是可以和平共处的。

良和渚在大树顶上静静地晒着太阳。他们没有离开树顶，他们担心过早地下去会碰到危险。

森林里一片静谧，因为长久地待在树上，良和渚已经被森林的气息浸透，身上散发着强烈的草木味道。各种小动物都不怕他俩了，小鸟在他们边上的树枝上唱歌，松鼠在吃野果，这条黑眉锦蛇纯粹把他们当成了朋友，连食物也不去寻找了，一饿就等着渚给它喂肉干。良和渚晒太阳的时候，它也静静地挂在边上的树枝上晒太阳。

"良，他们应该回去了吧？"渚问。都晒了一天太阳了，再晒天又要黑了。

"渚，我们也回吧，乘着天亮。"良说道。

"我们回哪里去？"渚有些茫然。

"回我们的树屋，我给你造的树屋，你会喜欢的，走吧。"良说着开始下树。

良像一只机敏的猿猴，三跳两跳就落在了地上。渚逊色了一些，她是攀着大树的藤枝慢慢下来的，渚下到离地一人多高时，就松开手，良在树下轻松地接住了她。就在他们转身要走的时候，唰啦啦，扑啦啦，树上一阵动静。

良和渚吃惊地瞪大了眼睛，黑眉锦蛇正从树上跌落下来。或者说黑眉锦蛇正从树上腾空飞下，一路打得树枝作响。

"找死啊！"良喊了一声，慌忙张开了手臂。渚也张开了手臂。

　　黑眉锦蛇稳稳地落在了他们的怀里，好像摔晕了一般把头歪在渚的胳膊上。"它要跟我们一起走！"渚笑弯了腰。

　　"背回去煮了它。"良说着把黑眉锦蛇搭在了肩上。

　　"背回去煮了你！"渚打了一下黑眉锦蛇。黑眉锦蛇像死了一般软软地挂在良的身上。

4

在月亮攀上树枝的时候，良领着渚，背着黑眉锦蛇回到了他们的树屋下。

"渚，你看，我们的树屋。"良在一棵参天大树下，指着大树对渚说。良说的时候，抬头看着树顶，又回过头看着渚。

"一棵树啊！只是一棵树啊！"渚有些淡淡的失望。这样的参天大树森林里有很多。

"渚，你等着。"良说完，把黑眉锦蛇放在地上。

良攀着大树四面悬挂的根须很快爬上树顶了，他从树顶放下晃荡的软梯。

"渚，上来吧！"良喊道。

"咦？"渚拽了拽软梯，好奇地往上爬，很快就到了树顶。

"哇，良！"渚看着眼前的景象，发出了惊叫。

树顶上，大树的各种根须盘枝绕节。在良的精心搭建下，这些根须居然成了一个天然的巨大屋顶。屋顶四周垂悬着藤枝，它们看上去柔韧又充满活力，良像编织藤筐一样把它们编织成了藤墙，上面新长的树叶欣欣向荣。树屋的地板是大树的主干，大树好像专门要长成一座屋子一样，高大的树冠在空中四下分开，树的中间就有了一块凹凸不平的空旷空间。良就这样打造了这间四面藤墙的树屋。树屋里铺着他早就准备好的山羊皮子，边上还有两个陶罐，陶罐里装着水。挂在藤墙上的皮袋鼓鼓的，那是良准备的食物。

良打开一个包袱，里面有渚的衣服，也有他自己的衣服。最让渚欢喜的是，当良揭开了挂在墙上的山羊皮子后，她看到了自己做的羽衣。渚开心地流下了眼泪。他们躲躲藏藏跑了那么久，几乎成了野人，现在终于有了家！

"良，你什么时候建的树屋?"渚问。

"族长说要换亲的时候。"良骄傲地说。

"良!"渚幸福地叫了一声。这个未雨绸缪的男人，精心所做的一切都是为了和自己在一起。

渚和良紧紧地拥抱着，他们躺在白山羊皮上，互相凝望着，满怀喜悦，就在这时，黑眉锦蛇爬进了树屋。黑眉锦蛇好不容易才爬上大树的，渚一上到树上，良就撤走了软梯，黑眉锦蛇在树下游弋了一会儿，最后费劲爬了上来。这条黑眉锦蛇一点儿都不拿自己当外人，一进来就爬上山羊皮，瘫成了一团。

"渚，它想让我们炖了它吧。"良笑着说。

"不，良。它是要我们喂肥它，再炖了它。"渚笑着说。

"那就喂着吧。喂得肥肥的，就炖个蛇汤喝。"良说着用手指戳了戳黑眉锦蛇。

两个人累极了，一直都在潜藏、逃匿、风吹雨淋、担惊受怕、食不果腹，这种种不幸现在终于结束了。他们舒展四肢，躺在自己干爽的树屋里，这里不仅弥漫着各种草木的清香，还散发着阵阵还魂草花香的味道。渚躺了一会儿，翻身嘟囔了一句。

"怎么有花香啊?"渚觉得奇怪。

"明天就知道了。睡吧,渚。"良迷迷糊糊地说。

两个人就那么睡着了。好久都没有四肢舒展地睡觉了,现在无比放松地躺在山羊皮上,好像之前所有的奔波和逃匿只是一场噩梦。

鸟雀儿放声歌唱的时候,渚醒了过来。渚抬头环视树屋,才发现盘成树屋的藤条上长满了叶子,有些地方甚至还开出了花朵。密密麻麻的花叶把外面的阳光遮得一丝也进不来。昏暗的屋子很适合睡觉,若不是外面的鸟叫声,渚根本不知道天亮了。

"良,天亮了。我们该做些吃的了。"渚听见自己的肚子在叫。

"好的,我们去炖汤。"良翻身起来,取下了一面挂在墙上的羊皮,阳光照了进来。树屋里瞬间明媚光亮,熟睡的黑眉锦蛇被亮光惊吓得嗖一声藏在了渚的身后,惹得渚咯咯笑着。

"渚,树林里有很多菌子,我们先去采一些,再看看能打到什么好吃的动物。"良从阿妈那里学会了辨识各种菌子,在逃亡的日子里,他又教会了渚。有些菌子可以生吃,但为了防止细小的虫子,良和渚只吃那些刚长出的极细嫩的小菌子。

"走吧,良。"渚已经换好了干净的衣服。他在一个陶罐里洗了脸,只是头发披散着,有些乱。两人顺着软梯往下走时,渚伸手扯下一根细藤儿绑住了自己的头发。渚需要梳头的梳子。良看着,记在了心上。

在离树屋不远的地方,他们采到了鲜美的菌子和浆果。他们还看到有野蜂在飞来飞去。

"良，我们有蜂蜜吃了。"渚笑着说，仿佛蜂蜜的甜已经在她的嘴里。

"可惜我们没有罐子贮藏蜂蜜。"渚觉得现在最缺的就是各种放食物的罐子、坛子。新的生活开始了，渚在心里飞速地盘算着她和良的小日子。

"我们都会有的，渚。今天我们先炖汤。渚，你看，鸟蛋。"良变戏法似的从身后拿出一窝鸟蛋。原来在采菌子的时候，他发现了这个架在树丛里的鸟窝，随手就端了过来。

"嗯，我们可以炖鸟蛋菌子汤吃。皮袋里还有肉干。走吧，良，我们先去做汤吃。"好久没有动过烟火的渚太想围着火堆吃东西了，她迫不及待地想要回树屋去。

"不，渚，我们就在这里炖。"良说。

"可是我们没有陶罐啊！"渚疑惑地说道。

"走，我们去挖挖看。"在一棵树下，良挖开地面的草皮，里面是他埋下的罐子，罐子里装着他的一些用于雕刻的小工具。

"哦，良，你真是太棒了。你到底在大树下埋了多少惊喜？"渚开心地喊起来。

"不知道，渚。我埋了好多，需要寻找。"良笑着，他没有想到渚会这么开心。当初，他只是一个人在预谋、在布置，这一切如今变成了真的，而且有渚在分享。

"诸神悲悯啊！"良念叨一句。

"水。良，我们需要水源。"渚说。

"别急，我们什么都有。"良笑着，把那些工具装在随身的皮袋里。

"走，我们去打水。"良拉着渚跑。

"小心陶罐，别摔碎了。"渚喊道。想起第一次要炖鱼汤时，两人摔碎了陶罐，渚有些担心。她现在太缺少陶罐了。两人跑了一会儿，停了下来。

"你看，前面是什么？"良指着前面的水泡子说。

"水泡子！"渚又一次充满惊喜。

"是的，水泡子，我们的水泡子。"良开心地比画着说。

"渚，你拿好水罐，我来驱赶一下。不知这周围有没有野兽？"良说道。

"渚，你看，周围没有蹄爪印，但是有很多鸟羽，说明这个水泡子很少有大型动物过来。而且这里生活着很多鸟，我们会有很多鸟蛋吃。"良观察了一会儿说道。

良往湖中的水草丛里射出了两支嘶鸣的箭矢，惊起了一群飞鸟。鸟儿们呼啦啦像一大片乌云般掠过了天空，还有一些水鸟拍打着水面往水泡子中间的水草茂密处逃去。一大群棕头鸥在水泡子的上空盘旋，笨鸬鹚们在水面上跌跌撞撞地滑行，斑头雁、渔鸥们在水草深处起起落落，野鸭们更是惊慌失措地逃命，整个水泡子里瞬间鸟声哗然而起。岸边有成群的兔子乱窜，良搭弓射箭，一只兔子应声而倒。

"良，可以吃兔子肉了。"渚在水里洗着陶罐，开心地喊道。她发现这是一个水草肥美的水泡子，这里无疑是一块生活的好地方。

"我们不仅有兔子吃，还有鱼吃。你看，渚。"良在水边洗着手上的兔子血，有几条鱼游了过来。良抓住了鱼给渚看。

"哦，诸神护佑，我们真是太幸运了。"渚开心地感谢诸神的护佑，让他们的第一餐如此丰富。

终于，他们点燃了离开部落后的第一堆火，开始做属于他们人生的第一顿饭，久违的烟火熏得两人连连咳嗽。他们把陶罐架在火上，将鱼炖上，在里面加入鸟蛋和新鲜的菌子。把兔肉也架在火上烤。然后，两人坐在火堆边，看着兔肉上的油滋滋地冒着，兔肉在火苗的舔舐下逐渐变得焦脆，散发出阵阵的香。

"渚啊，就要好了。"良幸福地说。

"是的，良，就要好了。"渚把头在良的肩上蹭了蹭。

陶罐里的鱼汤"咕噜咕噜"地翻滚着，氤氲而出的香气弥漫在周围，四周都香扑扑的。

"渚，应该很好喝。"良笑眯眯地看着汤。

"给，渚，吃吧！"良撕了一块兔肉递给渚。

渚接过来，撕成两小块，一块喂到了良的嘴里，一块塞进了自己的嘴里。

"哇。好好吃！"良吃着热烫的兔肉喊起来。

"良，良。"渚幸福地嚼着嘴里的肉。肉里面虽说没有盐，但泛着烟火的肉味，依旧令人产生久违的亲切。

"渚，就是缺点咸味，我们得制些盐巴。我之前埋过一点儿盐巴和谷物，不知道过了这么久，它们还在不在？"良有些美中不足地说道。

"喝汤，良，等吃饱了，我们就去找。"渚端起陶罐递到良的嘴边。

"哦，渚，我们还需要一些小的陶器，这样我们就可以分着喝汤了。"良捧着汤罐喝了一口。

"我们还需要勺子，用木头刻出勺子来舀汤喝。"渚也为他们的幸福生活积极思考着。

"对，我们要做出勺子，做出小陶罐，还要制出盐巴。"良边喝汤边激动地计划着。

"良，我们还需要火塘，在树屋底下做个火塘。"渚说。

"嗯，对，这样我们就可以在家里吃饭。"良说。

渚一边和良说着话，一边洗净了陶罐，然后在陶罐里装上了水。良在水泡子边捡了一些鸟蛋，提着没有吃完的兔子肉，和渚两个往回走。一路上，两人又是采菌子，又是拔还魂草。等走到树屋下时，良和渚不仅手提背扛，良还系着一根巨大的枯枝，说这是他们的柴火。

两人放下大半天的收获后，渚坐在了大树下。大树之上就是他们的树屋，渚非常满足，看着良在树下劈柴。良举着大石块砸断枯枝，在枯枝上挑出一部分，说要做成梳子和勺子。渚听着良的话，静静地笑着。渚想，幸福就是这个样子吧，能和良在一起，亡命天涯也算不上什么。

"良，歇一歇吧。我们每天做一些就可以了，有很多东西需要我们做出来。"渚说。

"渚，你累吗？我们啥也没有，连梳子也没有。"良说道。

"我有你，你有我，我愿意这样。"渚说。

因为刚刚劳作回来，渚说话的时候脸上红扑扑的，一绺头发被汗水打湿沾在额头上。

"这些日子里，渚为我付出了那么多，她的头发乱了，额头的玉跑丢了，可她还是那么美。"良心里想。

"渚啊，等我做好梳子，你就可以梳头发了。之后我们去找玉，我要为你雕刻漂亮的玉环、玉佩，你额头上戴着玉的样子是最美的。"良向往地说着。

"嗯，良，柴劈好了，我们歇一会儿后去把你埋下的东西找出来。"渚说。

"不，渚，埋下的东西，我们出去打猎采集时再往回找。现在，我们劈好柴，晾好还魂草，把鸟蛋存储在陶罐里后，就开始做梳子、勺子，明天我们就有勺子喝汤了。"良说的时候两眼放着光，他实在是太幸福了。从此，每一天渚都和自己在一起。

"哦！良！"渚喊了一声，还没说完就闭嘴了。

"黑眉锦蛇！"渚大喊了一声。

"黑眉锦蛇怎么了？"良问。

"它在哪儿？"渚问道。

"走了吧。"良说。

"去树屋里看看，我们离开时它在睡觉。"渚说。

"我们也上去休息吧。渚。"良收拾好还魂草，拣出要用的木头，打算去树屋里雕刻。

"嗯，回屋里去。"渚说着，提起水罐。

"良，还有鸟蛋，你拿着。"渚喊了一声。

等他俩回到树屋时，傍晚的余晖正照在树屋上。屋里明媚而宁静，白山羊的皮子在一边蓬松地铺展开来，几个陶罐儿静静地排在一起，好像在等待他俩的归来。

"好喜欢啊！"渚轻轻地说道。

"渚，你休息一会儿，我来做勺子。"良说道。

"良，咱家黑眉锦蛇去哪儿了？"渚惦记着黑眉锦蛇，已把它当成了家里的一员。

"可能走了吧，它是一条蛇，不是咱家的。"良说道。

正在两个人说话时，黑眉锦蛇从窗口进来了。哐当一声，黑眉锦蛇吐出了一块石头。

"回来了。"渚惊喜地叫起来，跑过去准备抱黑眉锦蛇。

"别动！"良喊道。良说着提起了黑眉锦蛇。

"这么脏就爬进来了，洗一洗。"良把黑眉锦蛇放进水罐里，可是水罐太小，装不下黑眉锦蛇。

"这个罐子太小了，以后炖它时得烧个大罐子。"良一边笑着，一边拿水冲黑眉锦蛇。冲完了又把它拿到树屋门口抖了抖，挂在一根树枝上。

"晾干了再进来。"良说着就进了树屋，只留下黑眉锦蛇吐着芯子在树枝上晃荡。

"良，你看这是什么？"渚拿着黑眉锦蛇吐出来的那块石头说道。

"哦，一块玉石。"良拿起来一再端详。回头看了看门口晾着的黑眉锦蛇，黑眉锦蛇也正看着他俩，两只小眼睛仿佛在笑。

"它是出去找玉了。有些小动物会把自己喜欢的东西叼回窝里，它把树屋当成了自己的窝，它和我们是一家了。改天可以让它带我们去找玉。"良说完，把那些没吃完的兔肉撕成小块，放在门口。黑眉锦蛇唰地就从树枝上滑下来，迫不及待地吞食着。

"它怎么那么饿？"渚问。

"它好像没吃东西。"良笑着说。

"它不会想让我们以后都喂它吧？"渚笑起来。

"它肯定想让我们以后都喂它。"良又撕了一些兔肉给黑眉锦蛇，黑眉锦蛇开心地竖立起了身子。

"我们给它起个名字吧。"渚建议。

"你起吧，怎么叫都行，随你喜欢。"良说。

"一条蛇，叫什么名字啊？"渚看着黑眉锦蛇思考。

"小黑，就叫它小黑吧，你看它身上黑纹比较多。"渚说。

"小黑，进来了！"渚冲着黑眉锦蛇喊道。黑眉锦蛇一心吃肉，根本没反应。

"真是一条笨蛇，都不知道自己叫小黑。"渚走过去指着黑眉锦蛇的脑袋说。

"渚，明天你就可以梳头了。"良正在用心做梳子，看着渚数落黑眉锦蛇就笑着说。

"小黑啊，你得记住了，你是一条看家蛇。每天，你都要给咱们守好家，不许有别的动物破坏咱家。"渚抓着小黑给它安顿家事。

"它呀，别让其他动物吃了就好，怎么会看家！"良一想到那些懒懒的黑眉锦蛇就无奈了，世上怎么会有那么懒的蛇。

"不过，小黑很勤快了。你看它都能找来玉石。"渚拿起那块小石头端详。

"良，这块石头应该不错，不然小黑不会带回来的。你说，我们拿它做个什么？"渚问道。

"做一块玉佩，或者就去掉玉皮，在上面雕个图案。"良说。

"良，剖开吧，一块你来雕，一块我来雕。我要给你雕一块羽神的玉佩，你戴着它，羽神会保佑你。"渚满脸的爱怜。

"渚啊，听你的，我要给你雕一块佩戴在额头的玉饰，就像阿妈戴的那样。"良由衷地说道，很自然地说出了阿妈。

"良，这块玉用来雕头饰有些大，你也给我雕一块玉佩吧，有着羽神的玉佩，我们都来雕出自己心中的羽神，好吗？"

良没有出声，只是笑眯眯地看着渚，心里已经默许了。

"良，都是我不好，我们见不到阿妈了。"看到良无声地笑着，渚以为良思念阿妈，有些伤感地说。

"阿妈和族人在一起，会很好的。阿妈还是族里的大巫师，她能够预测到我们，所以只要我们好好的，她就不会担心，阿妈会为我们祈福的。"良说道。

"良，你再给我雕一块阿妈那样的玉饰吧，我把它编在额头的发辫里。"渚想着阿妈的样子说道。

　　"好的，渚，你看，梳子快好了。"良把将要完工的梳子递给渚。

　　"良，好漂亮。"渚拿起来在头上梳了一下。

　　"马上就好了，我的渚明天就可以梳头发了。"良又把梳子拿过去快速地制作起来，树屋里已经有些暗了，天就要黑了。

　　当屋里彻底黑下来的时候，梳子完工了，渚想要试一试。

　　"良，我试一下。"

　　"现在不行，等明天我用它梳一梳草，梳一梳山羊的皮毛，再给你梳头发。不然会梳疼你的。"良细心地说。

　　"好吧，良。忙了一天了，我们睡觉吧。"

　　"渚，你怎么这么凉。"黑暗里，良把手搭在了黑眉锦蛇上，以为搭在了渚的胳膊上。

　　"你摸哪儿了？我不凉啊。"渚问。

　　"小黑，它也睡在边上。"渚说着笑起来。

　　"啊，死小黑，得把它吊到树上去！"良说着，把小黑放在了另一张山羊皮上，并没有往树上吊。

5

黑暗里，良拥抱着渚。

"渚，豹牙呢？"良在找渚挂在胸前的豹牙，可是找不见。良很想含着豹牙睡觉。

"在呀，在脖子后面。"渚吃吃地笑起来。

"嘘，别笑，小心吵醒小黑。"

黑夜像一块巨大的幕布，将森林严严实实地包裹其中。许是夜色逼仄，树屋里不时涌来外面的声音。

"良，昨晚怎么没听到？"渚有些害怕，往良的怀里钻了钻。

"昨晚你太累了，睡得沉。别怕，我们的树屋很安全，大树已经很大年龄了，它会保佑我们的。"良搂着渚。

天亮了，又迎来鸟儿歌唱的声音。渚和良醒来的时候，满大树的鸟儿早就醒来了。

"小黑怎么不见了？"渚有些奇怪。

"它逃走了吧。"良隐约想起昨夜，小黑从窗口仓皇逃窜的情景，不知它还会回来吗？

"渚，你再睡一会儿，我去试一试梳子，试好了你起来就可以梳头了。"良体贴地拥着渚。

当阳光、鸟鸣、晨风一起涌入树屋的时候，渚一头乌黑的长发如瀑披散在肩头。

"良，梳子好用极了。我还需要一根花藤。"渚想把头发绑起来。

"渚，给你一根比花藤好用的。"良拿来一根小细绳，上面穿着两块木雕的小鱼和月牙。他用自己腰间的皮绳给渚做了头绳。

"束得好吗，良？"渚把头发整齐地束成一根马尾，冲着良问，看起来清新可人。

"好！渚，我们今天要去狩猎，储备几天的食物。有了食物我们就可以待在树屋下做陶罐、雕木器。"

"嗯，我们先做一锅美味。"渚笑起来。今天他们可以在树屋下炖菌子汤煮鸟蛋。

"好的，渚，我们一起。"

两个人在树下用枯树枝生火炖汤，顺便清理了大树附近的杂草，只留下了有用的还魂草。陶罐里炖的汤散发出诱人的香味，良把一些肉干投进去。

"这个有盐味，你尝尝。"良正用新做的勺子舀着汤。

"嗯，肉干里有盐，汤很好喝。"渚喝了一口。

两个人美美地吃了一顿菌子鸟蛋汤，就出发了。他们不敢到良经常去的狩猎地带，怕遇到部落的人。他们来到了昨天的水泡子，这里安静，有鸟和鱼，没有大一些的动物的足迹，是他们的宁静的大湖。良认为，若能打到一只山羊就好了，不然他们就得捕好多小动物用来储备。至于大型的猛兽，最好不要遇见，能互不侵犯最好。

"渚，擦一下汗。"渚和良隐蔽在一棵不高的树上，他们选择了守株待兔的方式。他们发现了山羊的粪便和蹄印，良推测这一块地方常有山羊栖息。

"良，它们会来吗?"渚小声问。

"会! 地上的蹄印密密麻麻，这里很幽静，是山羊喜欢聚集的地方。"良说。

"嘘，兔子过来了。"渚小声说。

良准备射箭，渚轻轻地碰了一下他。她已经搭好了小箭，正蓄势待发。

"嘭!"一声轻弹，一支箭就射了出去。

"中了!"良跳下树，捡回了兔子。

"良，其实我们可以把兔子捉住，养在树屋下。把这只兔子装在藤筐里，这样，我们就有贮备的食物了。"渚说。

"是的，我们俩吃不了一大只山羊，也可以抓一只。"良同意渚的想法，两人不能储备太多食物，很容易坏掉。

"可是怎么捉住奔跑的山羊?"渚问。

"兔子也很聪明。"良说道。

"不着急，会有办法的。"渚说道。

"嗖。"良射出一箭，射中了一只锦鸡。

"渚，我们得换个地方了。这个地方兔子和锦鸡估计不敢来了。"良说。

"不等山羊了?"渚悄声说。

"等啊，去前面等，走。"

两人下了树，敏捷地往前跑去。跑了一会儿，又爬上另一棵树候猎，这是他们商量好的方法。他们怕在追逐的时候惊动大型猛兽，两个人的力量太小了。

"良，你看远处是什么？"渚指着远处空地上的一群动物说。

"山羊，它们在吃土。"良兴奋地说。

"吃土？"渚问。

"土里应该有它们需要的东西。"良解释。

"我们过去吗？"渚说。

"不，等我们过去，它们就跑了。我们就在这里等着。"

"它们会来吗？"渚问道。

"嘘，兔子。"良小声说。

"一人一只。"渚指着自己这边的一只说。

"嗖嗖。"两支箭几乎同时射出，良下树捡回了兔子。现在，他们已经有了三只兔子，一只鸡。

"良，我们去看看山羊。"渚很想看看山羊在吃什么？那块地方看起来草很少，土皮几乎是裸露的。

"好，我们过去看看。"良把兔子和锦鸡背在身上。

"能捉住吗？"渚问道。

"山羊行动很快的，要不射山羊的后腿？"良说道。

"好，射伤也行。"两人悄悄地靠近山羊群。

"射那只怀着崽的，它的肚子很大，我们可以养它们。"渚指着一只怀孕的山羊说道。

"好，你看着。我要让它受伤跑不了。"良轻轻地说着，一支箭就射了出去。箭端端正正地扎在了山羊的后腿上，其他山羊撒腿狂逃。

中箭的山羊倒在地上徒劳地挣扎，三条腿撑不起它庞大的身子。良跑过去捉住了山羊，抓起地上的土贴在山羊的后腿上。他又从口袋里掏出一些草木灰，也涂在山羊的伤口上。

"良，我们得把它抬回去，它自己走不了了。"渚说道。

"好的。渚，这土是咸的，土里有盐。"良舔了舔山羊吃过的土，说道。

"土里有盐，怎么吃？"渚问。

"把袋子给我。"良接过渚的皮袋，装了一袋土，又脱下自己的衣服包了一些。

"走，渚，先到树林那边做藤筐。"两人一时无法带走山羊、兔子和土。

"良，把山羊绑起来抬着走。"渚扯了一根藤条。山羊太能挣扎了，渚觉得藤筐控制不了山羊。

两个人小心地把山羊用藤条缠起来，绑在一根粗壮的树枝上。然后渚背着兔子和锦鸡，良背着咸土，两人一起抬着山羊走回树屋。

"渚，累吗？"良看着渚不由问道。

"不累，我们有山羊了，可怎么养啊？"渚开心地说。

"就把它绑在树屋的树下，喂它草。等它生下小羊，养几天，我们做陶罐的时候吃掉它们。"良说道。

"渚，现在我们还要把盐做出来。我们要待在树屋里好几天。"良说道。

"良，你会做盐吗？"渚问。

"见溪水爷爷做过。不过爷爷做盐用的土来自一块族人使用很久的盐土地，我们今天的土不知怎么样。"

"哈，良，不管怎样我们就要有盐吃了。"渚抬着山羊走得很开心，狩猎的顺利和良的计划，让她觉得身上充满了力量。

"良，和你在一起真好。"渚由衷地说。

"怎么好？"良故意问。

"一起狩猎，一起做陶罐，一起吃饭。"渚说。

"还有?"良问。

"一起守着。我守着你,你守着我。"渚说。

"还有?"良又问。

"我喜欢和你在一起。"渚说。

"我更想和你在一起。"良说的时候,都快要把山羊抱在自己胸前了。山羊的腿不时地蹬一下,他怕蹬坏了渚。

两个人抬着山羊回到了树屋下,良给山羊的伤口上涂上了草药和草木灰。

"良,山羊能好吗?"渚问。

"不知道,但它能吃草就行,能生下小羊更好。"良老实地说。他其实还不会处理伤口,但他知道,有些小伤口,涂上草药、草木灰,晒着太阳就自己好了。

"良,我们先给它喂些草吧。"渚说着,抱来一些山羊喜欢吃的青草和树叶。

良把土放进陶罐,倒上水,搅了一会儿,澄清,又把水倒在另一个陶罐里。反复几次后他就开始生火,用洗过土的水熬盐。也许是土里盐少,良烧了好久,也没有烧出盐来,良有些沮丧。

渚用手指蘸了一下良熬的水。

"良,你尝尝。"渚瞪大了眼睛。水是咸的,虽说水里没有盐,但渚尝出了咸味。

"嗯,咸味!"良很兴奋。

"我们可以先吃盐水,晚点再熬盐。"渚说道。有了盐水总比啥也没有强。

"嗯,渚,我们烤兔子时可以洒上盐水。"

良看着渚剥好的兔子肉,立马拿到火上烤起来。不久兔子肉的香味就四处弥漫了。

"良，我怎么觉得小黑就要来了。"渚说。

"它已经来了，就在树枝上晃荡。"良看了看上面。

"还真是一条馋嘴的蛇。"渚说着，给良烤的兔子上面洒了一些盐水。

"良，洒上盐水的兔子肉肯定会更好吃。"渚有些期待。

"我们迟早会做出盐的。如果山羊不来，那块土就会长出白盐，我们只要用白盐土熬出盐就行。"良肯定地说。

"良，你真能干，你怎么知道这么多？"渚崇拜地看着良。

"因为溪水爷爷啊。他是咱们的大巫师，他教了我很多生存的本领。烧陶、雕玉、制盐、辨别方向、辨识一些草。可惜他上了圣山。"良有些伤感地说。

"你阿妈也是大巫师，她会护佑我们，护佑部落。"渚安慰良。

"嗯，阿妈会护佑我们。"良翻转着火堆上的兔子肉。

"良，再洒些盐水。"渚端着澄清的盐水。

"好，洒一些。"良一边烤兔子，一边往火里加了些柴。

"良，我们要做一个火塘，不然火老乱跑。"渚看着火星四溅有些担心。

"会的，我们很快就会有一个火塘，到时候我们在火塘上熬盐。"良开心地说着，他的话总是给渚带来希望。

"渚，你尝一口。"良撕下一块肉。

"好吃，真鲜美啊！"渚叫了起来。小黑竖起身子看着烤肉，想往前凑却害怕火，又往后退了退。

"嗯，加了盐的烤肉就是香。来，小黑吃一块。"良给小黑撕了一块递到它嘴边，小黑一口就吞下去了。

"良，没想到我们今天会捉住山羊，这些天我们都有吃的了。我们是不是可以烧陶罐了？"渚还是觉得陶罐太少，很不方便。

"好的，渚，我们吃完就可以准备了。烧陶罐要用黏土，我们得去背黏土。"良边说边想着哪里有黏土。

"我们去哪里找黏土？"渚嚼着一块肉问良。

"可以去水泡子边找找。水泡子边有些不长草的地方就有黏土，黏土不透气，长不活草。"良说道。

"好的，良，明天我们就去背黏土。等会儿吃完兔子，我们去采一些浆果和菌子吧。"渚看天色还早，就想着明天早起炖菌子汤和兔子肉，吃饱了好去背黏土。

"好的，吃完就走。你看小黑，撑得连树也爬不上去了。"良指着在树边努力攀爬的小黑说。

"哈哈，这个小黑，一天到晚吃太多了，吃了就睡，现在都肥得爬不动了。"渚笑起来。

"小黑，你要是肥了，我们可是要炖汤的。"良大声喊道。

"嗖！"小黑蹿上了树。

"它听懂了吗？"渚和良相视而笑。

"一定是你的声音吓坏了它。"渚说。

"怎么会？凑巧而已。它可是一条笨蛇。"良大笑起来，他想起小黑第一次跳树的情景。

"它都会从树上跳下来。"良笑着说。

"它是急了才跳的。"渚说。

"小黑要不傻，怎么会和我们在一起？有脑子的蛇都知道怕人，只有它往人怀里钻。"良坚持认为小黑是一条傻蛇。

"可它是我们的小黑。良！"渚不想让良说小黑傻。

"小黑不傻，小黑知道跟着我们能吃到熟肉。"渚为小黑辩护，她的笑脸有点红，目光却很认真。

"知道，咱家小黑不傻。它不仅知道给自己找个主人，还找到这么善良的渚，这么勇敢的良。"良边说，边把火灭掉。

兔子肉吃完了，这是第一次吃洒了盐水的兔子，渚很开心。她拿起地上烧黑的土块给良画了画眉毛，说要画个羽人战神。

"渚，我们要去采菌子、采浆果，你忘了吗？"良提醒贪玩的渚。

"嗯，走吧。"渚背起藤筐，良拿起叉杆。虽说在树屋附近，良还是拿上了武器，他总是在为两个人的安全担心。

"良，我们可以把菌子晒干冬天吃。这里有这么多菌子，不晒就坏掉了。"渚有些可惜那些在地上坏掉的菌子。

"嗯，我们可以在天气好的时候晒一些，渚真是个聪明的姑娘。"

"你更喜欢吃浆果，还是吃菌子？"良问渚。

"都喜欢。"渚开心地采着菌子。

"那就都多采一些。"良说。

"渚，我这几天发现了一棵树，树上结满了果子。不知怎么回事，没有小动物吃那些果子，松鼠也不吃。"良说。

"那我们再等等看吧，也许那是个奇迹。"渚说。

两个人说说笑笑，不一会儿就采满了一箩筐菌子和浆果。回家的路上，渚吃着红红的浆果，嘟着嘴和良边笑边说话。

6

"怎么了,良?"良的笑容让渚很奇怪。

"渚,我们逃出部落有些日子了,你后悔吗?"良问道。

"不后悔,我喜欢和你在一起。"渚说。

"就我们两人,你不寂寞吗?两人狩猎有时会很危险,你也不可以与很多人一起跳舞。"良说道。

"不寂寞,我们逃跑不就是为了两个人在一起吗?现在我们已经是两个人了。我们有了自己的树屋,还有了小黑,我们还会有火塘,有很多我们想要的。良,最重要的是我有了你,你不会用我去交换。"渚静静地说。

渚说的是实话,初见良、爱上良、被通知换亲、心里打算放弃良,直至和良逃亡到现在,渚觉得逃亡是她拥有良的唯一方式。而且这个方式是良给她的,所以她特别感动。族里那么多小姐妹都被换亲了,只有她拥有了一个愿意和自己一起逃亡、一起拥有彼此的勇敢猎人。渚觉得这是羽神对自己的特别关爱。

"良,是你让我知道了,离开部落我们还可以一起生活、狩猎。"渚说。

"渚啊，若没有你，我也不知道我可不可以。"良说。

"良，以后，就我们两个人。我们不需要太多食物，所以我们尽量不去打猛兽和大型动物，够吃就行，好吗?"渚怕良受伤，良现在是她生命里唯一的人，她怕失去他。

"嗯，我们只打一些小动物，够吃就行。"良也决定为了渚不再去冒险。

当森林收尽夕阳的最后一丝余晖时，渚和良已经爬进了他们高高的树屋，两人躺在山羊皮上，嗅着树木的清香，听夜色里传来的各种细微的声音。

"良，小黑在哪儿?"渚问良。

"小黑在守着山羊。"良说。

为了防止山羊被其他动物吃掉，两人把山羊用藤筐吊在大树上。良收长梯的时候，看见小黑盘在山羊边上的树枝上，像在守候自己的猎物。良叫它，它也不动，良就由着它了。

"一条会看家的蛇。"良说。

"一条守着羊肉的蛇。"渚说。

"渚。"良喊了一声。

"嗯?"渚答应。

"睡吧，渚，明天我们要做陶罐，会很累的。"良说着亲了亲渚。

"嗯，睡。"渚往良的怀里偎了偎。

天快亮的时候，两人忽然被外面的动静吵醒了，山羊在凄厉地嘶叫，好像发生了特别痛苦的事。

"良，快看看山羊怎么了?"渚紧张地说。

"走，拿上箭。"良一骨碌爬起来，拿起叉枪就往外走。

他们悄悄地爬下树，等爬到山羊跟前时，也没发现有什么动物袭击。只见小黑在树枝上一会儿上蹿下跳，一会儿张大嘴巴盯着山羊傻看，藤筐里的山羊因为被绑，正在痛苦地叫着，那声音凄厉得像是要死了一样。

　　"良，它怎么了？"渚紧张地问。

　　良看着山羊也不明所以，难道是被绑得受不了啦？良心里想。

　　"渚，它叫得这么痛苦，是受伤了吗？"良问，但他只是打伤了山羊的腿，山羊不至于疼疯了啊。

　　"良，它很疼痛。"渚说。

　　"渚，是小羊！"良忽然想起了他们曾经看到过的花鹿和山羊的生产过程，良喊了出来。

　　"它要生小羊？真要生了吗？"渚一时紧张起来。

　　"走，渚，下去生火，再把山羊放在地上，看它要干吗？"良快速爬下树，在树下架起了一堆火。

　　"良，慢点，它要生小羊了。"

　　"多可怜啊，我们都不能给它做个圈栏。"渚想起了部落里宽敞的圈栏，那样又安全又自在。

　　"不行啊，渚，我们只有两个人，圈栏无法保证饲养的安全，还会暴露我们自己。"

　　两人在大树下燃起了一堆烧旺的火，山羊被解开放在地上。此时，山羊已经痛得不知所以，正全力和自己的疼痛做抗争。良、渚和小黑三个围着山羊看着山羊的挣扎惊愕得张大嘴巴。

　　只见山羊用脚刨地，四肢努力伸直。小黑也在一旁像一根受难的木头蛇般伸直身体。渚握着良的手也在用力，这是他俩第一次一起看山羊分娩。

"良!"

"渚! 别怕。"

山羊一会儿倒在了地上，一会儿又站起来，似乎烦躁不安，最后山羊伸展后肢，一副豁出去不要那条伤腿的样子，历经一番疯狂挣扎之后，一只小羊诞生了。疲惫的大山羊低头舔舔着小羊，无视良、渚和小黑的围观。

不一会儿，一只毛茸茸、瘦小精致的小羊从地上摇晃着站了起来，小嘴在羊妈妈的嘴上舔了舔。羊妈妈低声咩咩着，小羊像受了吩咐一般就去吃奶了。

渚和良看着山羊母子的样子，放松地坐在了地上。小黑仍傻傻地趴在那里目不转睛地看着，仿佛很享受。

"良，怎么办？我们有了两只羊、一条蛇。今天要去背黏土，它们怎么办？"

"渚，我们带着它们。"良也害怕他们离开后，两只羊会逃跑，或者被其他动物吃掉。

"嗯，良，加大火，我们烤肉，吃饱了就去水泡子边背黏土。"渚说。

于是两人在火上快速烤了昨日打来的兔子，洒上盐水吃饱后，就背上狩猎的武器和藤条筐准备去水泡子边。

"良，山羊不走，怎么办？"渚问。

"渚，你抱着小羊走在前面。我在后面牵着它。"

于是在森林里出现了一支奇怪的队伍。渚抱着小羊在前边缓缓前行，母羊瘸着腿，被良牵着，眼巴巴地跟在渚的后边看着小羊边走边叫。小黑居然没有留在树屋里，一路上跟在队伍里兴高采烈地蹿前蹿后。

走了一会儿后，山羊不再撕心裂肺地叫了。它看到小羊很安全，只是被抱在渚的怀里，并没有离开它。它乖乖地跟着就可以。

到了水泡子边，良找到了黏土。他把山羊拴在草地上，任它吃草。小黑围着山羊趴着，小羊蹭在大羊身边玩，时不时地用小嘴嗅一嗅小黑。每当这时，小黑就瘫软成一堆蛇泥。

"渚，我们只能在这里做陶罐了，拉着羊走来走去很麻烦。"良说。

"好，就在这里做吧，这里和泥也方便。"渚正看着小羊笑。

两人在水泡子边和泥，良给黏土里加了一些细沙，良不断地搅拌、揉捏，最终黏土和细沙变得细腻、柔韧。淋上水，它们甚至有些光滑。和好泥后，他们开始制坯。

"良，我要做几个小陶罐，用来盛汤吃。"

"好啊，小的你做，要做漂亮。我做大的，用来装水、装肉、煮东西。总之，陶罐、陶盆我们要多做几个。我们还可以做一个能移动的火盆。"良总是有奇思妙想，渚为良的想法所折服。

"良，你看。我做的陶罐，我要刻上一条鱼。"渚端着自己做的小陶罐给良看，然后笑吟吟地拿起一根小棍，在泥坯上刻画了一条简单的小鱼。

"真漂亮，渚，给大的也刻上鱼吧。"良说。

"大的刻画上渚和良。"渚开心地说。

"嗯，你画。"良满眼笑意。

"良，把你的小箭给我一支，我用小箭画。"渚说。

"给你！"良取了一支小箭递给渚。

两个人在水泡子边忙得不亦乐乎。良做了几个大陶罐，渚在上面刻画了飞行的羽神、狩猎的良、山羊和小羊、大蛇小黑，还有飞鸟、鱼等。渚还在小陶罐上刻画了火苗和鱼。两个人边玩泥巴边用心做着自己想要的东西，不一会儿，好几个大小不一的泥坯就做出来了，然后排放在地上等着晾干。

晾陶坯的过程中，良和渚捡了一些柴，等陶坯干后，他们就可以用火烧了。

正午的太阳很快就把泥坯晒干了，黏土制作的泥坯晒干后质地坚硬，摸上去有着阳光的温度。良把柴火放在干坯的四周，点燃了火堆。他不断地加入柴火，嘴里念念有词，希望羽神保佑他们做出陶罐来。

"良，要烧很久吗?"渚问。

"是的，我们需要很多柴火，赶紧捡柴火吧，就在跟前捡，别跑远。"良不停地给火堆里加着柴火。大火在水泡子边几乎烧了一整天。附近的水鸟和小动物都被吓得蹿到水泡子的另一边去了。

"良，我们是不是有陶罐了?"渚满怀期待地说。

"嗯，我们肯定要有陶罐了。"良说。

"再加一些柴火，火要大。渚，你来加柴火。"良把手里的柴火放进火堆里，对渚说。

"你要做什么?"渚问。

"捕鱼啊，你不饿吗?"良笑起来。

"饿，你去捕鱼来烤。"

渚不停地给火堆加着柴火，想到自己马上就有新的陶罐可以用，心里就感到无比幸福，而且那些陶罐上还刻画了自己喜欢的图案，承载着他们对羽神的恭敬和依赖。渚希望羽神能够护佑他们，渚相信在羽神的护佑下，良和自己会很幸福。

火堆不远处，小黑依旧在守着山羊。山羊因为有了小羊，也因为这两天的相处，它发现没有危险，就放下了心。此刻山羊正安详地吃草，看着小羊在周围跳来跳去和小黑玩。羊妈妈对小黑一点儿敌意都没有，也许是因为小黑总是帮它把小羊挡回来，免了它心急。渚看着羊和蛇相处的场景，不觉笑了起来。

"你笑什么？我们烤鱼吧。"良用树枝穿着几条鱼过来了。

"良，没带盐水。今天的鱼不能洒着盐水吃了。"渚有些遗憾。

"今天先这样吃吧，我会熬出盐的，以后我们走哪儿都带着盐。"良满怀信心地说。良打算烧好陶罐后，每天出去狩猎的时候，顺便去寻找好的盐土。

"良，都烧了一天了，你说烧好没？"渚问。

"应该好了。我们先吃鱼，你看你，脸上都是草木灰。"良说着怜惜地取下了渚头上的草屑。

"良，你看那小羊，一点儿都不怕小黑。"渚边烤鱼边笑着说。

"等小羊稍微长大点，我们就先吃了大羊，实在不知该怎么养。"良很无奈。

"是啊，总不能走哪儿都牵着两只羊吧。"渚也是很无奈。

"要是像小黑就好了，都不用管它，它想走就走，想来就来。两只羊，只能用来吃肉了。"良说道。

"先让小黑玩着吧，我们吃鱼。估计它自己都吃饱了，这水泡子边有好多它的美食。"渚一边吹着鱼身上沾的草灰，一边对良说。

"嗯，渚，你真美！"良说。渚的脸上糊上了草灰，衬得乌黑的眼睛像一汪清澈的泉水，小嘴巴一嘟一嘟地吃着鱼，一副很快乐的样子。

"良，陶罐好了没?"渚吃完后，迫不及待想看看。

"等一等。等火熄了，灰凉了再看。"良挡住了渚拨灰的手。

"要等它们慢慢地降温，不要急。"良拉过渚坐在自己的腿上，一起等着火熄灭。

"良，我要去洗手。"渚举着自己沾满灰的手，咯咯笑着。

"现在不去，等一会儿再洗，会有惊喜。"良神秘地说。

"有惊喜?"渚睁大了眼睛询问良。

"嗯，有惊喜!"良一本正经。

"好吧，期待惊喜。你说，陶罐好了没?"渚看着已经熄灭的火堆说。

"嗯，灰还是烫的，再等等。"良用手试了试灰的温度。

"良，我们祈祷吧，感谢诸神的护佑，让我们的生活这么好。"渚说着，自己先跪在地上。

"好的，渚，一起祈祷。"良也跪在了地上。

诸神慈悲

草木温顺

诸神慈悲

大火烈烈

诸神慈悲

佑我之陶

诸神慈悲

陶之铮铮

诸神慈悲

安顺吉祥

渚和良念念有词，虔诚地跪在地上。这是他们离开部落后第一次制陶，虽说他们经常看见部落里的族人制陶，也参与过制陶，但这一次却是他们独立制陶，为自己添置喜欢和有用的生活必需品。有了陶器，他们的家将更完美。

　　"渚！来！一起拨开灰。"良和渚用手轻轻地拨开灰堆，心里十分忐忑，自己的陶罐到底烧成了什么样子？

　　当陶罐们一个个袒露在面前时，渚和良激动得拿起来连连观看。

　　"良，你看，很坚硬，上面有羽神，永远的羽神！"渚语无伦次地说。

　　"渚，大罐，你看大罐。我要给你惊喜。"良说道。

　　良拿起一个大陶罐，跑到水泡子边，装了一大罐的水回来。

　　"渚，来，洗脸，洗手。"良喊着，就拉过渚给她洗脸。

　　"啊，不用去水泡子边洗脸了。良，你对我真是太好了。"渚从来没见过一个男子会给自己的女人洗脸。

　　"良，我要跳舞，为这些新的陶罐，也为你。"渚顺从地让良给自己洗完脸。

　　陶器们一字儿摆开在地上，渚和良跳起庆祝的舞蹈。他们欢快地跳着牛舞、象舞，跳着狩猎的围攻舞，还跳起了种植、采集、捕鱼的舞蹈。没有响亮的鼓点，节拍就在他们心里，相爱的人总是心有灵犀。他们步履整齐，舞姿优美，浑身洋溢着欢乐。

7

"良，你看，这里还有菱角。"渚在收拾陶罐的时候，发现一种长相怪异的黑色植物果实。溪水爷爷曾经指给她看过，说这东西叫菱角，可以吃。当时也没有几颗，她看了看没太在意。可是菱角的样子她却记在了心里。今日一看见她就大叫了出来。

"什么菱角，渚，你发现了什么？"良跑过来问道。

"是菱角，一种植物的果实，可以吃，是溪水爷爷以前告诉我的。"渚激动地说道。

"你尝尝，这个是从灰里面扒出来的，好在没烧坏。"渚把菱角举在了良的面前。

"好，我尝尝。"良接过来，小心翼翼地剥开放进了嘴里。

"甜的，你尝，好吃。"良把另一小半递给了渚。

"嗯嗯，好吃，我们得找到它。菱角肯定就长在水泡子里，上次溪水爷爷说它就是生活在水中。"

"好，我们现在就找。"两个人为发现了菱角而开心。

可不是吗？在这孤独神秘的森林里生活，食物多一些，两人就会多一些生机。只要是能吃的，他们都愿意去尝试一下。

如今菱角的发现，会丰富他们的食物，两人自然很开心。

最终，两人在湖边的水草处发现了菱角。有些菱角长成了红色的，有些还是绿色的，有些菱角是四角的，有些是两角的，它们一个个长得精致乖巧，戴在身上乍一看也好看。

"我们采一些吧，反正陶罐空着。"渚说道。

"好的，多采一些，回去研究一下怎么吃？"良说道。

"我试一下生吃的味道。"渚说道。

"嗯，好吃。脆甜脆甜的，你也吃吃看。"渚拿着一个红色的菱角边吃边开心地说道。

"我看看到底有多好吃？"良见渚生吃觉得很好奇，自己也拿了一颗吃起来。

"哦，太美味了。没想到溪水爷爷知道这么好吃的食物，可惜部落的人不知道。"良边吃边说道。

"不会的，你阿妈那么聪明，她肯定会发现。每一种食物都是诸神的恩赐，大家都会分享到。我们应该感谢诸神和我们的羽人祖先，让我们在这样的困境中还能发现新的食物吃。"渚跪在地上感谢诸神的护佑。

两人并没有因为逃离部落，被部落追杀而怨恨，他们想念部落里的亲人，希望自己的好食物能被分享。

"等有机会把菱角的发现传出去就行了。森林里有很多猎人，我们只要留下菱角让他们发现就行。"良说道。

"嗯，要去远一些的地方，不能让他们发现我们。"渚小心地说道。

"渚，抓紧采一些后就走吧，改天吃完再来。天快黑了，外面危险。"良说道。

"好吧，我们走。"

两个人抬着几个陶罐，抱着小羊，牵着大羊，艰难地往回走。小黑一直在他们的周围上蹿下跳。寂静的森林里偶尔有花蝴蝶飞过，放肆地落在他们的陶罐边沿上，跟着他们一起走一会儿，这让小羊和小黑都吃惊得睁大了眼。

"瞧，蝴蝶，良！"

"嗯，会跳舞的蝴蝶，渚。"

8

　　日子一天天地过着，小羊在长大，它几乎整天和小黑黏在一起。渚和良的生活物件儿在逐日地增加，树屋里一字儿摆着他们新做的陶罐，陶罐上面有渚刻画的羽神、鱼等各种图案。他们用陶罐装水和食物。中间良又熬了几次盐，可都失败了。良没有找到更好的盐地，所以他们把熬出的盐水也装在罐子里。

　　"渚，我们得去找盐地，盐水不能随身携带，用起来很不方便。"良看着自己熬的盐水说。

　　"良，上次我们是因为看到山羊吃土才发现了那块盐地，只要跟着山羊，我们就可以找到新的盐地。"渚说。

　　"是的，可是这段时间，我们一直待在家里做陶罐、编藤筐，又用羽毛做被子，很久没去狩猎，失去了山羊的踪迹。我们要去找找看。"良说。

　　"那块盐地肯定不是唯一的，我们边狩猎边找吧。大山羊吃完了，我们该狩猎了。"良说。

　　"小山羊还要养吗？"渚问。

　　"再养养吧。就装在藤筐里，吊在树上，由小黑看着。我们去狩猎，去找盐地。"良说。

"好吧，那就吊在藤筐，让小黑看着，希望它不要啃断藤筐掉下树。"渚有些担心调皮的小山羊。

"别担心，你看我新做的箭矢和飞石索。我很想拿它们去试试。"良说。

"飞石索？你以前没做过，我也没在部落见过，是你新发明的吗？"渚看着良的新武器，只见绳子上绑着几个石球，渚不知道该怎么用？

"这种飞石索，是那天我们捕捉山羊时想到的。我当时把山羊的腿给射伤了，后来山羊虽生了小羊，那伤口却治不好，所以我们没养多久就把它吃了。"

"有了飞石索，我们可以用它击中动物，这样不会留下伤口，动物也不会因为伤口感染而死。"良说。

"良，我们不能喂养其他动物了。我们没地方养，只能短期饲养它们，然后再吃掉它们。我们不能让它们成为累赘。"渚已经害怕养山羊了，走到哪儿都要赶着。尤其是小羊，自打它妈妈死后，它老待在树屋里，这让渚很痛苦。好在有小黑看着它，不然它早摔下树了，可是关在树屋里它又喜欢乱啃，现在不得不每天把它吊在藤筐里。渚觉得每天对着一块移动的肉太费心思太折磨人了。

"良，我们把小羊吃了吧。"有一天晚上小羊在藤筐里叫，渚听着实在觉得凄惨，就对良说。

"可是，渚，小羊还有点小，抵不上两只兔子肉多。我们可以再养大点，等打不到猎物的时候吃。"良说得很有道理。

"好吧，良，如果小羊能拴在树下多好啊。"渚觉得把一只羊养在树上太费劲了。

"可是会有野兽吃掉它。别纠结了，渚，等它大一些，我们就吃掉它。"良说道。

"好吧，等它长大些，我们做出盐就吃它。"渚有些憧憬用盐炖的山羊肉。

"渚，这些小箭很实用，你也用得很好，我们多带一些。我们两人力量有限，不能捕杀大型动物，只能射杀兔子等小动物。"良说。

"可是等天冷了，我们需要一些大的皮毛，所以山羊还是要捕捉，猛兽就算了，太危险。"渚说。

"好的，渚，就按你说的做，我们出发吧。"良说道。

"好的，我们背上皮袋和藤筐。"渚递给良皮袋和藤筐，自己也带上了皮袋和藤筐。

"良，我们住在这片林子中也有些日子了，既没有碰上猛兽，也没有碰上其他人，这是怎么回事？"渚问。

"部落里狩猎常走熟悉的路线，这几年诸神护佑，山里动物数量多，又不怎么害怕人，所以猎人根本不用跑到这深山里来狩猎。至于猛兽，还是有的。只是猛兽品性高贵，人若不犯它们，它们也不会侵犯人。我们又有火，所以它们躲开了。"

"真是诸神护佑啊。"渚说。

"诸神慈悲，让我们今天找到山羊的踪迹吧。"良说。

"会的，找不到山羊，还会有别的动物。我们自己也可以去找盐，林子里的活物都要吃盐土的，只是我们自己不敢尝，得看到其他动物尝过了才能收集盐土。"良说道。

"那我们直接去找盐土吧，找见盐土后守着，看有没有其他动物来吃？"渚说。

"这样也好，听说有一种盐，它直接从岩石上长出来，白白的。我们用竹刀割下来就行。"良边走边说自己对各种盐的了解。

"那我们要去有山岩的地方吗？"渚问。

"还有一种盐，长在土地上，也是白白的一层。"良继续补充。

"良，你看，有山羊的蹄印。"渚看着突然从草地上露出的蹄印说道。

"嗯，是山羊的蹄印。我们顺着山羊的蹄印走，或许就能碰见山羊和盐地了。"良说道。

"好，我们追。"渚说。

"嗯，顺着这个方向。"良仔细辨认了一下地上的蹄印。

两人匆匆地往前赶，不时地辨认一下地上的蹄印。因为一门心思想要找到盐，他们对不时出现的惊慌失措的兔子都没有理。心想若是找到盐，就要背盐土，没有那么多精力，并且两个人身上带着熟肉，饿了不用烤肉吃，节省时间找到山羊更重要。

"良，以后我们出来时，都带上熟肉，这样就不用生火浪费时间了。"渚说。

"是的，这样我们可以打到更多的猎物，做更多的事。"良边看着远处边说。

"你看，渚，我们快到山岩下了，看来山羊真的去了山岩那边。你看！地上的蹄印越来越清晰。"良说。

"咔嚓！"渚踩断了一根枯枝。

"小心点，别摔倒。"良搀了一下渚。

"良，我们会不会碰到其他动物？"渚问，她有些忐忑，这

249

一次他们跑得比较远。

"也许会，也许不会。前面的山羊没有被惊散，说明周边没有特别危险的动物出现，要有也是非常聪明机警的，比如花豹。"良低声说。

"花豹会出现吗，良？"渚有些担心，他们只有两个人，面对一只花豹实在有些力不从心。

"不怕，花豹一般不会攻击人。花豹很聪明，供它吃的动物很多，一般情况下它不冒险。我们的响箭和号声可以吓走动物，再说，我可是杀过三只花豹的猎人，你怕什么？"良笑起来。

"对，你是羽神的子民，羽神会保佑你的。"渚也笑起来。

随着草皮变得浅显，他们看到了裸露的山岩。这里的山岩上几乎寸草不生，上面泛着白色的晶体，在太阳下闪着光。

"盐，良。"渚惊叫了一声。眼前就是大片的盐，渚说着就用手抠了一小块想往嘴里放。

"不要！"良阻止了渚。

"这是盐，良。"渚有些不解。

"渚，这是盐不错，但是你看，这上面有山羊的粪便，山羊并没有停下来。山羊不舔的盐肯定有问题，我们也不能吃。我们要去找山羊舔过的盐。"良耐心地说。

"对，山羊不吃的东西，我们也不能吃。"渚恍然大悟。

两个人继续沿着山羊留下的羊粪往前走，良断定山羊就在前面。这里有些羊粪是新鲜的，有些是旧的，说明山羊常到这山里来。不为吃草，也不为喝水，那肯定是为了舔舐盐土。

"嘘。"良看到渚提醒他不要发声。两人藏在一块山石的后面，往远处看。

不远处有一大块山岩，呈纯白色。四周其他的山岩呈灰色、褐红色或黑褐色，各种色彩的山岩在阳光下闪着光，给人一种眼花缭乱的感觉。而那一片白色的山岩上，有一群山羊正在低头舔舔。

"诸神慈悲啊，不仅赐予了山羊这么好的盐，还赐予了我们这样好的盐。"良说道。

"走，我们去采盐。"渚激动得等不住了。

"再等一等，待这些山羊离开，我们再采。至少等他们舔够。反正我们今天不捕杀它们，只要盐。是它们带我们找到了盐，我们应该感谢它们。"良眼中充满感恩地说。

"好的，我们等它们舔够了再采盐。正好坐在这里休息一会儿。"跑了大半天，两个人趴在山石的后面，一边警惕地看着四周，一边观察着山羊。

"渚，你看。"良忽然轻轻地说。

"啊！"渚瞪大眼看着。

在离他们较远，但又靠近山羊的地方，一块岩石的后面竟然趴着一只花豹。只见花豹正轻轻地匍匐前进，悄悄地靠近山羊群，山羊们低头舔盐，对即将到来的危险一无所知。

渚搭起箭，准备射杀花豹。

"嘘！"良握住了渚的箭。太远了，良知道射杀不了，还会招惹麻烦。

两人紧张地趴在山石的后面看着。花豹真不愧是最聪慧的动物，只见它悄悄爬近，忽然纵身跃起扑向羊群最边上的一只，快捷狠准地扑倒。山羊几乎没有任何的挣扎，就被一口封喉，山羊的腿蹬了两下就毙了命。边上其他的山羊这才明白过来，四下里狂奔逃跑，但花豹一动不动，只是咬着口中的羊。

顷刻间，山羊们风一般消失得无影无踪，花豹叼起不大的山羊往一侧山石那边跑去。良冲天放了一支响箭，花豹奔跑的身影顿了一顿，就闪电一般地奔跑离去。

"良，为什么不射杀花豹。"渚问。

"继续放响箭。"良说着，又嗖嗖地放出去几支箭，渚也赶紧跟着放。

紧促刺耳的响箭声在呼啸，表示人类就在附近狩猎，周围的动物悄悄地隐退，花豹叼着山羊急速地蹿向了山岩的更深处。

"走!"良拉起渚快速跑向那块白花花的盐岩。

"良，这个盐可以直接吃吧。"渚看着纯白透亮的盐块问道。

"可以，我们最好背回去熬一下再吃，有很多动物在上面舔过的。"良说。

"好，我们赶紧采盐吧!"渚说着拿起一块石头开始砸岩盐。他们俩怎么都没想到会找到一块盐矿，没有带相应的工具，只好拿石头敲下那些盐块。

"渚，不用敲很多。这么多的盐，我们吃完了可以再来。"良看到贪心的渚把皮袋装得满满的。

"不，良，能背多少就背多少，尽量多背些。这个地方太远了，还有花豹，我们最好把这辈子的盐都背够，能不来就不来。谁知道这里还有什么猛兽?"渚一想到大石头后面潜藏的花豹就感到害怕，催促良快一点儿。

"良，快一点儿，我觉得有双眼睛在盯着我们看。"渚觉得自己这会儿就像是一只暴露的山羊。

"你说得对，我们快点背一些就走，这里应该是很多动物舔盐的地方，遇上了麻烦。"良一边快速地砸盐，一边快速地往皮袋里装着，装满皮袋后，又往藤筐里装了一些大块的盐，两人感觉差不多了，背上后就匆匆离开了。他们一边走一边放着响箭，以惊退周围潜藏的动物。

9

　　"良，这么多的盐，我们往哪儿装啊？"渚看着良熬的那么多的盐水说道。良把含着水分的盐浆倒在干净的木槽里，说是要让太阳晒干让风吹干，只要水分一干就可以装在陶罐里贮藏起来了。

　　渚有些发愁，若是把所有的盐块都熬成浆，再晾干水分，他们就需要做很多木槽，况且陶罐不够周转。

　　"聪明的渚啊，你怎么变笨了？我们可以边吃边熬啊，这些岩盐块可以直接放在陶罐里贮存的。只要不被雨水冲走，我们任何时候都可以把它们熬成好盐。"良被渚的焦虑逗得大笑起来。

　　自打盐块背回来后，两个人就为了熬盐又是做木槽又是背柴，准备了好几天。想出用木槽晒盐的办法也不容易，他们想过用山羊皮的背面，又担心盐把山羊皮浸透，山羊皮就不能铺盖了，他们也想过要用大的植物叶子晾盐浆，可是又怕好不容易背回来的盐淌到土里去。后来良看到自己做的勺子，就决定做木槽来晒熬好的盐。两人一边狩猎一边寻找可以做木槽的枯木。几天后，他们才找到了两截被风吹倒或被雷电击倒的大木头。又经过几天的雕凿打磨，才有了两个简单粗糙的木槽。

"良，现在我们有了盐和陶罐，有了武器和工具，我们还需要一个火塘。家里有一个稳定的火塘，火神也会保佑我们的。"渚一边把盐浆倒在木槽里，一边看着散落满地的柴火说道。火塘一直是渚梦寐以求的。

"是的，渚，我们不仅需要一个火塘，还需要一个围着火塘的坚固的屋子，这样不论何时我们都可以生火了。光有个火塘，刮风下雨太阳晒的也不妥，我们需要一个永不熄灭的火塘。"良说的时候，太阳正晒在他的身上，加上火烤，他古铜色的胸肌上有汗水正往下淌着。

"是的，良，我们需要一个永不熄灭的火塘。有了它，火神一定会保佑我们。"渚向往地说。

"会有的，一切都会有的。"良像个无所不能的天神一般说道。渚认真地看着他。

"良，你真是羽神护佑的勇士，总是给我无所畏惧的感觉。"渚把自己内心的感觉向良表白道，且在心里感谢诸神赐予自己一个优秀的男人。

"渚，你是上天给我的恩赐，因为你，我才发现和创造了这一切。"良说道。

"没有遇到你之前，我只想成为猎杀花豹的勇敢猎人。直到遇见你，我才明白，我猎杀花豹是为了你。我要把花豹的牙齿给你戴上，我要和你一起狩猎，一起采摘。"良继续说道。

"若不是为了你，我也不会想到逃离部落，不会有树屋，不会坐在这里熬盐。渚，这一路的艰辛和凶险，因为你而变得富有意义。我们一直以为离开部落会无法生存，可是我们现在生活得很好。我想有一天会有更多的人为了心爱的女人和心爱的男人，和我们一样独自生活在树屋里。"良说的时候，满脸的深情。

"是的，良。会有很多人喜欢生活在树屋里，他们和我们一样，怀有挥动翅膀的想法，因为我们的祖先是羽神，生活在大树上。良，我们编制的羽衣，一定是羽神给我们的启示。羽神不仅给我们带来温暖，还给我们心里添加了一双翅膀。"渚动情地说着。

一段逃亡、一段独立的生活、一段和大自然的拼搏、一段自由纯粹的爱情，让渚和良对生存和生活有了不同于部落里族人的想法，他们面对凶险的大自然，心里已经扑扇着自由的翅膀，无所畏惧地开拓创新，已经尝到了独立生活的幸福。

"良，你看，有些小颗粒出现了。"渚喊了起来。

阳光下的木槽里，那些盐浆被晒得蒸干了水分，已经结晶成一块块白亮的晶体，散发着美丽的奇特的光晕。

"渚，用木棍捣开它们，别让它们板结在一起，这样吃的时候才是一粒一粒的。"良拿着一根棍子示范。

"我要把这些盐块统统化开熬成水。这样我们的盐里就没有山羊、花豹和各种动物的口水了。"良愉快地搅动着陶罐里的盐块。

"良，这些干盐粒可以装在陶罐里了吗？"渚用手摸着那些粗盐粒问。

"可以啦，干了就可以啦！"良看到渚开心的样子，自己也无比开心。

"良，你听！"渚两只手捧着盐粒往陶罐里倒，发出哗啦哗啦的声音，像是欢快地找到了归宿一样。

"良，我们终于熬出自己的盐了。我们出去狩猎时可以带些盐巴啦。"渚愉快地喊着。渚的叫喊声吸引了不远处守着小山羊吃草的小黑。小黑快速地爬了过来，看看渚，又看看木槽。渚拿起一粒盐，塞到了小黑的嘴里。小黑一下子上蹿下跳起来，太咸了！一条蛇怎么能一下子吃掉一粒盐？小黑唰地把头扎进了边上的水罐里，好一会儿才抬起来，接着嗖一下就逃跑到小山羊那边去了，整个下午它都没再过来。

"渚，今晚我们吃什么？"熬了一天盐了，良看看西斜的太阳，真有些饿了。

"我们烤兔子、熬菌子汤。树那边长出了新的菌子，我这就去采。"渚说着就跑到不远处的草丛下采菌子。自从学会了辨认菌子，她喜欢餐餐都有菌子吃。

"诸神慈悲，万物有情，总是长出鲜美的食物供我们享用。"渚边采边虔诚地唱着，她的心里充满了对诸神的感激。

"良，今晚我们就可以用盐巴炖汤烤肉了。"渚眉飞色舞地说道。

"渚，你真是个美丽可爱的女人，诸神愿意把一切美好都赐予你。"良看着开心的渚由衷地说道。

"阿妈说过，美好和幸福总是追随善良而勇敢的人。你就是善良勇敢的女人。"良发自内心地赞美渚。

"阿妈说得真好，美好和幸福总是追随善良勇敢的人。良，你就是善良的人，你也是羽神护佑的最勇敢的猎人。"渚扑闪着大眼睛说。

"渚，这是最后一罐盐浆。你把干的装起来，再把这些晾在木槽里，我们就可以烤肉炖菌子汤了。"

"良，趁着太阳好，我们这段时间要多晒些干菌子，贮藏起来慢慢吃。现在是贮藏菌子的好时间。"渚一边把淘好的菌子放进罐子里，一边说。

"好的，我们每天一有时间就去采菌子。渚，我还看到树林里有野蜂巢，可大了，我们得去把蜂蜜采回来。你看我们的陶罐可都闲着。"良往火堆里加了一些柴火。

"渚，你来，在汤里撒上几粒。"良端着盐巴罐子递到渚的面前。这是他们新制的盐，他想让渚放进汤罐里，他觉得这个第一次很特别。

"嗯，良，我们的盐巴，我们的菌子汤，一定是最鲜美的。"渚放了几粒盐进去，轻轻地搅动，鲜美的味道随着搅动弥漫开来。

"渚，你闻，真香！"良陶醉地说。

"是的，真香。马上就好了！"渚把勺子递给良，去取吃饭的陶盆。

陶盆是渚自己做的。渚的上面是一条鱼，良的上面是一根骨头，两个陶盆一样大。渚做的时候，良笑着说"两个不够，要多做几个"，渚有些不明白。

"良，为什么要多做几个？"渚问。

"因为我们会有宝宝，你看山羊都会有宝宝。"当时良说的时候，小山羊正在水泡子边的草地上吃大山羊的奶。

"良，你真坏！"渚一下子害羞了。

但是害羞归害羞，渚还是多做了几个小陶盆。渚也觉得他们会有小宝宝，只是不知道哪一天会有。

"渚，汤好了。我来烤肉，你给咱们舀汤，我有些饿了。"良说道。

"好喝吗？"渚看着良喝了一口汤。

"好喝，你也喝！"良让渚快点喝。

两个人边喝汤边在火上烤着兔子肉。良发明了一种新的烤法，他不用再用手举着兔子烤了，而是把兔子穿在一根松枝上，架在火堆的木架子上面，边烤边转动松枝，这样省力多了。不一会儿，兔子肉就滋滋地冒着油。火苗顺着油使劲往高处蹿，舔舐着架子上的兔肉。

"渚，撒些盐在上面。"良说道。

"良，这盐粒太粗了，没法撒啊！"渚看着小石子一般的盐粒，有点为难。

"嗯，是个问题。我想想，怎么把它弄成末？"良说道。

"用石头砸。"渚说。

"对，用石头砸，先砸一点儿。等吃饱了再多砸一些留用。"良说道。

良拿着两块石头开始砸，可是盐粒一下子飞溅出去了。良取了一块晒干的兽皮包了几粒盐，再用两块石头对着砸，这次不几下就砸好了。

"给，成末了，可以撒了。"良手中有一大撮盐末。

"这下可以撒了。良，你翻一下肉，我给两面都撒上。"渚细心地撒着盐末。有些盐末落在火里，噼噼啪啪地响着。

"好馋人啊！"良看着油汪汪的兔肉说。许是因为撒了新盐，许是因为新盐落在了火里，许是因为饿了，渚和良看着火架上的兔肉觉得它们比哪一天的都香。

"你看小黑，馋得都不像一条蛇了。"渚吸溜了一下口水。小黑也正看着兔肉，大张着嘴巴。

"这条懒蛇，自打吃过烤肉，自己就不去找东西吃了。"良说道。

"那天给他一只树蛙，它居然不理。真是条懒蛇。"渚也说道。

　　"不仅是一条懒蛇，还是一条馋嘴蛇。你看它的口水。"良看着小黑哈哈大笑起来。

　　这时小山羊咩咩地叫了两声，小黑嗖地蹿了过去，用它的胖蛇尾轻轻地抽了一下小山羊，小山羊就低头吃草去了。小黑又嗖地蹿了回来守着烤肉。

　　"哇，这条蛇太馋了，守着吃肉。"良哈哈笑着说。

　　"给它一块吧，瞧它馋得。"渚说道。

　　"好的，小黑，来吃肉。"良撕了一块放到小黑嘴边。

　　"怎么样？小黑，撒了盐末的肉是不是很香！"渚边吃边问道。

　　"你说香不香？"良把一块肉喂到了渚的嘴里。

　　"还要吃。"渚撒娇地张着嘴等良再喂自己。

第六章

孕育

　　大巫师来到门口时，看见一条大蛇盘在门口，边上是一个用花豹皮裹着的孩子。

1

夜色褪去，晨曦轻轻地晃醒了两个梦中人，渚听到屋外的小山羊在咩咩地叫着。她看着身边的良，良也正看着她。

"不想动。"渚说。

"我也不想动。"良说。

"咩——咩——咩——"小山羊起劲地叫着，它可不想再被关在藤筐里吊着了，它想被放到草地上去吃草。

"你听，小羊在叫。"渚说。

"那就起床吧，不然它会啃坏藤筐的。"

"良，我们今天做什么？"

"今天开始建我们的火塘屋。"良捧着渚的脸说。

"良，我们建一个什么样的火塘屋？"渚问。

"我要建一个能永远燃烧的火塘，建一个你从没见到过的坑屋。"

"坑屋？"渚有些疑惑。

"是的，坑屋，牢不可破的坑屋。"良说。

"建在大树下面吗？"

"是的，就建在我们树屋下。"

树屋下，良和渚架起火，在陶罐里炖上了兔子肉和菌子，然后把小羊拴在草地上，两人就开始干活。他们要在大树附近挖出一个坑。

"良，为什么要建一个坑屋?"渚问。

"因为我们已经有了树屋，还需要一个永不熄灭的火塘屋。我觉得坑屋比较安全，火神不容易发火。"良一边挖土，一边说。

"我们的坑屋大吗?"渚问。

"不大，刚好够我们的陶罐们和我们自己住下。小黑和小羊只可以在门口看看。"良笑着说。

"那不急坏它们?"渚笑起来。

"它们谁先进来，我就先炖了谁，你看小黑肥得?"良比画一下，又开始挖土。

两个人拿着锋利的石片连刨带挖，渚把挖出的松土用两手捧到坑外。良用尖锐的木棍不一会儿又挖出一堆土，两个人再用手捧到坑外。就这样，两人不辞辛劳地挖了半天，才挖出了一个不大的坑。陶罐里的兔肉早炖好了，两人都想着先挖好坑再吃。可是哪有那么容易，那一捧一捧的土堆得像个小山了，离他们理想中的大坑还很远呢。

"渚，以前在部落，人多力量大。一个坑，大家七手八脚很快就挖好了。没想到我俩挖了半天，才挖了这么一点儿?"良笑着，觉得他俩势单力薄。

"别泄气，以前人多，干活自然快。可是这个坑屋是我们自己的，我们不怕慢。我们每天做一些，肯定能建出我们喜欢的坑屋。"渚给良打气。

"张嘴,吃一个浆果。"渚把一个红嘟嘟的浆果喂到良嘴里。

"饿了吧?"渚看着满脸是汗的良说。

"有些饿,我们吃完了再挖。"良跳出小坑。

"良,你尝一尝今天的炖兔肉可有特别之处?"渚问。

"酸浆果!你放了酸浆果!"良喝了一口肉汤,就尝出了自己熟悉的酸浆果的味道。

"是的,良,加了盐和酸浆果的兔肉是不是很特别?"渚笑眯眯地等着良夸自己。

"你真行,渚,今天的肉炖得很美味,比以往都香。"良端着肉大口吃着,干了半天的活了,肚子真饿了。

"向你学习的啊!你能想出坑屋,我自然就要变着花样给你做美味。"渚调皮地说。

"工具,我们要是有好一点儿的工具就好了。"良一边吃一边思考。

"良,这个!"渚忽然喊道。

"什么?这个!"良看到渚把手里的小陶盆举在自己面前,眼前忽然就亮了。

"对,就这个,我们用陶盆挖。"渚说道,匆匆扒着碗里的肉。

"渚,天神保佑,你总是能想出好办法。"良开心地大口吃起来。

干活的速度更快了,土坑迅速地加大加深,良和渚手上的力气也省了不少。

"咔嚓!"陶盆碰在了坚硬的石块上,破了。

"良!"渚惋惜地喊道。

"没事，我们还可以再做。"良边挖边安慰渚。

"良，你看。"渚用破了的陶盆继续挖土，不想破盆却更好使。

"渚，破的陶盆比较锋利，挖起土来更快。"良觉得这是个新发现。

"渚，我们要烧制新的陶器了，还要制作新的木头工具，这样干活才会更快一些。"良心里有了一些新工具的模型。

"良，我们可以用藤筐把土装出去。"坑渐渐深了，用陶盆装土有点小。

"嗯，好的，我们用藤筐抬土。"良说着把陶盆里的土倒在渚拿来的藤筐里。

两人不停地挖着，挖出的土被堆在坑的四周垒成了坑壁。良和渚拿石头砸着坑壁，把它们夯实成土墙。

"良，你怎么想到要建坑屋的。"渚好奇地问。

"因为我们要生个永不熄灭的火盆，树屋里不可以生火，干栏房里也不可以。我们外出时，火盆没人照料，火神会发火的。若是建一个坑屋，不仅不会起火，而且火塘永不熄灭。"良给渚解释着。但是良没有说，这个坑屋的想法来自给溪水爷爷建的墓坑。

"良，你真是太聪明了，真不愧是羽神最勇敢的猎人。"渚由衷地赞美着良。

两人想尽办法挖着土坑，土坑四周的土也被他俩夯实。几天后，在树屋下，一个又深又大的土坑出现了。他们在土坑挖了台阶，同样用石块把它夯实了。

"渚，我们还要在土坑里铺上新的黏土，黏土烤干很坚硬，不会起浮土，这样干净。"

"如果再铺上石块就更好了。"渚说道，她希望自己的火塘干净牢固。

"良，我们歇一会儿吧。"渚为良递了烤好的肉。这是山羊肉，渚把羊腿架在树枝上，一边烤，一边小心翼翼地守护着火堆。火苗太狡猾，不是奄奄一息得快要灭掉，就是调皮得舔舐周围的草木，有一次差点儿引发大火。良和渚知道这是火神在告诫他们。火神是个暴脾气，他傲慢、高贵，要住在干净稳定的圣殿里。他们却一直没有一间屋供奉给他们敬重的火神。良和渚每天勤劳地挖坑，建着自己的坑屋。

"良，黏土背来很不容易，我们多加些石块吧。"渚不忍心良太辛苦。

"渚，火神是我们最亲的神，每天要为我们烤食物，我们应该给他最好的火塘。"

"嗯，良，我们的食物还多，我和你一起去背干净的黏土。"渚和良用石块砸着湿润的黏土，他们在土里掺加了一种有胶性汁液的植物，黏土和植物在用力的捶打下变得坚固，一堵黏土夯打的矮墙依着坑壁竖立了起来。

"良，我们用小石头铺地更好。"渚一边夯墙一边设计着火塘的地面。

"你是我们大湖最智慧的女儿，就按你说的做。"良愉快地接受了渚的建议，并在脑海里想象了一下铺着石块的地面。小石块铺就的地面没有浮土，他们烤火吃东西的时候就不会弄脏了食物。良觉得和渚一起离开部落是他最伟大的选择，他愿意为了自己所爱的姑娘违背族规。

"良，火塘就建在坑屋的最中间吧，这样伟大的火神的光就照亮了所有的地方。"渚扑闪着大眼睛，山泉般的笑声在森林里回荡，她仿佛已经感觉到了火神带给她的温暖。

"好的，渚。就把火塘建在最中间，让美丽的火苗燃烧在我们的坑屋里。我们在火塘周围放上树墩，然后我们坐在树墩上烤食物。"良看着自己美丽的妻子渚，对日子充满了憧憬。

"我们还要供奉我们的羽人战神。他一定不会嫌弃我们，他自由的翅膀带着他见过广阔的天地，他一定不喜欢被束缚在部落族规里。"良严肃地说。

"是的，良，战神的翅膀和力量使他拥有无限的自由。"渚满脸虔诚地说。

"渚，祈愿火神和战神保佑我们吧。"良说着跪在了自己正在建造的坑屋中间。渚跪在了良的旁边。他们大声地唱起了祭神的颂歌且跳起了祈福的牛舞。

良和渚模仿野牛的样子，尽情地舞蹈着，高亢的颂歌声里充满了他们对神灵的崇敬和期望被护佑的虔诚。石木相击的节奏渲染出一派神圣严明的气氛，神灵浑身散发着光辉，正端坐在两个虔诚之人的心上。

> 在遥远的大山的山顶上
> 伟大的诸神面目慈悲
> 嗷嗷　面目慈悲
> 他们行云布雨给万物使命
> 给凡人力量和智慧
> 嗷嗷　诸神面目慈悲
> 大湖里的鱼儿肥美
> 森林里野牛和山羊正在吃草
> 花豹披着闪电的皮毛

嗷嗷　诸神面目慈悲

火塘里永不熄灭的火苗

为我们驱赶黑暗和冰冷

带来鲜美的食物

嗷嗷　诸神面目慈悲

虔诚的凡人跪在神的面前

他们会人丁兴旺

他们会人丁兴旺

　　良和渚歌声高亢，一个雄厚辽远，一个婉转优美，两人边舞边唱诵着，祈盼诸神的护佑降临在他们新建的坑屋里。

　　良久之后，两人舞停歌罢，背上藤筐去捡石头。他们需要石头铺地，决定了要用光滑的圆石头镶砌在坑屋的地上。

　　对于两个人来说，夯墙和铺地是一项巨大的工程。土和石头都是从他们认为干净的地方背来的，在进行这项费力的劳动时，他们感觉到了离开部落之后自己力量的渺小。但是这并没有改变良和渚对爱情的坚守，反而增加了彼此的爱意。

　　"渚，你少背一些。"良把渚的石头取出一部分，放在了自己的藤筐里。良的藤筐已经很满了，渚看到良油亮的肩膀上有汗水淌着。

　　"良，你也少背一些。我们放下一些石头，再背一回。"渚捡出一部分良背的石头放在路边，等下次路过时再拾起。

　　良依从渚的建议，卸掉了一些石块。两人背着剩余的石头轻快地回到家。树屋和坑屋里洋溢着家的诱惑，他们喜欢在高高的树屋里分食野果，讲述他们伟大的羽人祖先。他们想象着在坑屋里燃起火塘，歌唱颂歌，赞美诸神，并给诸神敬上他们的猎物。树屋和坑屋是他们的爱巢。

  经过一段时间的艰苦劳作，良和渚终于有了牢固理想的坑屋。为了透光透气，良在坑屋的上半截留出了窗洞，且用坚实的木头做成了栅栏似的窗子。门不是很大，刚好够两人的出入。良用了一块巨大的木头来堵门，平时门口就只挂着山羊的皮子。房顶是用木头做的，他们用大的木头搭了拱起的顶，并用藤条盘编，再在上面盖上严实的树枝和蒲草，屋顶成形后，他们又盖上了一些泥土。

  在坑屋的中间有个石头砌成的大大的火塘，火塘边上摆着两个木桩用来坐人。坑屋里放着他们的陶罐、木柴和捕获的猎物。

  "良，我们点火吧。"渚拿着木柴跪在新火塘边。

  "嗯，渚，我们先向火神祈福，也向我们的羽神祖先祈福，感谢他们护佑我们拥有了这些。"良在边上虔诚地跪着。

  俩人跪在地上，心中默诵着感恩的祈祷。

  当火苗在火塘里欢呼跳跃时，渚架起了炖汤的木架，挂上陶罐，开始炖她爱吃的菌子汤。渚给陶罐里加了许多酸的浆果，又加入兔子肉。

  "渚，浆果太多了，会很酸。"良看着有些发愁。渚这段时间老爱吃酸的东西，他快受不了了。

  "良，你可以烤一些肉，少吃点炖肉。我觉得酸酸的味道很好吃。"渚有些陶醉地说。

  "你好奇怪啊，以前最爱吃咸的，现在又喜欢上酸浆果。"良一边烤兔子肉，一边盯着渚。

  "可能是酸浆果太多了吧。你看森林里到处都是，红嘟嘟的多诱人。"渚手里搅着汤锅，又吃了一颗酸浆果。

"咦咦。"良听着渚吃浆果的声音，酸得闭上了眼。

"我怎么就不觉得好吃?"良自言自语。

"我觉得炖肉放上几颗浆果就好，现在，你看你，放了那么多。"良低头烤肉，没看到渚的样子。

"良，我……"渚没说完，就往外面跑。

良一看，放下烤肉就往外追。坑屋外面，渚跪在草地上呕吐着。

"渚，你怎么了?"良紧张地问。

"别说话。"渚摆着手，继续呕吐，好像胃里有片江河在翻腾，非要奔涌而出。

"渚，喝点水。"良跑进坑屋端了一盆水出来。

"良，我饿。"渚喝了水，在草地上坐了一会儿，又觉得饿。

"汤应该炖好了，我们去吃。"良搀扶着渚。

"不要搀扶，良，我好了。"渚吐完就好了，一点儿都不想让良搀扶自己。

"渚，你到底怎么啦? 哪里不舒服? 为什么会吐? 是不是吃浆果吃坏了?"

"我好好的，刚才就是恶心了。现在又好了，我想喝汤。"渚一副很馋的样子。

"啊! 刚吐完就想吃。好吧，我们喝汤。"良担心地看着渚，怕她生病。

"别担心，吃吧，你看我不是好好的吗?"渚大口地喝着汤，又吃了一块肉，一副吃得很香的样子。

"那就好!"良也开始吃肉。

"良，我不行了。"渚又往外跑。

"渚，你到底怎么了？是不是吃酸浆果吃坏了？不然怎么总是吐？"良心疼地抱着渚。渚已经吐了好几遍，每一遍都翻江倒海。渚吓得不敢吃东西了，疲软地倒在良的怀里。

　　"良，我会不会是怀上了？不然好好的怎么会吐？"渚忽然说。渚躺在良的怀里忽然想起了自己的阿妈。阿妈怀着弟弟的时候，也常常蹲在外面吐，吐完也是喜欢吃酸浆果。

　　"阿妈，你为什么吐了？酸浆果很好吃吗？"渚当时很好奇地问。

　　"因为弟弟喜欢吃酸浆果。"阿妈拉着渚的手放在自己的肚子上。

　　渚一下子变得兴奋起来。良听完渚的话正在发愣，被渚摇晃了几下。

　　"良！肯定是小猎人在我的肚子里，他喜欢吃酸浆果。"渚喊了一声。

　　"真的吗？渚，真的吗？我们要有儿子了？"良激动得不知所以。

　　"是的，良，我们要有儿子了。我现在明白了，为什么那天晚上月亮挥动着羽神的翅膀飞入了我的怀里，是因为我们有儿子了。"渚想起了那个月光朦胧的夜晚。

　　　　圣山之上
　　　　诸神慈悲
　　　　赐我儿子
　　　　人丁兴旺

渚和良激动地跪在地上祈祷着。

"渚，你要吃一点儿，不然会饿坏儿子的。"已经好几天了，渚一吃东西就吐，这让良又担心又心疼。

"没事，良，我喝点汤，过几天会好的。你放心。"渚趴在火塘边的羊皮上，呕吐使她浑身无力，但她又觉得浑身涌动着一股力量，就在小腹处，绵亘不绝。那股力在萌动、在扩张，渚觉得幸福而踏实。她的手不知不觉地搭在自己的小腹上。

"嗯，等你不吐了，再好好吃。肉我给你炖在陶罐里。"良给渚把肉炖好。

"良，这些天，你一个人狩猎，要注意安全。等我不吐了，我们再一起出去狩猎。"渚有些担心。

"没事，我可是身经百战的猎人。再说，我也牵挂你，不敢跑远。我就在附近打打兔子、找找鸟蛋，或者到水泡子里捉几条鱼。我又不去招惹猛兽。你就不要担心了，这样会吓住儿子的。"良说道。

2

一些日子过去，渚渐渐不吐了，她的肚子快速地隆起，她每天都在欢快地吃饭。

"良，我要把吐掉的都补回来，这样我们的儿子才会长得健壮。"渚喝着汤，说。

"是的，补回来。我们的儿子应该喜欢吃肉，你再吃一块。"良给渚递了一块兔肉。

"良，明天捕鱼带着我好吗？我现在好了，可以采浆果、采菌子、采蜂蜜、收集还魂草，我可以做很多事的。我阿妈那时每天都在做事。我们要为儿子的到来多准备些东西，比如皮毛、干的菌子、蜂蜜，还有好多好多。"渚央求着良。

"好吧，那就带着你。"良无奈地说。想到水泡子离得不远，捕鱼也不是很累的事，让渚出去走走也好。

"嗯，良，明天还要收集一些羽毛。我们的羽毛编完了，羽毛做的衣服很漂亮，也要给我们的儿子做一件。"渚计划着。

"对，羽神。我们还要刻一块羽神的玉牌，给儿子戴上。羽神会保佑他。"良说，他想到了阿妈给自己的古玉。

"对，就用阿妈给的那块玉给儿子雕玉牌。"渚和良想到了一起，两人都想着要羽神和阿妈一起护佑儿子。

"渚，山羊也长大了，我们要不要把山羊杀了给你和儿子吃。这段时间我只能在附近打打兔子，很担心儿子吃不好。"良看着已经长大的山羊说。

"良，山羊要再养一养，等儿子出生后我们再吃。那时候我们要照顾儿子，有些日子是不能出去狩猎的。"渚想到儿子出生后自己会行动不便。

"也好，那这段时间我给咱们多打鱼吃，也可以做一些鱼干。我发现给鱼抹上盐，晒干了可以贮存，这样天冷时我们会有鱼干吃。"良说道。他看着渚的肚子，满心喜悦，又满心惆怅。眼看着天就要冷了，若捕不到大型的动物，他真怕儿子挨饿。

"别担心，良，我们不是晒了很多菌子吗？我们还可以再晒。虽说冬天会来，但兔子一直有啊，水泡子又不会冻上。你千万不能一个人去狩猎大兽。"渚有些担心良会一个人偷偷地去狩猎。

"咱家的兔子皮有很多了。我们把它制成褥子，给儿子做小衣服吧。"良说道。

"是的，我们要给儿子做皮衣、羽衣，还有雕玉。你在附近打打猎就行了，千万别一个人跑远，我现在可是行动不便。"

良和渚每天都在水泡子边打鱼、收集鸟蛋。好在这个水泡子鸟多鱼肥，每天他们都有丰富的收获。为了儿子的出生，两个人天天都兴高采烈地贮存食物。他们晒鱼干、晒兔肉、晒菌子。

有一次他们碰上了一群山羊，良用他的飞石索捉住了一只

小羊。可惜羊的头被飞石砸伤了，不一会儿就死了，良很开心
地给渚做着炖羊肉。

"那么大一群羊啊，良，都是我不好，肚子太大了，放跑了
羊群。"渚很不开心，因为自己行动不便，眼睁睁地看着羊群跑
掉了。

"没事，我们不是捉住了一只小羊吗？够给你和儿子补一补
了。"良安慰渚。

"那么大一群羊啊，你若不是为了照顾我，不用飞石索都能
追上。你跑起来像闪电一样，山羊怎能逃得掉！"渚抱着肚子很
无奈地说。

"吃吧，来吃吧。不要生气了，儿子会不开心的。"良说。

"哦，良。儿子蹬了我一脚。"渚开心地喊道。

"啊！让他蹬一下我。快，蹬一下。"良赶紧把脸贴在渚的
肚子上。

"哇，他也蹬我了，他蹬我了。"良的脸感觉到了轻微的触
碰，那是小生命对自己的回应。他在翻身或者在伸腿，他在良
渴盼的时候，回应了良。他在良的脸上轻轻地踢了一下，良幸
福得都要融化掉了。

又是一个月朗星稀的夜里，渚和良坐在火塘边雕玉。火塘
里的火把屋子照得像是白昼一样。渚在打磨那块小黑带回来的
玉，良把玉剖成了两半，一半交给渚。渚说要刻上羽神给良戴，
良说另一半也要刻上羽神给渚戴。

"渚，我要给你的玉刻上飞翔的羽神，让他给你自由和幸
福。"良说。

"我要给你的刻上战斗的羽神，让他护佑你狩猎平安。"
渚说。

"儿子的也刻上羽神。"良说。

"对,给儿子的古玉刻上月亮和飞翔的羽神,让他护佑儿子平安长大,长成神一样的勇敢猎人。"渚说道。

他们就着火光,心怀美好的祝愿和爱,在火塘边给自己心爱的人雕刻着护身玉。他们一起为还未出生的孩子雕刻,把美好的祈祷和祝福寄托在阿妈给的古玉上。他们希望孩子得到阿妈和神的护佑,他们相信阿妈会保佑他们,因为阿妈是他们智慧的大巫师。

雕刻完成的时候,月光水一般地漫过森林。渚和良举着雕刻好的三枚玉牌,在月光下许下自己的心愿和祝福。他们分别把玉给彼此戴上。

"渚,我们从跑出来到现在,有了树屋、坑屋,有了陶罐、盐巴,有了家,直到今天才给你一块你一直想要的玉,刻着羽神的玉。让你等久了。"良深情地说。

"不久,良,现在刚刚好。我们现在什么都有了,是诸神悲悯,护佑了我们。"渚笑着,摸着胸前的玉。好幸福啊,从一颗豹牙开始,到乘着春风呼啦啦奔跑,再到惊险的私奔,到两个人的艰苦奋斗,直到怀上儿子,渚觉得良和自己一直都浑身充满了力量。

"良,我们回树屋吧。"渚觉得月光莹亮的晚上,在高高的树屋里睡觉会做美梦。儿子就是那个晚上月亮挥动着羽神的翅膀投入了自己的怀抱。

高高的树屋门口,渚和良相拥着,看皓月当空。

"良,要是我们有翅膀多好?像我们的祖先一样,可以飞到月亮上或者山的那边。"

"渚,等冬季过去,儿子出生,我们就可以去山那边。那里有很多鹿，跑起来像风一样。"

"良，像风一样的鹿，也跑不过你。"

"渚，因为你，我像风一般奔跑。"

"良，月亮上的女神一定很美，很会狩猎，也很会耕织。"

"是的，渚，女神一定很强壮健美，不然她怎么独自生活？"

"良，我要变得更加强壮健美。我要为你打捞最鲜美的湖鱼。"

"渚，我相信你已经是大湖最能干的女人了。"

"良，月亮女神很孤单。"

"渚，别怕，我会一直陪着你。儿子也会陪着你。"

有一天，良狩猎回来，满脸的笑容，说自己发现了好东西。

"渚，还记得有一天我给你说，我发现了一棵大树吗？我说树上长满了果子，可是没有小动物吃，你说等等看。果然，我今天再去看时，那树下落了一层果子。有些果子在腐烂，我剥开烂皮，里面还有一层坚硬的壳。我又砸碎了壳，就发现了里面的果仁。"良开心地说。

"可是我没敢吃，我把它喂给了兔子。兔子吃了，现在还活着。我想我们发现了一种新的坚果。"良很兴奋，渚的肚子越来越大，他们需要贮存很多食物，如果坚果能吃，那将会给他们解决很多问题。

"良，再给兔子喂，我看它怎么吃？"渚紧张地说。

"好，你看。"良又砸了几颗，喂给了兔子。

"良，兔子吃得很香。"渚喊了起来。

"喂给山羊试试？不行，万一山羊死掉了呢？"渚又喊道。

"没事，兔子都没死掉。喂给山羊吃肯定没事。"良说道。

"不行，让兔子多吃一些。等等看，等到晚上如果兔子没死，就喂给山羊吃。"渚小心地说。

"好吧，听你的。"良有些着急，但为了安全，他还是选择等待。

吃了坚果仁的兔子一直没有要死的表现，甚至活蹦乱跳想要逃跑。渚还是有些疑心。

"会不会这种坚果兔子吃了没事，其他动物吃了会有事？"渚问。

"你等着，我再试试去。"良说完抓起一大把坚果仁，往树林里跑。

"良，你要干吗？"渚喊道。

"我去喂松鼠。"良回了一声就没影儿了。

当渚在家里等得着急的时候，良提着两只松鼠回来了。

"这是两只吃了坚果的松鼠。我把它们抓回来，继续喂坚果，若明天还不死，就多喂几天。如果几天都不死，就说明坚果无毒。"良说。

"好的，我来喂。"渚接下了这个重大的任务。她想一定得仔细观察后，才能确定。

"渚，我们做鸡吃吧，今天炖鸡和菌子。"良折腾了一天，有些饿了。

"好的，我们炖鸡和菌子。"渚答应着。

"良，我真佩服第一个吃菌子的人。"渚说了一句。

"可不是？现在这个坚果带给我们的感觉，肯定和第一个吃菌子的人的感觉一样。兴奋，满怀希望，又满怀忐忑。"良说道。

"他必定也是试了又试，吃了后又担心了几天。"渚也说道。

"良，如果兔子不死，松鼠也不死，我们再喂给山羊吃。如果山羊也不死，我们是不是就可以吃了？"渚问道。

"不可以，我们还要把吃过坚果的兔子烤熟了，喂一些给小黑。如果小黑喜欢吃，说明坚果真的无毒。"良说道。

"小黑是我们家的，不能让它试吃。"渚叫道。

"小黑有灵性，若有毒它不会吃的。小黑不吃，我们也不吃。"良说道。

良说的时候，一直在火塘边砸坚果。他需要好多坚果做试验，所以，他趁着和渚做饭，就剥一些坚果仁。

良把坚果仁放在火塘边，砸的时候有坚果仁蹦到火塘里去了，发出毕毕剥剥的燃烧声，还散发出一股奇特的香味。

"这坚果燃烧的味道好香啊。"渚不由说道。

"是的，可是还是等等吧。"良边砸边说。

火塘边堆了许多坚果仁，这些果仁遇热散发着诱人的香味。小黑从门口爬了进来，它一定也是被香味吸引了。

只见它爬到坚果仁边上嗅着。渚害怕它一不小心吃了，就说："良，把小黑拉开，它太馋了。"

"真是条不要命的蛇啊！"良把小黑抱开时，小黑却大口一张，把那些果仁全吞下去了。

"诸神保佑啊！希望小黑不要出事。真是条馋嘴蛇！"渚跪在地上为小黑祈祷。小黑是她的看家蛇，和他们同生共死过，她可不想小黑死掉。渚都有些发疯了，她不停地为小黑祈祷。

"渚，别着急，听天由命吧。希望诸神保佑小黑。它可是一条有福气的蛇，它不会出事的。"良也把小黑看成了家中的一员，很为小黑担心，但他看到渚担心的样子，还是安慰着渚。

"对，小黑是一条聪明的蛇，它不会吃有毒的东西。"渚抱着小黑不放手，这让小黑有些难过，她抱得太紧了。

"渚，不会出事的。万物皆有灵，你看兔子没事，小黑也不会有事的。我们吃东西吧，生死由命，不要担心了。"良劝渚吃些鸡肉。

"也只有等了。如果它们明天都好好的，说明诸神在护佑我们，要赐予我们新的食物。"渚说道。

3

"渚，你看，小黑、兔子、松鼠都好好的。"良欢喜地喊着。

"良，看来真是诸神慈悲，赐给了我们新的食物。"

第二天早上，良看到小黑攀在树枝上，胖尾巴轻轻地抽打着山羊的藤筐。又看到坑屋里的兔子和松鼠也好好的。若不是坑屋太小，良开心得能跳起来。那么多的大坚果，如果都运回来，可够吃一阵子了。

"渚，我今天就去把它们背回来，每天打猎的时候也背一些回来。现在我先吃一个，尝尝是什么味道？"良一边说一边砸开一个坚果，仔细地取出里面的果仁。

"嗯嗯，渚，好吃！怪不得小黑一口吞了。"良吃了一个，就被那种清香的带着少许油味的新鲜口感给陶醉了。

"良，是不是在火边烤一烤更好吃？"渚想到昨天坚果在火塘边散发出的香味，建议良烤热了吃。

"这坚果定是没有问题的，但为了儿子，你先别吃。我吃了若没事你再吃。"良很小心地说。

"嗯，听你的，诸神保佑你会没事。"

那天，良吃了好几个坚果，又和渚一起烤了肉。吃饱后，良本来打算去森林里打猎，可是，渚却拦住了他。渚始终放心不下，担心这新的食物会有什么不好的反应。

"良，今天你就别打猎去了。在家里熬一熬盐，整理一下柴火。山羊把藤筐又咬破了，你补一补藤筐，再做几个筐子，用来装新鲜坚果。"渚拿了一大堆事来阻拦良出门。

"好吧，渚，我今天就在家里熬一些盐，做一些藤筐，顺便再整理柴火，都听你的。"良看出了渚的担心。

那一整天，渚和良都在家里干活。渚的肚子很大，行动已非常笨拙了。

"渚，你就别动了，我来做。"良有些担心渚的肚子。

"没事，我得好好活动，不然儿子会不舒服的。你多多地准备柴火，多熬些盐。等儿子出生了，你就忙不过来了。"

"不会，儿子出生后会帮我干活。我要教他打猎、熬盐，把我会的都教给他，他也会成为勇敢的猎人。"

"你呀，我现在行动越来越困难，狩猎、打柴、采集，都得靠你了。虽说我们贮藏了一些食物，但是多一些总是好。可你一个人出门狩猎，我还是不放心。"

"怎么？渚，你忘了我是猎豹的勇士？你忘了我有很多森林生活经验？别担心，我们不打猛兽，只打些小动物度日。"良说。

"多编几个藤筐，我每天都要去收集一些坚果。你看，渚，一天都快过去了，我好好的。而且我想再吃几个，实在很好吃，怪不得兔子和松鼠都喜欢。"

"良，你看松鼠长大了，尾巴毛茸茸的，真好看。"渚想起良曾经为她捉松鼠的事。那时候，她好喜欢松鼠的大尾巴，想着用它做装饰。

"渚，你若喜欢，我就给你捉几只。现在松鼠的尾巴已经很大了，可以做围脖了。"良说道。

"良，松鼠太灵巧，且只能用来装饰。我们还是多打兔子、山羊这些能吃的动物。它们捕捉起来也安全。"渚说。她总担心良一个人出去打猎。

"好的，都听你的。等儿子出生后，我要好好地活动一下筋骨，打几个大家伙来庆祝。"良笑呵呵地说。

干了一天的活，傍晚时候，渚和良在火塘边熬着一罐肉汤。渚吃着浆果，良在砸坚果，他把坚果仁放在火塘边烤着。那些被火烤过的坚果仁放在嘴里香脆可口，良都迷恋上这美味了，他打算把坚果都捡回来，每天晚上坐在火塘边烤着吃。

小黑在边上眼巴巴地看着，良朝自己嘴里喂一下，小黑的脖子就伸一伸。渚被它逗笑了："良，你就喂它一颗。"

"它嘴巴太大，已经喂好几颗了。这条大笨蛇，连个坚果都不会砸，还要我砸着喂，我怎么填得满它的嘴巴。"良无奈地说着。

"我帮你砸。多砸一些，让它美美地吃一口，它就不馋了。"渚说着也砸起坚果来。

"良，闻着太香了，你看你吃了也没事，我尝一尝吧。"渚有些忍不住了。

"好吧，这么美味，你尝吧！火烤过的更香，你吃。"良给渚喂了颗烤过的坚果。

"良，果然好吃，一嘴的香。"渚叫了起来。

天气越来越冷，晚上睡在树屋里都有些凉了。渚的肚子也大了，上下树屋越发不便。良在坑屋的一角铺上了山羊的皮子，两人索性就住在了坑屋里，把要贮存的肉干啊，盐啊，菌子，统统放在了树屋里。这样，坑屋里整天煮着香喷喷的汤，炖着肉，烤着坚果仁。渚满心的欢喜，有一种岁月静好的感觉。

"良，我觉得守着火塘温暖又幸福。你看，儿子又在踢我。"渚欢喜地摸着肚子。

"渚，我想猎一只大型的动物。你看，天冷了，你和儿子需要补充更多的肉食，这样好过冬天。"良若有所思地说。

"不要担心，我吃得够好了，咱们不是还有各种肉干吗?"渚不想让良一个人去狩猎。

"好的，渚。我每天出去背坚果、打小动物时，我要把你的门堵上。我给屋顶放上了暗箭，还撒上了腐尸粉，这样就不会有动物攻击你们了。你一定要待在坑屋里，加大火，不要出门。"良看着渚的大肚子，很担心自己不在时渚的安危。

"好的，都听你的。"渚温顺地说。孩子就快要出生了，她满心欢喜，也害怕有危险，所以对良的话言听计从。

又过了一些时日。那天早上醒来，渚觉得自己要生了。她给水罐里灌满了水，放在火上烧热，又给自己和良炖上了肉汤。

"良，我觉得儿子就要出生了，你去把山羊杀了吧!用山羊祭拜诸神，护佑我们一家平安。"渚一边收拾皮毛，一边装热水，还把一些柔软干净的植物纤维准备好。

"良，这只山羊我们养了好久，现在总算是派上用场了。等再碰到小羊，我们再养一只，小黑就不寂寞了。"

良杀山羊的时候，小黑嗖地跑掉了。小黑不止一次见过良杀山羊，但还是害怕看到和自己天天玩耍的山羊被杀。

"让它跑掉吧，过几天它就回来了。这么冷的天，别的蛇都冬眠了，就它一天到晚围在火塘边精神得不行。"良说道。

"渚，来，喝一些肉汤。我祭拜过诸神就把羊肉炖上，你和儿子好好地吃几天羊肉，这样就不冷了。"良给渚端了一碗汤。

"良，你快点，把火加大，我肚子疼。"渚叫了一声。

那一天，渚叫喊着、疼痛着、挣扎着，良在边上给渚加油，守护着渚。最后，随着一声响亮的啼叫划破森林，他们的儿子诞生了。

"渚，你看，儿子多么健壮。"良举着用温水洗过的儿子给渚看。儿子小小的四肢乱蹬着，头发乌黑，滴溜溜的大眼睛转着，小嘴巴翕动着，像是在找吃的。瞬间他又扯着嗓子哭了起来。

"良，把儿子给我，他饿了。"渚接过儿子，把他裹在柔软的兔子皮里，抱在怀中开始喂奶。许是吃了太多肉汤的缘故，渚的乳房异常饱胀，当儿子的小口一咂时，她一下子觉得轻松了。

"良，加大火，赶紧感谢诸神让我们母子平安。"渚躺在山羊皮上，一边喂儿子，一边催着良。

"好的，渚。我太幸福了，都不知该做什么了？渚，你真是太棒了，我们有儿子了。"良激动地一边搅着陶罐里的山羊肉，一边不知所以地说笑着。

能不开心吗？两个人死里逃生，藏在这森林的深处，现在又有了儿子。两人都觉得这是诸神悲悯，护佑着自己。这个健壮的儿子，肯定是羽神对他们的恩赐，因为渚曾梦到月亮挥动着羽神的翅膀掉进了自己的怀里。

"良，儿子好有力，是个能吃的孩子。"渚觉得自己要被儿子吃空了，她自己也饿了。

"良，我饿了，我要喝汤。"渚说道。

"好，喝汤。这小子不会把汤直接喝到自己肚子里吧？"良把汤晾温了端给渚。

接下来的每一天，良都不敢出去了。他陪着渚和儿子，给他们熬汤、炖肉、炖菌子、炖鱼干。很快，一个多月过去了，儿子长得很快，小脸一天一个模样。

"良，你看，他能听懂，还会笑了。啊，又撒尿了。"渚夸张地惊叫着。

"渚，你要多吃些，儿子还要吃奶。"良特意给渚熬了鱼汤，里面加了菌子和浆果。他还给渚冲了一盆蜂蜜水。良变着法儿想让渚吃好，这个女人比他的生命还重要，没有渚，他就不知这世间的滋味。

"渚，过些天我得出门给咱们打猎去了。现在山羊吃完了，你和儿子不能一天只吃肉干和浆果，你们需要新鲜的肉汤滋补身子，我至少去给咱打些兔子。"良说道。

"良，天冷了，动物都藏起来了。你出去要注意安全，我现在可以照顾好儿子了。"

"那好，你白天还是不要出坑屋，我不在的时候，你就待在屋里边。"良百般叮嘱。在冬天里，有些野兽找不到吃的，会攻击人类。

"好的，我会加大火小心的。咱们的坑屋非常牢固。"渚说。

"你看，我准备的小箭。如果有什么危险，我会从小孔里射箭。"为了让良放心，渚说道。

良无意中给门口的大木头上留了小孔，不想被渚这样利用了。良倒是很开心，他的渚现在已成了一个健硕聪明的女人，她已经学会各种生存技巧，他应该对她放心。

"好的，渚。你照顾好儿子就行，其他等我回来再做。"良说道。

几天后的一个早上，良吃完早饭就出门狩猎了，他想给渚和儿子吃上新鲜的肉。

冬日的森林里，寂寥荒芜。大部分动物躲在温暖的巢穴里睡觉，只有零星的被饥寒驱使的动物在隐蔽地游弋，寻找着猎物。良一个人走在森林里，警惕地四下张望，又细心地寻找着各种蛛丝马迹，山羊、鹿、犀牛、象、野猪，这些动物虽说难以捕捉，但相较于食肉的大型猛兽来说，良觉得还是可以征服。良相信自己的狩猎能力。

"花豹的爪印！"良看着一棵大树下裸土上的爪印自言自语地说。

"花豹出现在了这片森林？"良除了在背岩盐的时候，远远地见过花豹捕猎山羊的影子，在这片森林，良这是第一次看到花豹的踪迹。良的心头有些沉重，花豹是最有智慧的动物，它处于食物链的顶端，上树掏鸟蛋下河摸鱼无所不能。花豹的出现，意味着树屋和坑屋面临着危险。良决定要捕杀这只花豹，这样既可以给渚和儿子提供营养，也可以让他们的安全得到保障。

"花豹为什么会在这里出现？这块地方以前从没见过花豹啊。"良满心疑惑。

"花豹的出现，会吓跑这里的其他小动物。"良一下子明白了，为什么自己找了大半天还碰不上猎物。

良在森林里仔细地寻找着花豹的踪迹。可是大半天过去了，良再没有找见其他踪迹。他快速转去了水泡子边，捕了两条鱼就往家赶，一路上仔细观察着花豹的爪印，这让良浑身振奋。

良赶回家后，发现小黑居然回来了，正盘在火塘边温顺地看着儿子，胖尾巴一抖一抖的，撩着儿子裹着的山羊皮。

"渚，小黑回来了，别让它吓着儿子。"良一边做鱼汤一边说。

"它才不会吓唬儿子。一进门像冻傻了一样，趴在火塘边像是要把自己往熟里烤。烤了好半天，儿子一哭，它受到惊吓才蹿了起来，好在门堵着，不然又蹿没了。后来它发现我和儿子玩，才爬过来，然后就一直这个姿势，用尾巴撩着儿子。真是条傻蛇。"渚嘟嘟囔囔说了一大堆，她很兴奋，毕竟小黑回来了。

"回来就好，这么冷的天，真怕它冻傻忘了回家。"良看到小黑回来，也很开心。

"渚，今天出去没打到小动物，所以捕了两条鱼，今晚就吃鱼吧。再加点菌子和肉干。"良一边煮着鱼汤，一边和渚说话。

"天冷，不好狩猎。别着急，总会有的。水泡子里鱼很多啊，我们不用担心没吃的。"渚幸福地说。和良在一起，一家三口，吃什么渚都觉得好。

"渚，我今天发现了花豹的爪印。"良喝了一口鱼汤说道。

"花豹！良，一个人不要捉花豹，我不放心。"渚有些担心。

"别担心，是勇士就会遇见花豹，躲是躲不掉的。我必须找到它，不能让它威胁到你和儿子。"良冷静地说。

自那天之后，良每天都做了充分的准备来捕捉花豹，他甚至给坑屋加固了。好些天过去，良都没有真正看到花豹，但他总是发现花豹的踪迹。良觉得花豹也发现了自己，在和自己捉迷藏。这只花豹好聪明啊，良不由想起了那只逃脱的花豹，他相信若是再遇见那只花豹，自己能认出它的，因为它瞎了一只眼。而且那只花豹也很会捉迷藏，良想到这里的时候，不由得更加警觉了。

那些天，良满心只想猎花豹了，其他小动物碰上了就抓，也不贪多。碰不上他就去水泡子里捉几条鱼。他把注意力全部集中在寻找花豹上，花豹成了他的心事，他必须捕获它。他发现花豹和他一样，也在捕鱼吃，并没有因为这片林子小动物的稀少而离开。

"多么奇特的爱好啊，一只花豹，每天都在捕鱼吃！"良觉得很奇怪。

"它肯定也想吃了我。"又有一天，良在水泡子边找到了花豹在草丛里留下的痕迹。

"一大片草被它压倒了，爪子深深地按在土里，两眼看着我捕鱼的地方。它一定想吃了我。"良想象着花豹潜伏的样子，推断着花豹的心思。

"它一定想吃了我，它在跟踪和窥视我。"良在心里断定。

"我一定要杀死你。"良已经把花豹当成了必需的猎物，不杀死这只行为怪异的花豹，他觉得自己一家人都很危险。

"真是一只小心谨慎的花豹，不去狩猎，却跟着我转悠。"良在水泡子边一边转悠，一边想着。良这样想着，是因为花豹在偷窥自己，却不进攻。

一个晚上，良回到了家里。

"良，你看儿子是不是又长大了一些？"渚抱着健壮的儿子给良看。

"渚，我觉得花豹就在附近，你不要再出坑屋。"良逗着儿子对渚说。

"我听你的，不出去。你也要小心。"渚温柔地说。

"花豹最怕火，我们要把火加大。"

那天早上，天上飘起了雪花。从坑屋里往外看，外面的世界寂静洁白。渚和良饱饱地吃了一顿鱼肉，良就出去狩猎了。渚给良装了一些肉干。

"良，记得吃肉干，也许花豹已经离开了这块地方。"良对花豹的执着，让渚有些无奈。

良和花豹遭遇的时候，是在水泡子边。那时雪漫天飞舞，水泡子显得黯然而肃穆。那一天良走出家门后，堵好了坑屋，就直奔水泡子了。良没有再到处去找，他已经知道花豹的规律，花豹和自己一样在四处转悠寻找机会，所以他就直接去了水泡子边。

良想在水泡子边等花豹，就像花豹在水泡子边等自己一样，花豹只是怯于自己没有扑咬而已，而自己无论如何非得动手了。这一场雪后，如果花豹忽然走了，良会有一种遗憾。也许是为了渚和孩子，但更多的是一种对狩猎花豹的痴狂，这也许就是猎人的使命吧。

良隐藏在花豹每天喝水捕鱼的水泡子附近，任漫天的大雪把自己裹得和世界一色。良利箭上弓，又一字儿摆开一溜的箭。良想好了，如果能射杀更好，射杀不死就近搏，目的只有一个，就是杀死花豹。

花豹出现了，跟踪了好久，寻觅了好久的花豹真的出现了。花豹先是闪电一般地奔跑到水泡子边，站住后，并没有急着捕鱼或者喝水，而是四下看着。当花豹的头转向良的方向时，良心里明白了。瞎了一只眼的花豹看上去更加面目狰狞。

"就是它，果然是它，瞎了一只眼的它。它是觅仇的，它有意而为之，今天必须杀了它。"良嗖地射出了箭。

花豹显然是有准备的，但没想到良先它动手了。大雪盖住了良的脚印和气息，使它有些焦急，就在他们较量周旋了这么久后，良却借这一场大雪的掩护占了先机。箭射入了花豹的身体，但没有一箭致命。花豹瞬间转过身来，奔跑着扑向了良。

漫天的雪花中，花豹凌空而起，又迅疾落下，它的血在雪花中喷溅洒开，像绽放在雪白中的花朵般绚丽而动人。良从没有见过如此迷人的跳跃，轻盈、矫健、快速、果敢、义无反顾，像是梦一般地跃起，落下，再跃起。良又射出了一箭，是痴狂迎着痴狂的一箭。花豹无声地落下了，像是一个梦骤然地转换，从绚丽处经一番哗然再归于沉寂。良搭着箭往前跑，在花豹旁停下来，仔细地看着。它死了，它真的死了，居然没有交手就死了。良收起箭，蹲下身拉花豹，花豹却睁开了那只独眼，一张大口准确有力地咬住了良的肚腹。撕裂的疼痛点燃了良的愤怒，这只花豹用死亡欺骗了良，下这么大的赌注，就是为了将良一口毙命。

"你好聪明啊！逃跑了就别回来，回来了就走不了。"良心里对花豹说着。他用力地将那支珍贵的利箭插进了花豹的心脏，花豹缓缓地松开了嘴。

"你也死在这支箭上了，终究是要经了我的手去见你的一家。"良拍着花豹说。

"我也要经过你才能到圣山上。"良看着自己的伤口，想起阿妈的话。

"良，只有杀死花豹又死于花豹的人才会上圣山。"良包扎着伤口，阿妈的话响在他的心上。

这是良杀死的第四只花豹，一窝花豹中最后的那个。良把伤口包扎好后，就拖着花豹往家里走。下雪真美啊，儿子和渚一定在坑屋里炖好了肉汤等着自己吧！好在这里离家不远，这只花豹好沉啊，良走得很累，第一次觉得回家的路很远。

"渚，儿子，我们可以吃花豹的肉了。只有吃过花豹肉的孩子，长大才会成为更健壮勇敢的猎人！儿子啊，我也是小时候吃过花豹的肉，所以这一生都和花豹有缘。"良心里说着。

"渚，我又杀死了一只花豹。为了你和儿子，你要把花豹的牙齿敲下来，给儿子戴上，可以保佑儿子的。"良拖着花豹一路地走，一路地在心里和儿子，和渚说着话。

良拖着花豹终于走到了家门口。他倒下的时候，渚正在使劲地把门往外推。她从门洞里远远地就看见了良，良正拖着花豹往回走呢。渚可开心了。

"真是战无不胜的良啊，他又杀死了花豹。"渚看见良拖着花豹回来时，她感叹地叫了一句，跑回火塘边亲了儿子一口。渚想推开门去迎接良，发现门口让良堵得死沉死沉，良怕自己出门狩猎时，他们母子遇见危险。

"良！"渚大声在门洞里喊，想让良先来打开门。可是良并没有，反而在渚的那一声喊里倒了下去，好像是渚一下子把良给喊倒了。

"良！"渚害怕了，死命地打着门。门终于开了，渚向良奔跑过去。

当渚把良背回家后，良在火塘边醒了过来。

"渚，好冷啊，把火加大。"良笑着用微弱的声音说道。

"好。"渚流着泪把火加大。

"把儿子放在我身边。"良搂着儿子。

"去，把花豹拖进来。"良说。

"好的。"渚哭着去拖花豹。

在火塘边，渚给良用盐水清洗了伤口。伤口太可怕了，可渚只会用盐水清洗，她焦急绝望得要死。

"良，我害怕。"渚哭着。

"渚，不要怕，不许哭。你是我的女人，我们有了儿子，你要用花豹的皮给儿子做衣服，敲下花豹的牙齿给儿子做项链，吃了花豹的肉，哺育儿子，和儿子回到部落里去。"几天后，良因为伤口感染而死。

渚把浑身涂满了草木灰的良埋在坑屋的外边。渚不想埋葬良。

"良，这个森林好大啊，我不想埋葬你。我要你永远和我在一起，可是坑屋里有火，对你不好，你就在坑屋外边等着我吧。等我把儿子安顿好，我们就在一起。"渚把良埋下时，对良如此说道。

每天，渚都吃着花豹的肉。她把花豹的皮子做成了一张可以包裹儿子的皮褥子，又把那些牙齿一颗颗地打磨雕眼做成串坠，戴在儿子的脖子上。

"良，我在吃花豹的肉，花豹的力量正通过我传递给我们的儿子。良，你在圣山上保佑儿子吧。"渚吃肉的时候这样想着。

"良，我已经把花豹的牙齿做成了串坠，戴在了儿子的身上。"渚给儿子戴串坠的时候说道。

"良，你摸，花豹的皮子多么光滑啊。"渚用花豹皮包裹儿子时自言自语道。

渚把树屋里的陶罐全都搬了下来，放进了坑屋。把两人储存的食物也全搬进了坑屋。

　　有一天，渚正在树屋里搬东西，远处传来了大象的吼鸣。那声音雄浑有力，正朝着树屋而来。

　　"危险。"渚飞速下了树屋，点燃了树屋周围的几个柴堆。她又给火里撒上了腐尸粉，那味道瞬间在森林里弥漫开来。

　　渚背着儿子返回树屋，趴在树屋里看着树下的一切。象群奔跑而来，轰轰隆隆的声音像天上滚滚的雷声。渚远远地就看见它们一路地跑，一路地践踏，一路地怒吼，像是被谁惹怒了。可是当象群嗅见腐尸粉的臭味时，它们转向了另一边，就像山洪掉转了头一样奔涌而去。

　　"良啊，大象们差点就奔过来了。"渚抱着儿子后怕地想。

　　"良啊，我真想让儿子多陪我们一段时间。可是你看，他已经很健壮了，每次一饿，他就放声大哭。有时他还会抓着小黑的尾巴尖玩，小黑总是逗他笑。可是，良啊，正如你说的，我要把儿子送回部落里去。我怕我保护不了他，大象们如果跑过来，会伤到儿子的。"

　　自从大象经过，之后又有野猪群经过，还有流浪的狼、山羊、花鹿……有一次，在渚哄儿子睡觉时，一头蠢笨的野猪差点拱开坑屋的门，是渚燃起火棍吓跑了野猪。

　　"良，我得送儿子回去了，再留下太危险了。良，你守好我们的家，我安顿好儿子就回来。"渚说道。

　　渚决定把儿子送回部落，一个人带着儿子在森林里生活时刻都有危险，渚怕儿子出事。

　　一个夜里，在大湖部落大巫师的门外，传来了婴儿洪亮的哭声。大巫师来到门口时，看见一条大蛇盘在门口，边上是一个用花豹皮裹着的孩子。孩子正在大声地哭泣，好像是在喊着

"我回来了"。

大巫师抱起孩子走进屋里，大蛇也跟着进去了。大巫师看到孩子胸前熟悉的古玉，上面雕刻着腾飞的羽神。还有那串光滑的豹牙，它正预示着猎人的归途。

"良啊！"大巫师在心里喊了一声，泪水长流。她知道儿子走了，她抱着的正是自己的孙子。

"孩子，你回来了。勇敢的猎人啊，你回来了。"大巫师大声地叫着。

"孩子，你是诸神的恩赐。你的归来，是上天对部落的恩佑。"大巫师喃喃自语。

"我要让整个部落迎接你的归来。"大巫师的脸贴在婴孩的脸上，她仿佛感觉到了圣山上儿子的体温，涓涓的泪水止不住地滑落。

大巫师在门口燃起了火堆，拿起玉琮跳起奇怪而疯狂的舞蹈，她大声地唱着：

    诸神慈悲

    猎神归来

    诸神慈悲

    圣山圣明

    诸神慈悲

    护佑猎人

    诸神慈悲

    生生不息

大巫师倾情起舞，仿佛神灵附身，诸神加持，深情而又悲悯无限。有神秘的话语正通过她忽而柔曼、忽而苍劲、忽而激荡、忽而沉痛滞缓的舞姿和呼唤般的歌声传向夜空。

大巫师的动静引来了部落的老老少少，他们看着大蛇围就的裹着豹皮的婴孩。那孩子健壮的胳膊正在扑腾着，好像听懂了大巫师的歌声一般咯咯地笑着，边笑边抓住大蛇的尾巴摇晃着。那条大蛇无限温柔地用头偎了偎婴孩，婴孩的笑声就像是山泉瀑布般哗啦啦地响在部落里每个人的心上。

> 诸神慈悲
> 猎神归来

众人大声唱诵着跪在了地上。隐藏在暗处的渚看着部落的人对着长生天跪下去，就知道他们接受了儿子，接受了这个黑夜里被大蛇送来的神秘婴儿。渚挥着泪疾奔而去。

在寂静的森林里，渚一个人默默地挖着土，她要用土把坑屋埋起来。接连多日，渚每天吃着贮备的肉干，从不打猎，只是在坑屋外生起大火，撒上腐尸粉驱赶野兽，而她自己则拼命地挖土埋着坑屋。

"良，我要把坑屋埋起来。我要在坑屋上种满野花，我们就睡在花朵的下面。"渚自言自语。

"良，这些山羊皮给你铺上，它们都是你狩猎的收获，想必圣山上也是能用的。"渚铺完山羊皮，把良从土里刨出来，抱进了坑屋里。她又给良浑身涂抹了各种用来防腐的草木灰糨糊。

从挖土埋坑屋到给良换地方，当渚把良安顿在坑屋里的时候，已足足过去了半个多月的时间。那些天里，是一定要和良安居在坑屋的信念支撑着渚。

"良，你说奔跑吧渚，我就跟着你跑了。"

"良，你说我们的盐巴是最好的，我就把它们全放在我们的坑屋里了，就在我们的身边。"

"良，你看这些陶罐，上面记载着我们的故事。我也把它们全部搬进了坑屋。我要我们的所有都陪着我们。"

"良，儿子我已经送回去了，有小黑和阿妈守护着他，他会健康愉快地长大。"

"良，阿妈认出了我们的儿子，她让整个部落接受了他，说他是上天恩赐的猎神。"

"良，我想你，好想和你一起不停地奔跑，在雨中的大树上躲藏。"

渚一边收拾着坑屋的角角落落，摆放着自己和良的生活用品，一边和良诉说着自己的思念。

几天后，一个月圆的晚上，渚看着已经被自己完全埋掉的坑屋，露出了欢欣的笑容。月光下，她坐在坑屋门口，轻轻唱起了祈祷的歌声：

月光皎皎

稚子遥遥

月光皎皎

稚子矫健

月光皎皎

稚子呦呦

月光皎皎

诸神护佑

月光皎皎

诸神悲悯

猎神归兮

离人欢聚

月光皎皎

猎神归兮

年年岁岁

常思常念

月光皎皎

离人聚兮

欢拥左右

不言离歌

月光皎皎

猎神归兮

藤萝婆娑

离人聚兮

欢拥左右

不言离歌

渚倾情低唱，歌声悲戚婉转，飘荡在坑屋四周，似悲哭长调，又似无限祝福。

渚看着屋内，陶罐们整齐地排列，皮毛铺展，各种藤筐挂在墙上，良的武器依着陶罐静立。火塘边的地上，小石块们整齐地镶嵌在火塘四周，良胸口的玉在火光的辉映下正发出幽亮闪烁的光。

坑屋中间的火塘里火正旺着，火苗向着门口的方向跳跃，好像在无声地呼唤着渚进屋。

"良，火神说要带我去见你。"渚进入坑屋，拉开了门口的木阀，随着木门的关闭，涌落下的土很快堵严了门口。渚又把坑屋内备好的土严严实实地堵在门口。

火塘里的火越来越暗。渚拥住良静静地躺着，一只手轻轻地握着胸前的玉牌和豹牙，她恍惚间看到良挥动着巨大的羽翅向自己飞来，而自己也挥起了自由的翅膀迎着良飞去。在郁郁葱葱的群山莽林之上，他们挥动翅膀欢快地飞向了向往的山的那边。光好像隐遁了，四周轻柔迷蒙，渚听见了良的声音：

"渚，跑啊！"

"嗯，良，拉着我跑。"